I0781222

Titre original: Master Unchained
Copyright © 2016 Tina Folsom

© Tina Folsom 2024, pour la présente traduction
Édité par Anne-Lise Pellat

Illustration de couverture: Damonza
Photo de l'Auteur : Marti Corn Photography

DU MÊME AUTEUR

Les Vampires Scanguards

La belle mortelle de Samson (#1)

La provocatrice d'Amaury (#2)

La partenaire de Gabriel (#3)

L'enchantement d'Yvette (#4)

La rédemption de Zane (#5)

L'éternel amour de Quinn (#6)

Les désirs d'Oliver (#7)

Le choix de Thomas (#8)

Discrète morsure (#8 ½)

L'identité de Cain (#9)

Le retour de Luther (#10)

La promesse de Blake (#11)

Fatidiques Retrouvailles (#11 ½)

L'espoir de John (#12)

La tempête de Ryder (#13)

La conquête de Damian (#14)

Le défi de Grayson (#15)

L'amour interdit d'Isabelle (#16)

La passion de Cooper (#17)

Le courage de Vanessa (#18)

La séduction de Patrick (#19)

Ardent désir (Nouvelle)

MAÎTRE AFFRANCHI

GARDIENS DE LA NUIT - TOME 2

TINA FOLSOM

1

───────

La mention conseillère Tessa Wallace était inscrite à la machine à écrire sur l'enveloppe blanche ordinaire. Pas d'adresse. Pas de timbre. Mais lorsqu'elle l'ouvrit et lut le message qu'elle contenait, Tessa se mit à trembler. Son souffle se bloqua dans sa gorge et son rythme cardiaque s'accéléra. Une sueur froide commença à perler sur sa nuque.

Pars pendant que tu le peux encore. Tu ne veux pas finir comme le dernier maire, n'est-ce pas ?

La note n'était pas signée. Mais la menace se dévoilait. Quelqu'un n'aimait pas le fait qu'elle se présentât au poste le plus élevé de la ville de Baltimore – un poste devenu vacant après la mort du maire précédent, John Yardley, deux mois plus tôt.

Pendant un moment, elle ferma les yeux, laissant échapper un soupir tremblant. Elle avait toujours su que la politique représentait un jeu sale et dangereux. Mais cette fois-ci, cela allait trop loin. La seule raison pour laquelle elle s'était jetée dans l'arène après la mort prématurée du maire était que son intérimaire, Robert Gunn, ne semblait pas l'homme de la situation. Sa rhétorique incendiaire ne faisait qu'aggraver les troubles civils qui faisaient rage dans la ville.

Cette ville avait besoin d'un pacificateur, pas d'un politicien ambitieux qui n'hésitait pas à prendre des décrets limitant les droits des minorités. Il allait même jusqu'à encourager les brutalités policières à l'encontre des Noirs et des Latinos, tandis que les voyous blancs bénéficiaient d'un passe-droit. Les rapports sur les fausses arrestations à motivation raciale et les saisies illégales de biens s'accumulaient, et Gunn n'y voyait rien de mal.

Mais, malgré le fait que Gunn était un très mauvais choix pour le poste de maire, elle ne pensait pas qu'il ferait quelque chose d'aussi imprudent que de la menacer. Cependant, elle pensait que ses nombreux partisans essaieraient de l'effrayer, ce qui lui permettrait de se présenter à la mairie sans opposition.

Un bref coup frappé à la porte la fit sursauter plus qu'il n'aurait dû. Avant qu'elle ne pût répondre, la porte s'ouvrit avec fracas et Poppy Connor, sa directrice de campagne, entra en trombe. Cette femme, une rousse aux formes arrondies douée de plus d'énergie qu'un lapin Energizer, brandit une feuille de papier et afficha un sourire triomphant.

— Tout chaud ! Les derniers chiffres des sondages.

Poppy faillit trébucher sur ses propres pieds en se rendant au bureau, où elle posa la feuille devant Tessa.

Automatiquement, Tessa y jeta un coup d'œil, mais elle n'eut pas le temps de lire les chiffres avant que Poppy n'annonçât :

— Tu as cinq points d'avance. Bois un verre pour fêter l'événement.

L'excitation débordait de sa voix et colorait son visage. Comme si Poppy avait besoin d'une raison pour boire. Elle avait toujours été une fêtarde.

Tessa força un sourire.

— C'est encore dans la marge d'erreur.

Poppy fit claquer sa langue.

— Tu n'as pas dit ça quand Gunn comptait cinq points d'avance sur toi il y a deux semaines.

Elle pointa à nouveau la feuille du doigt.

— Je veux dire, regarde ! C'est un écart énorme en seulement deux semaines. Je pense que notre approche fonctionne. Tu séduis les gens. Ils voient quelque chose en toi.

Tessa haussa les épaules, incapable de profiter de la bonne nouvelle, l'effet de la note menaçante persistant encore.

— Oui, je suppose.

Sa directrice de campagne lui jeta un regard interrogateur.

— Tu supposes ? Qu'est-ce qui ne va pas ? Je pensais que tu sauterais de joie à cette nouvelle. N'est-ce pas ce que tu souhaites ? Tu ne veux pas gagner ?

Tessa leva les yeux au ciel.

— Si. Les habitants de Baltimore méritent mieux que Gunn. Mais...

— Mais quoi ? Ne me dis pas que tu n'as pas les tripes pour ça. Je sais que les gens t'ont attaqué pour ta jeunesse et ton inexpérience, mais tu ne peux pas te laisser abattre.

— Ce n'est pas le cas.

Elle hésita, se demandant si elle devait parler de la lettre à Poppy. Elle prit quelques respirations. Peut-être qu'il valait mieux l'ignorer. Quelqu'un ne voulait pas qu'elle fût maire. Ce n'était pas vraiment une surprise.

Tessa colla un sourire sur son visage.

— Je suis juste un peu épuisée.

Elle ramassa le morceau de papier et étudia les chiffres du sondage de plus près.

— Ces chiffres ont l'air vraiment bons.

Poppy se pencha plus près et regarda par-dessus son épaule.

— Et regarde les électeurs hispaniques et noirs.

— Je suis très en avance avec cet électorat.

— Tu déchires dans ce domaine démographique ! confirma Poppy.

— Mais nous devons mettre les syndicats de notre côté. As-tu organisé la discussion au...

— Qu'est-ce que c'est ?

La main de Poppy fusa devant l'épaule de Tessa, désignant la note qui gisait exposée sur le bureau, maintenant que Tessa avait déplacé la feuille de sondage.

— Ce n'est rien.

Tessa fit une tentative pour l'arracher avant que Poppy ait pu la prendre. Trop tard.

Poppy s'éloigna, parcourut la note, puis la brandit.

— Rien ? C'est une menace de mort ! Bon sang, Tessa, quand est-ce que tu as reçu ça ?

— C'était sur mon bureau quand je suis revenue de la réunion du conseil. Il s'agit probablement d'un fou furieux.

Elle prit la note des mains de Poppy.

— Je ne le prends pas au sérieux.

Même si les mots menaçants lui avaient fait peur au début, elle n'allait pas l'avouer à Poppy. Moins elle le montrerait, mieux ce serait.

— Si je prenais chaque menace stupide au sérieux, je n'arriverais pas à travailler.

Poppy se figea.

— Qu'est-ce que tu dis ?

— Je viens de te le dire : Je ne le prends pas au sérieux.

Poppy secoua la tête et agrippa les épaules de Tessa, la tirant presque de sa chaise.

— Regarde-moi.

Elle rapprocha son visage.

— Tu insinues que ce n'est pas la première menace que tu reçois ?

Le souffle de Tessa se coupa. Elle n'avait jamais excellé dans le mensonge. Peut-être n'aurait-elle pas dû devenir politicienne. Son père lui avait toujours dit que son honnêteté la desservait dans cette profession. Trop bonne, quoi que cela voulût dire.

Les yeux de Poppy s'écarquillèrent.

— Oh, mon Dieu ! Tu as reçu d'autres menaces de ce genre, n'est-ce pas ?

— Je n'appellerais pas ça des menaces, dit Tessa, tentant de désamorcer l'inquiétude de Poppy.

Comment les appellerais-tu alors ?

Tessa haussa les épaules. Elle se trouvait sans réponse. Au lieu de cela, elle ouvrit le tiroir supérieur de son bureau. À l'intérieur se trouvaient plusieurs autres notes, toutes susceptibles de provenir du même expéditeur, bien qu'avant aujourd'hui, les messages s'apparentaient plutôt à des suggestions qu'à des menaces.

Poppy sortit quelques notes du tiroir.

— Oh merde, Tessa !

Tessa observa en silence Poppy qui survola les notes.

— Quand as-tu reçu le premier ?

— Quelques semaines après avoir annoncé ma candidature à la mairie.

Poppy pointa du doigt le reste des notes.

— Je vais prendre ça.

— Qu'est-ce que tu vas en faire ?

— Les montrer à quelqu'un qui peut t'aider.

Tessa se leva d'un bond.

— Je peux me débrouiller toute seule !

Poppy appuya ses mains sur ses hanches.

— Non, tu ne peux pas. Pas quand on parle de quelque chose d'aussi sérieux que ça. Tu as besoin d'un professionnel.

— Un professionnel ?

— Oui, quelqu'un qui peut te protéger, parce qu'en tant que directrice de campagne, je ne suis pas seulement responsable de t'obtenir des voix, je dois aussi assurer ta sécurité.

Elle pointa du doigt la note d'aujourd'hui.

— Je ne vais pas rester les bras croisés alors que quelqu'un veut clairement ta mort. Je serais une piètre une amie si je le faisais.

— Tu ne peux pas me passer au-dessus de la tête à ce sujet ! protesta Tessa. Je me sens en sécurité. C'est juste un électeur mécontent qui préfère que Gunn soit maire.

— Combien de votants mécontents connais-tu qui profèrent des menaces de mort ?

Poppy lui jeta un regard sévère.

— Tu bénéficieras d'une protection, et c'est tout.

À présent, la fureur animait Tessa. Elle se leva d'un bond.

— Si tu le fais, je te vire !

— Fais ce que tu as à faire, mais si tu n'acceptes pas la protection, je vais montrer ça à ton père. Nous verrons sa réaction.

Tessa baissa le menton. Si son père pensait que le danger la menaçait, il se rendrait personnellement à l'hôtel de ville et la placerait sous protection. Il avait toujours veillé sur elle, mais même lui n'avait pas pu la protéger tout le temps. Il l'avait laissée tomber une fois, et cela l'avait rendu encore plus surprotecteur. Elle n'avait pas l'intention de l'inquiéter pour une chose pareille. Il avait déjà bien assez à faire.

— Tu n'oserais pas !

— Oh, j'oserais, sans hésiter !

Poppy croisa les bras sur sa poitrine.

— Tu as le choix.

Tessa serra ses lèvres l'une contre l'autre, sachant qu'elle avait perdu cette manche.

— Je n'aurais jamais dû t'embaucher. L'amitié et les affaires ne font clairement pas bon ménage.

Poppy sourit gentiment.

— Chérie, m'engager constitue la meilleure décision que tu aies jamais prise.

2

———

Hamish sortit du portail qui l'avait amené de son bastion à celui-ci situé à des milliers de kilomètres de là. Le voyage n'avait duré que quelques secondes. C'était le principal mode de transport des Gardiens de la Nuit, qui l'utilisaient pour agir rapidement en temps de crise. Mais c'était aussi leur talon d'Achille : si un démon pénétrait dans l'un de leurs portails, il pourrait accéder à n'importe quelle forteresse de leur race et la détruire de l'intérieur.

Cinead, membre du Conseil des Neuf, leur organe dirigeant, l'attendait déjà.

— Tu es venu rapidement, dit l'homme d'État plus âgé, qui parlait avec son fort accent écossais.

— Tu as donné l'impression que c'était urgent.

— C'est le cas.

Il fit un signe vers le couloir.

— Viens avec moi.

Alors qu'ils marchaient dans le dédale de couloirs, Hamish jeta un coup d'œil à l'homme qui avait toujours été un mentor pour lui. Vêtu d'un pantalon sombre et d'une chemise Polo claire, il dégageait une silhouette saisissante. Dans ses jeunes années, Cinead avait été un guerrier intrépide, avant de décider de consacrer sa vie à guider sa race en tant que membre du Conseil des Neuf. Mais aujourd'hui, il avait l'air fatigué et solennel.

— Qu'est-ce qui te préoccupe ?

Hamish se sentait obligé de demander.

Cinead sourit, mais c'était forcé.

— Beaucoup de choses.

Il indiqua une porte et la franchit, disparaissant sous les yeux de Hamish.

Hamish suivit, laissant son corps se désintégrer pour pouvoir passer à travers le bois massif et se réassembler derrière, une capacité singulière à son espèce.

Il était entré dans une grande bibliothèque avec un coin salon confortable et des livres empilés sur des étagères à perte de vue. Cinead se dirigea vers la cheminée et toucha le cadre d'un petit tableau. Hamish avait vu le tableau de nombreuses fois : un bébé garçon allongé sur une peau d'ours. Le garçon aux cheveux bruns gisait sur le ventre, nu, une petite tache de naissance en forme de hache ornant l'une de ses fesses.

— Il aurait le même âge que toi, s'il avait vécu, murmura Cinead dans le silence.

Un écho inquiétant accompagna ses paroles, comme si les fantômes des morts murmuraient à leur tour.

Hamish déglutit difficilement, réalisant soudain l'importance de la date d'aujourd'hui.

— Ça fait combien de temps ?

— Deux cents ans jour pour jour, dit Cinead en se tournant vers lui, depuis que les démons l'ont tué. Il n'était qu'un petit garçon, encore en couches.

Il se dirigea vers le canapé et s'assit, faisant signe à Hamish de faire de même.

Il s'exécuta.

— Je suppose que je deviens sentimental en vieillissant.

Ce n'était pas que Cinead eût l'air vieux ; les gens de leur espèce ne vieillissaient pas vite. Même à près de cinq cents ans, Cinead ne paraissait pas plus vieux qu'un homme à la fin de la quarantaine ou au début de la cinquantaine. Ses yeux, cependant, reflétaient la sagesse et l'expérience de sa longue vie, ainsi que la douleur et les épreuves qu'il avait vécues.

— Tu voulais me voir pour cette raison ? Pour te remémorer des souvenirs ?

Si c'était le cas, il ne lui en voudrait pas. Cinead avait joué le rôle d'un deuxième père pour lui après la mort d'Angus, le seul enfant de Cinead, aux mains des Démons de la Peur, leurs ennemis mortels.

L'aîné des Gardiens de la Nuit secoua la tête.

— Tu me fais penser à lui, ou plutôt à la façon dont j'imagine qu'il se comporterait maintenant, s'ils ne l'avaient pas enlevé. Pourtant, je ne t'ai pas appelé pour parler du bon vieux temps.

Il sourit.

— Je me sens fier de toi, Hamish, pour tous tes succès en tant que gardien.

Quelque peu gêné par ces éloges ouverts et inattendus, Hamish répondit :

— Tout cela grâce à tes conseils.

— Tu te sous-estimes. Encore un de tes traits positifs, comme ton jugement. Tu aurais fait un membre exceptionnel du Conseil des Neuf et...

— Je t'ai dit les raisons pour lesquelles je refusais de siéger au Conseil et je pensais que tu comprenais...

— J'ai compris.

Cinead leva la main dans un geste d'apaisement.

— Ne t'inquiète pas. Tu n'es pas ici pour que je te persuade de faire quelque chose qui te rebute. De toute façon, les deux postes vacants au Conseil sont pourvus en ce moment même. En fait, ta décision me réjouit : tu nous es plus utile sur le terrain en tant que gardien. Surtout maintenant.

Instantanément en alerte, Hamish sentit sa colonne vertébrale se raidir.

— De quoi as-tu besoin ?

Cinead sourit doucement.

— Toujours le soldat enthousiaste. C'est bien. C'est une situation délicate, qui exige un homme de ton jugement et de ton expérience. Un homme qui ne laissera pas ses sentiments entraver son devoir.

Hamish leva un sourcil mais ne l'interrompit pas. Des sentiments ? Cela faisait longtemps qu'il n'avait pas eu de sentiments. Les sentiments avaient failli le tuer une fois ; depuis, il avait enroulé une lourde chaîne autour de son cœur, une chaîne qu'il n'avait pas l'intention d'enlever un jour. Il restait toujours aussi loyal envers ses collègues Gardiens de la Nuit, en particulier envers les hommes et les femmes de son camp. Mais il traitait toute personne extérieure –en particulier celles qu'il était chargé de protéger– avec une distance froide et une méfiance mesurée. La confiance, il l'accordait de moins en moins ces derniers temps, car faire confiance à la mauvaise personne pouvait signifier la fin pour lui, ou pour ses frères et sœurs.

— ... des troubles civils et des émeutes. Nous ne pouvons pas permettre que cela continue. Tu comprends ?

Tout à coup, il se rendit compte que Cinead avait commencé à parler et qu'il avait manqué la moitié de la conversation.

— Oui.

Il acquiesça rapidement et lança à Cinead un regard plein d'attente, l'incitant à développer.

— Tout se passe dans ton arrière-cour. Nous savions que des problèmes émergeraient après la mort inattendue du maire Yardley, mais nous ne pouvions pas anticiper l'ampleur que cela prendrait.

Hamish commençait à comprendre de quoi Cinead parlait : Baltimore, l'endroit où il se sentait chez lui. Il s'avança sur son fauteuil, un véritable intérêt naissant en lui. Bien qu'il se sentait prêt à aller partout où le Conseil l'envoyait, il préférait les missions près de chez lui, car il avait l'impression – tout comme une équipe de football – que cela lui donnait l'avantage du terrain. Et au cours des deux derniers mois, les choses avaient dégénéré : la criminalité avait grimpé en flèche, les manifestations étaient devenues violentes et des émeutes avaient éclaté.

— Tu soupçonnes des démons d'être impliqués dans les troubles actuels ?

Après tout, c'était logique. Les Démons de la Peur prospéraient grâce aux troubles civils, à la haine et à la peur. Cela les rendait plus forts. Ils saisissaient toutes les occasions d'inciter à la violence, afin de pouvoir se nourrir de la peur qui en résultait. Ainsi, ils pouvaient devenir plus forts et un jour sortir de leur zone de confort et régner sur l'humanité. Et la seule chose qui se dressait entre les humains et leur probable destin était les Gardiens de la Nuit, qui s'étaient donné pour mission de contrecarrer les plans des démons.

Cinead tapota ses doigts contre ses lèvres.

— Je me demande si c'est le cas. Ce que je sais, cependant, c'est qu'une personne peut mettre fin à tout cela et ramener la paix dans la ville. Nous avons de grands espoirs en elle.

— Elle ?

Cinead acquiesça.

— La conseillère municipale Tessa Wallace. Elle comprend le sort des personnes défavorisées de la ville. Ils croient en elle. Elle se présente à la mairie.

Hamish acquiesça d'un signe de tête.

— J'ai vu quelques reportages. Elle représente certainement un meilleur choix que Gunn.

Puis il haussa les épaules.

— Et je crois que les électeurs le savent. Nous n'avons rien à faire.

— Au contraire.

Hamish haussa un sourcil.

— Un de nos émissaires a fait savoir que la conseillère avait reçu des menaces de mort.

— Des démons ?

— Nous n'en sommes pas sûrs. De toute façon, si elle sort de la course, cela ne fera que jouer en faveur des démons. Nous ne pouvons pas laisser cela se produire. En deux mois de mandat en tant que maire par intérim, Gunn a déjà semé trop de troubles, et il ne semble pas avoir l'intention de calmer ses administrés. Au contraire : ses discours et ses actions ne font qu'inciter à plus de violence, plus de protestations. Il divise les différentes fractions de la ville. Les relations raciales sont assises sur un baril de poudre susceptible d'exploser à tout moment. Nous craignons le pire s'il remporte les élections. Mais si...

— ... si la conseillère gagne, tu penses qu'elle peut redresser la ville ?

— Avec notre aide, oui.

Il se pencha en avant.

— C'est pourquoi je t'ai demandé de venir ici.

— Tu veux que je la protège et que je m'assure que celui qui a proféré ces menaces de mort n'aura pas l'occasion de les mettre à exécution, devina Hamish. Rien de plus facile.

Ce serait comme toutes les autres missions qu'il avait eues par le passé. Ce qui soulevait la question de savoir pourquoi Cinead se donnait la peine de lui demander de le rencontrer en personne, alors qu'il aurait tout aussi bien pu envoyer la mission par les voies habituelles.

— Oui, mais ce n'est pas tout. Je veux aussi que tu t'assures qu'elle reste sur le bon chemin. Je veux que tu lui prêtes de la force face à l'opposition qu'elle rencontrera.

Les sourcils de Hamish se froncèrent.

— Comment dois-je faire, vu qu'elle ne saura même pas que je la protège ?

Cinead sourit, et pendant un instant, il crut reconnaître une petite lueur d'espièglerie dans les yeux de l'autre.

— C'est en cela que cette mission se distinguera des précédentes. Elle saura que tu es son protecteur.

Hamish se leva d'un bond.

— Tu veux dire qu'elle saura que je suis un Gardien de la Nuit ?

Cinead gloussa.

— Bien sûr que non. Nous n'irons pas aussi loin. Elle croira que tu es un garde du corps humain, engagé par un riche partisan qui veut s'assurer de sa sécurité. Mais ce n'est pas tout. Les personnes qui l'entourent ne doivent pas savoir qui tu es. Pour eux, tu seras présenté comme son petit ami. Cela te donnera un accès sans précédent...

— Arrête !

Hamish passa une main dans ses cheveux noirs.

— Avec tout le respect que je te dois, c'est hors de question. Je ne suis pas la bonne personne pour ce genre de mission.

— Au contraire, tu es la personne idéale pour cette mission.

— As-tu oublié ce qui m'est arrivé ?

Parce que lui n'avait pas oublié. Comment aurait-il pu oublier la trahison de la femme qu'il avait aimée ? Une trahison qui avait failli lui coûter la vie. Et maintenant, son aîné attendait de lui qu'il fît semblant d'aimer une humaine ?

La voix de Cinead se fit douce et paternelle lorsqu'il poursuivit :

— Non, je n'ai pas oublié ce que tu as vécu. Et voilà pourquoi tu es le candidat idéal. Tu as goûté à la trahison. Tu en as vu les signes. Tu es mieux préparé que n'importe qui d'autre. Tu préfères vraiment que je confie cette mission à Manus ? Ou à Logan ? Ce sont de bons gardiens, ne te méprends pas. Mais ils ne pourraient pas résister au leurre d'une femme comme Tessa Wallace. Pas s'ils doivent faire semblant de sortir avec elle.

— Leurre ?

De quoi diable Cinead parlait-il ? Il avait vu des photos de la conseillère, et, bien qu'elle soit assurément très attirante, voire belle, il ne comprenait pas le danger. Bien sûr, Manus avait la réputation d'être un coureur de jupons, mais il doutait que Cinead le sût. Leur bastion représentait un groupe très uni. Ils ne bavardaient pas et ne révélaient pas de secrets non plus.

— Ce n'est pas sa beauté qui captive les hommes, même si elle les attire certainement vers elle. C'est son âme.

Il arqua un sourcil.

— Son âme ?

— Elle est irréprochable de bout en bout. Tout ce qu'elle fait, c'est pour le bien des autres. Son corps ne contient pas la moindre once de malveillance, et son esprit est exempt de toute mauvaise pensée.

— Comment le saurais-tu ?

— Notre émissaire la surveille depuis de nombreuses années. J'ai confiance en lui et en son jugement. Tout comme je fais confiance au tien.

Cinead se leva lentement et franchit la distance qui les séparait.

— Je sais que ton cœur s'est brisé lorsque tu as perdu la femme que tu aimais, et j'aimerais pouvoir changer les choses, mon fils, mais je ne le peux pas. Cependant, ce cœur brisé pourrait bien être la seule chose capable de te permettre de traverser cette mission sans aucune implication émotionnelle. Je ne peux pas en dire autant de Logan ou de Manus. L'un ou l'autre peut faire intervenir des émotions dans cette mission, ce qui mettrait en péril notre objectif. Elle doit devenir maire. Baltimore a besoin d'elle. On doit interdire qu'on l'égare.

Hamish baissa ses paupières et soupira. Il n'avait pas l'intention de retomber amoureux. Cela comportait trop de dangers. Mais cela ne voulut pas dire qu'il aimait cette mission. L'ensemble de la configuration n'était pas très orthodoxe. Trop de choses pouvaient mal tourner. Les Gardiens de la Nuit opéraient dans l'ombre. On leur avait donné des compétences pour s'assurer qu'ils restent cachés : la capacité de se camoufler (qu'ils pouvaient étendre à leurs protégés, soit par l'esprit, soit par le toucher, le premier nécessitant plus d'énergie que le second) et la capacité de traverser les murs (une compétence qu'ils ne pouvaient pas étendre à leurs protégés).

Et maintenant, Cinead voulait qu'il opérât au grand jour ? Au vu et au su de tout le monde ?

— Et les démons ?

— Et eux ?

— Ils comprendront ma nature dès qu'ils me verront avec elle.

Ils reconnaîtraient son aura comme celle d'un Gardien de la Nuit, une chose que seules les autres créatures préternaturelles pouvaient voir. Les humains manquaient de cette compétence.

— Je sais. Mais nous n'avons pas le choix. D'ailleurs, d'après les rumeurs que nous entendons sur leur nouveau dirigeant, nous devons supposer qu'ils emploient des tactiques différentes maintenant. Zoltan surpasse son prédécesseur en innovation. Il découvrira de toute façon que nous la protégeons. Il est trop intelligent pour penser que nous laisserions quelqu'un d'aussi précieux que Tessa Wallace sans protection.

Résigné, Hamish regarda droit dans les yeux Cinead.

— Qui veux-tu que je choisisse comme second ?

— Enya. Cependant, je veux qu'elle travaille dans le secret. Mlle Wallace ne doit rien savoir d'elle. Juste au cas où nous aurions besoin d'un atout dans notre manche.

Au moins, avec cet ordre, Hamish pouvait être satisfait.

— Très bien.

Enya, la seule femme de son entourage, servirait de sauvegarde lors des moments où il devrait s'absenter de sa protégée. Un choix judicieux, car malgré son caractère piquant, Enya était une excellente guerrière, et en tant que femme, elle serait immunisée contre tous les charmes de Mlle Wallace.

Tout comme il serait immunisé contre eux.

3

— Anton Faldo ?

Tessa dévisagea Poppy et regarda le couloir du troisième étage de l'hôtel de ville, où se trouvaient la plupart des bureaux des membres du conseil. Voyant que ce n'était pas l'endroit pour aborder un sujet aussi sensible, elle fit signe à Poppy de se diriger vers son bureau, tout en murmurant entre les dents serrées :

— Tu as perdu la tête ?

— Il a les bonnes relations, dit Poppy en la suivant à travers la porte jusqu'à l'antichambre où plusieurs assistants de divers membres du conseil travaillaient frénétiquement, s'occupant des visiteurs et des lignes téléphoniques.

Tessa passa devant Collette, sa propre assistante, et ouvrit la porte du bureau en fonçant à l'intérieur.

— Connexions, mon cul ! siffla-t-elle dès que Poppy était dans son bureau. Faldo est un escroc. Il a fait l'objet de plusieurs enquêtes.

— On ne l'a jamais condamné, ajouta Poppy.

Tessa soupira.

— Seulement parce qu'il peut s'offrir les meilleurs avocats que l'argent peut acheter. Et il paie probablement tous ceux qui se mettent en travers de son chemin. Cet homme est une mauvaise nouvelle.

— Il soutient ta campagne et...

— Quoi ?

Poppy grimaça.

— Tu ne regardes pas les rapports sur les donateurs que je te donne tous les jours ? C'est l'un des plus gros contributeurs à ta campagne.

Tessa leva les bras au ciel.

— Ce n'est pas possible !

Si les gens l'apprenaient, cela ruinerait sa carrière.

— Je pensais que tu le savais.

Elle se laissa tomber dans son fauteuil, ses mains soutenant sa tête.

— Je ne peux pas prendre son argent.

— Tu devras prendre bien plus que son argent. Tu as besoin de son aide.

Tessa leva les yeux pour regarder sa directrice de campagne. Elles étaient allées à l'université ensemble, et elle pensait connaître Poppy sur le bout des doigts. N'avaient-elles pas toujours eu les mêmes valeurs, les mêmes normes morales élevées ? Qu'était-il arrivé à son amie ? S'était-elle vendue ?

— Comment peux-tu t'attendre à ce que j'accepte l'aide d'un criminel ? Il voudra quelque chose en retour. Si et quand je serai maire, il voudra des faveurs. Je ne vais pas vendre mon intégrité à un escroc !

Poppy se pencha sur le bureau.

— Tu dois être pragmatique. Les dons de Faldo sont acheminés par l'intermédiaire d'une de ses sociétés. Personne ne va faire le rapprochement entre les deux. Quant aux faveurs : Faldo m'a assuré que son aide ne s'accompagnait d'aucune condition.

— Et tu l'as cru ?

Parce que Tessa ne le croyait pas. Après tout, il n'y avait pas de chose gratuite. Surtout pas en politique, où tout avait son prix, et où tout le monde était à vendre.

Mais Poppy continua :

— De plus, penses-tu vraiment que Gunn n'a pas reçu de dons de sources moins savoureuses ?

— Je me fiche de ce que fait Gunn. Je ne suis pas comme lui.

Poppy soupira.

— Je le sais. Mais je ne pense pas que tu reconnaisses la gravité de ta situation. Quelqu'un veut ta mort, et je serai damnée si je rejette la proposition de Faldo d'envoyer un garde du corps pour toi.

— Un garde du corps ? Tu veux dire un de ses hommes de main ?

— Je n'ai jamais été traité d'homme de main auparavant, dit un homme à la voix grave depuis l'embrasure de la porte.

Effarouchée, Tessa se leva d'un bond et jeta un coup d'œil par-dessus Poppy. Un homme de grande taille s'appuyait nonchalamment sur le cadre de la porte. Il avait l'air d'avoir une trentaine d'années, avec d'épais cheveux brun foncé et une barbe foncée sur son menton carré. Ses yeux étaient d'un brun chocolaté foncé, si elle devait les décrire. Son pantalon cargo et sa chemise décontractée soulignaient son physique musclé, lui donnant l'air d'être prêt pour le combat. Elle passa ses yeux sur lui, incapable de détourner le regard. Elle n'avait jamais vu un homme avec une telle prestance. La confiance en soi suintait par tous les pores de son corps. Il ne faisait aucun doute que sa simple proximité physique pouvait intimider n'importe qui. Pourtant, sa photo pourrait tout aussi bien figurer à côté du mot coup de cœur dans n'importe quel dictionnaire.

Poppy se retourna.

— Vous devez être M. McGregor. M. Faldo a fait savoir tout à l'heure de vous attendre.

— J'ai frappé, mais je suppose que personne ne m'a entendu.

En refermant la porte derrière lui, l'homme rejoignit Poppy à mi-chemin et lui serra la main, son regard passant d'elle à Tessa.

— Hamish McGregor, à votre service. Mais personne ne m'appelle M. McGregor. Je me fais appeler Hamish.

Ce n'était que maintenant que Tessa pouvait entendre le léger accent écossais. Cela lui fit agréablement frissonner l'intérieur et son pouls s'accéléra.

Poppy émit un doux rire, un rire que Tessa ne connaissait que trop bien : il faisait toujours surface lorsque Poppy était attirée par quelqu'un. Et qui ne serait pas attiré par Hamish McGregor ? Mais elle ne laisserait pas un beau visage et un physique tonique l'influencer dans sa conviction de ne pas accepter l'aide d'un criminel.

— M. Mac...

— Et vous devez être Mlle Wallace, interrompit Hamish en contournant le bureau et en lui tendant la main.

À défaut d'être impolie, Tessa se sentait obligée de lui serrer la main.

— Oui. Mais comme je viens de le dire à ma directrice de campagne, je n'ai pas besoin de garde du corps.

Hamish releva un côté de sa bouche.

— Du peu que j'ai entendu, on aurait plutôt dit que vous ne voulez pas être protégé par l'un des hommes de main de monsieur Faldo.

Elle se raidit. Quelle partie de sa conversation avec Poppy avait-il entendu ?

— Eh bien, puisque nous sommes francs : je ne peux pas être associée à l'opération... euh... de M. Faldo.

Il la scruta à présent, la regardant de haut en bas.

— Je ne suis pas au service de monsieur Faldo, si c'est ce qui vous dérange.

— Peut-être pas de façon régulière, mais c'est lui qui paie la facture, protesta-t-elle.

Et cela signifiait qu'elle lui serait toujours redevable d'une manière ou d'une autre.

Hamish leva un sourcil.

— Je crois qu'il y a un petit malentendu. M. Faldo ne fait qu'organiser mes services. Il ne les paie pas.

Elle fixa Poppy, qui acquiesça.

— Je croyais t'avoir dit que j'avais contacté le syndicat des travailleurs de l'alimentation et que j'avais obtenu qu'il prenne en charge les frais.

L'embarras envahi Tessa.

— Oh. Pourquoi n'as-tu pas... Je... euh...

— Je suppose que j'ai oublié. Je jongle avec beaucoup trop de choses en ce moment, répondit Poppy en regardant sa montre. En parlant de jonglerie, j'ai un rendez-vous avec une journaliste. Je dois y aller.

Elle se dirigea vers la porte.

— Ravie de vous avoir rencontré, Hamish.

— Poppy... Cela ne veut toujours pas dire que je peux accepter...

Mais Poppy était déjà partie, la laissant seule avec le bel inconnu.

Cela ne marcherait jamais. Elle ne pouvait pas accepter que cet homme fût son garde du corps. Comment pourrait-elle faire son travail avec cet homme qui la surveillait ? Et puis, les gardes du corps n'étaient-ils pas censés se fondre dans le décor ? Il n'y avait aucune chance que Hamish McGregor pût un jour entrer dans une pièce sans se faire remarquer. Au contraire, tous les regards seraient braqués sur lui.

Elle se racla la gorge.

— Je suis désolée, M. McGregor...

— Hamish, corrigea-t-il aussitôt, un doux grondement dans la voix qui l'envoya bouler.

— Hamish, je ne pense pas que ça va marcher.

Qu'avait dit Cinead ? Pure de bout en bout ? C'était peu probable ! Tessa Wallace était combative, têtue et faite pour le péché. Le genre de péché qui te laissait en sueur et haletant. Le genre de péché qu'il avait juré d'éviter. À quoi Cinead avait-il pensé en l'affectant à cette beauté prête à se battre et très tendue, aux longs cheveux bruns et aux magnifiques yeux lavande ?

— Vous ne pourrez pas vous fondre dans la masse.

Hamish fronça les sourcils.

— Me fondre dans la masse ?

— Tout le monde se demandera qui vous êtes, et je ne veux pas que l'on sache que j'ai un garde du corps. C'est déjà assez grave que j'en aie besoin.

Il haussa les épaules.

— C'est pour ça que vous leur direz que je suis votre petit ami.

La panique se lisait dans ses yeux.

— Quoi ?

— Nous avons discuté du fait qu'il serait préférable que je me fasse passer pour votre petit ami afin d'éviter les questions. Cela éveillera moins de soupçons.

Elle déglutit visiblement.

— Nous ?

— Mes supérieurs et moi, nous savons ce que nous faisons.

Même si Hamish n'était pas d'accord avec l'ordre de Cinead. Cependant, le fait que sa protégée s'opposait à l'idée lui faisait involontairement voir les avantages d'un tel arrangement.

Tessa secoua la tête.

— Personne ne le croira.

— Alors nous devrons juste faire en sorte que cela ait l'air crédible.

À l'idée de ce que cela pourrait impliquer, il sentit une décharge d'adrénaline se répandre dans ses veines. Instantanément, il chassa les images de son esprit. Il n'allait pas faire la même erreur que son meilleur ami Aiden, qui était tombé amoureux de sa protégée Leila. Même si dans le cas d'Aiden, tout s'était bien terminé, Hamish savait par expérience que tout le monde n'avait pas cette chance.

Hamish se racla la gorge.

— Passons en revue les détails.

— Les détails ?

Tessa croassa et le fixa comme un cerf qui se retrouvait sur la trajectoire d'une voiture qui roulait à vive allure.

De toute évidence, elle aimait aussi peu que lui l'idée d'un prétendu petit ami. Non pas que l'un ou l'autre avait le choix en la matière. Elle devrait juste s'y faire, comme lui l'avait fait.

— Oui, plus vite nous réglerons les détails, plus cela se passera en douceur.

— M. McGregor...

— Tessa, vous devrez m'appeler Hamish, sinon personne ne croira que je suis votre petit ami.

Il la remarqua frotter nerveusement sa main sur sa jupe, qui accentuait sa taille fine et ses longues jambes.

— Hamish, je ne sais vraiment pas comment cela va se passer. Je ne vous connais pas et vous ne me connaissez pas. Il y aura des centaines d'occasions où nous pourrons nous faire trébucher l'un l'autre.

— Nous y avons pensé, bien sûr.

Ou plutôt, Cinead y avait pensé.

— C'est pourquoi il vaudra mieux que tout le monde pense que nous venons à peine de commencer à sortir ensemble. Disons deux semaines ? Comme ça, nous n'aurons pas besoin de savoir grand-chose l'un sur l'autre.

— C'est vrai, concéda-t-elle, mais n'êtes-vous pas censé me protéger tout le temps ?

— Oui. Et alors ?

Elle soupira comme si elle était agacée qu'il ne sût pas tout de suite à quoi elle faisait allusion.

— Je ne verrais pas un mec aussi souvent si je venais de commencer à sortir avec lui. Ce n'est pas réaliste.

— Ça l'est, si vous êtes à fond sur lui.

— Mais...

Il se rapprocha pour qu'il n'y eût plus qu'un pied d'espace qui les sépare.

— N'avez-vous jamais été complètement éprise d'un homme, alors que vous veniez à peine de le rencontrer ?

Une lueur dans ses yeux lui indiqua qu'elle avait déjà vécu cette expérience.

— Dans ce cas, vous devrez vous souvenir de ce que vous avez ressenti et agir en conséquence. Et je ferai de même en prétendant que je ne peux pas supporter d'être sans vous. Tant que les gens nous verront agir comme un couple qui ne peut pas se séparer, ils ne se demanderont pas pourquoi je ne quitte pas vos côtés.

Du moins, c'était ce qui était prévu. Un plan où tant de choses pourraient mal tourner. Un contact inoffensif pourrait déboucher sur quelque chose de plus. Un prétendu baiser pourrait allumer une flamme qu'il serait difficile d'éteindre à nouveau. Il valait mieux ne pas s'engager dans cette voie.

— Une fois la menace écartée, nous aurons une rupture très publique, et tout redeviendra comme avant.

Il n'y aurait aucune implication émotionnelle, et l'intimité physique qu'ils devraient montrer en présence d'autres personnes ne serait qu'une performance bien ficelée.

— Et comment saurons-nous que la menace est terminée ?

Il ne s'attendait pas à ce qu'elle posât cette question et n'avait pas de réponse toute faite. Aucune réponse qu'il pouvait lui donner de toute façon. C'était lui et ses collègues Gardiens de la Nuit qui évalueraient si la menace qui pesait sur elle avait disparu, une fois que son ennemi inconnu aurait compris qu'elle n'était pas une cible facile.

— Que ce soit mon problème. Concentrez-vous sur cette élection. Maintenant, j'ai besoin d'une copie de votre emploi du temps pour la semaine prochaine, y compris toutes les réunions professionnelles et privées. Je dois m'assurer que les lieux sont sûrs et vérifier les antécédents des participants avant d'approuver votre participation à un quelconque événement.

— Approuver ?

Elle lui lança un regard noir.

— Vous n'êtes pas sérieux.

Il inclina la tête sur le côté.

— Est-ce que j'ai l'air de plaisanter ?

— Non, vous semblez sur le point de perdre votre emploi, grogna Tessa, les mains sur les hanches, les yeux crachant du venin. C'est moi qui décide des événements auxquels je participe, pas vous !

— Faux.

— Considérez-vous comme relevé de vos fonctions, M. McGregor !

— Vous ne pouvez pas faire ça.

— Je le peux et je le ferai. Je n'ai pas affaire à un connard chauvin surpuissant qui pense qu'il peut me donner des ordres.

Il croisa les bras sur sa poitrine.

— Vous préférez que votre père découvre le danger qui vous guette et qu'il freine plutôt votre liberté ?

Elle ouvrit la bouche.

— Comment la putain...

— Waouh, quel vilain mot pour une si jolie bouche !

Et sa bouche était effectivement jolie, même si, pour l'instant, il n'appréciait pas les mots de défi qui en sortaient.

— J'ai fait mes devoirs. Et une chose que vous aimez encore moins que de devoir supporter un garde du corps, c'est que votre père découvre que vous êtes en danger.

Elle laissa échapper un souffle agacé.

— Vous avez tort. Je préfère avoir affaire à mon père plutôt que de devoir prétendre que vous êtes mon petit ami.

Il lui adressa un sourire crispé.

— Et moi qui pensais que vous étiez une gentille fille qui ne voulait pas aggraver les problèmes cardiaques de son père.

Prise au piège de son bluff, elle lui lança un regard noir. Pendant plusieurs secondes, une lutte interne semblait faire rage en elle. Sa poitrine se gonfla, ses mains se crispèrent et ses épaules se raidirent. Le silence s'installait entre eux.

Puis elle lui donna enfin une réponse.

— J'ai hâte de voir le jour où nous nous séparerons.

— C'est réciproque.

Il tourna sur le talon et se dirigea vers la porte.

— Je vais m'en aller. Je demanderai votre emploi du temps à votre directrice de campagne.

Après tout, des événements pourraient survenir auxquels Tessa n'aurait pas pensé qu'il devait l'accompagner, et Poppy aurait été plus apte à s'en souvenir.

— Je reviendrai quand vous aurez terminé à la mairie.

4
___

Hamish entra en trombe dans les toilettes pour hommes, qui se trouvaient heureusement vides, et fonça dans l'une des trois cabines, claquant la porte métallique derrière lui si fort que toute la structure tremblait.

— C'était quoi tout ça ?

Il tournoya sur lui-même et se retrouva face à face avec Enya, qui se matérialisa juste devant lui.

— Qu'est-ce qu'était quoi ? grogna-t-il.

Pendant un instant, il avait oublié qu'Enya l'avait accompagné lors de la première rencontre avec sa protégée – bien qu'elle fût restée invisible tout le temps, comme Cinead l'avait demandé.

Vêtue d'un short noir et d'un T-shirt rouge plutôt moulant, ses longs cheveux blonds tressés et épinglés autour de sa tête, un observateur lambda n'aurait jamais deviné qu'elle était une magnifique guerrière, mortelle et sans peur. Aussi bien avec ses mains qu'avec sa langue acérée.

Enya croisa les bras sur sa poitrine et lui lança un regard qui lui disait qu'elle n'accepterait pas une réponse bidon.

— C'est une approche intéressante que tu adoptes avec ta nouvelle protégée, mon pote. J'espère que ça va marcher.

— Tu es mon renfort, alors ne remets pas en cause mon autorité.

En tant que sentinelle, gardien principal de la mission, c'était lui qui donnait les ordres. Enya était sa seconde.

— Je n'en rêverais pas, répondit-elle.

Son ton disait le contraire, cependant, il n'avait pas l'intention de se justifier.

Comment Cinead avait-il pu se tromper à ce point dans son évaluation de Tessa Wallace ? L'émissaire qui avait prétendu qu'elle était irréprochable de bout en bout devrait se faire examiner la tête. Tessa était tout sauf cela. Elle se montrait combative et forte en gueule.

— C'est un sacré morceau, cette femme, souffla-t-il en serrant les dents.

— Parce qu'elle n'est pas tombée à tes pieds et n'a pas dit Oui, monsieur ! à tout ce que tu disais ? Enya posa son doigt sur ses lèvres dans un geste simulant la contemplation.

— Humm. C'est logique.

— C'est quoi ton putain de problème ?

Enya haussa les épaules.

— Je n'ai aucun problème. Parce que je ne laisse pas mes émotions prendre le dessus.

— Moi non plus !

Même si l'opposition de Tessa à ses suggestions l'avait mis en colère. D'une manière purement professionnelle, bien sûr.

— Excuse-moi. J'ai dû me tromper.

Et maintenant, Enya lui tapait sur les nerfs en exagérant, transformant une taupinière en mont Everest.

— Ne t'excuse pas si tu ne le penses pas.

— Tu ne comprends vraiment pas, n'est-ce pas ? demanda-t-elle en secouant la tête, son regard un peu plus doux maintenant.

— Comprendre quoi ?

Elle fit un geste du pouce par-dessus son épaule.

— Une femme qui se présente comme maire ne va pas se laisser faire. La faire se conformer à certaines règles pour que tu puisses assurer sa sécurité va demander un peu de finesse. J'ai toujours pensé que, plus que quiconque, tu en possédais une grande quantité au bout des doigts.

— Je suppose que je me montre maladroit.

À ce moment-là, elle gloussa, un son doux qui lui rappelait pourquoi il l'avait toujours considérée et traitée comme une jeune sœur, même si elle avait pratiquement le même âge que lui.

— Tu ferais mieux de te ménager, parce que tu auras besoin de sa coopération si tout ce scénario de faux petit ami fonctionne. Il y a des limites à ce que je peux faire dans l'ombre.

Il leva la main, pour l'arrêter. Il connaissait ses devoirs.

— Je n'ai pas besoin qu'on me dise comment je dois me comporter. Ce qui m'amène à tes devoirs.

Détourner la conversation maintenant aurait été préférable. Enya avait déjà remué trop de merde pour une seule matinée.

— Ne t'inquiète pas, je sais comment agir, dit-elle presque ennuyée. Je resterai dans son bureau, je contrôlerai ses visiteurs et le personnel qui entre et sort. Je ne la quitterai pas avant que tu prennes la relève.

— Si elle prend des rendez-vous ou accepte des événements sans les inscrire sur le calendrier ou sans en avertir sa directrice de campagne ou moi-même, j'aimerais le savoir.

— Je comprends. Mais penses-tu honnêtement qu'elle essaierait de se faufiler derrière toi ?

— Elle n'aimait pas vraiment l'idée que je l'accompagne à chaque événement.

Enya roula des yeux.

– Elle est intelligente. Elle sait que si elle veut se sentir en sécurité, elle doit rester avec toi. Elle devra juste s'habituer à cette idée. Elle semble une femme indépendante qui n'a pas l'habitude de demander la permission. Mets-toi un instant à sa place. Aimerais-tu qu'un étranger se présente soudainement pour te dire que tu ne peux pas te déplacer comme tu le souhaites et que tu dois lui demander de prendre toutes les décisions concernant tes déplacements ? Réponse : non, tu n'aimerais pas du tout.

Il grogna, mais il savait qu'Enya avait raison.

— Alors pourquoi ne pas lui faciliter un peu la tâche ?

— Comment ?

— Ne la provoque pas. Elle ne fera que se défendre comme une tigresse en cage.

Les derniers mots d'Enya évoquèrent l'image de Tessa, vêtue d'une tenue moulante, se précipitant sur lui et le jetant sur un lit, le montant, le malmenant...

Putain !

Il passa une main tremblante dans ses cheveux. Cela faisait long-temps que de tels fantasmes l'avaient quitté. Pas depuis ses retrou-vailles malheureuses avec Olivia, une femme que les démons avaient manipulée pour l'atteindre. Et il était tombé dans le panneau, pour elle. Avec acharnement. Mais tout n'était que mensonge. Un mensonge qui avait failli le tuer. Était-ce donc une surprise que, à chaque fois qu'il voyait une femme qui éveillait des sentiments en lui, il se mettait en colère, espérant la faire fuir avant de refaire la même erreur ? Avant de s'impliquer émotionnellement et de laisser ces émotions obscurcir ses décisions.

— ... et peut-être une boîte de chocolats. Ils accomplissent toujours des merveilles. Toutes les femmes les adorent, déclara Enya.

— Quoi ?

Depuis combien de temps avait-il perdu la tête ?

— Pourquoi je m'embête à te donner des conseils alors que tu n'écoutes même pas ?

— J'écoutais, mentit-il.

Elle le regarda droit dans les yeux.

— Alors qu'est-ce que j'ai dit ?

— De lui offrir des chocolats.

— Et ?

Elle pressa ses lèvres en une fine ligne.

Il s'efforça de trouver une réponse.

— Lui dire quelque chose de gentil.

Visiblement surprise, Enya arqua un sourcil.

— Donc tu écoutes de temps en temps.

Coup de chance ! Après tout, il n'était pas né de la dernière pluie. Il avait fréquenté suffisamment de femmes pour savoir comment en apaiser une : lui faire des compliments et la couvrir de cadeaux. Comment cela pourrait-il se révéler compliqué ?

— Mais n'en rajoute pas trop. Les femmes détectent quand un homme manque de sincérité.

— Enya ?

— Humm ?

— Fous le camp d'ici ! Ma capacité à écouter des conseils à la con a atteint sa limite pour aujourd'hui.

En gloussant, Enya recula avec aisance, franchissant la porte métallique sans l'ouvrir, tandis que son corps devenait invisible.

— Elle a du cran. Peut-être que je peux apprendre quelque chose d'elle.

Il ne pouvait pas la laisser avoir le dernier mot et fit pivoter la porte de la cabine.

— Suis mes putains d'ordres. Si tu ne peux pas te conformer...

Mais Enya était déjà partie. À la place, un homme en costume d'affaires était entré dans les toilettes et le fixait en secouant la tête.

— Mec, réserve tes prouesses sexuelles pour le privé. Et pour l'amour de Dieu, ne lui parle pas.

Maudissant trois façons d'aller au ciel, Hamish se dépêcha de passer devant lui, l'embarras et la colère l'envahissant à parts égales. Mais ce n'était pas le pire. Devoir jouer le petit ami de cette femme autoritaire, qui ne savait pas quel danger réel elle courait, était de loin le plus gros problème. Cinead s'était trompé : la trahison qu'il avait subie ne l'avait pas vacciné contre l'attirance pour une femme qui suscitait chez lui un désir inexplicable.

Mais il ne prenait pas la responsabilité de cette situation. Non, il avait dans sa manche un bouc émissaire très pratique : le *rasen*. Chaque Gardien de la Nuit ressentait l'appel de l'accouplement au fur et à mesure qu'il se rapprochait de son deux centième anniversaire. Le rasen, le besoin de trouver une compagne et de procréer, influençait un Gardien de la Nuit de la même façon qu'une chienne en chaleur affectait un chien. Mais Hamish était déterminé à l'ignorer – même si cet appel à l'accouplement se présentait sous la forme de la femme la plus délectable qu'il eût jamais rencontrée.

Le Rasen pourrait aller se faire voir !

5

Lorsque son assistante Collette, une femme noire toute en jambes d'une quarantaine d'années, passa la tête dans le bureau, Tessa leva les yeux de ses dossiers.

— Tessa, je m'en vais maintenant, déclara Collette. Et tu devrais faire de même si tu veux arriver à la fête à temps. La circulation y est infernale. As-tu entendu dire qu'ils ont dû fermer Park Avenue à cause d'une manifestation ?

— Oh, merde !

Tessa referma le dossier et se leva d'un bond de son fauteuil en jetant un coup d'œil à sa montre-bracelet.

— Je n'avais pas réalisé qu'il était déjà si tard. Merci, Collette. Est-ce que Poppy se trouve toujours dans l'immeuble ?

Peut-être que Poppy pourrait l'accompagner pour éviter qu'elle doive rester seule avec son nouveau garde du corps, qui lui avait envoyé un texto plus tôt dans l'après-midi pour lui dire qu'il viendrait la chercher à l'hôtel de ville pour l'emmener à l'événement.

— Non, elle est partie il y a longtemps. Elle a dit qu'elle participait à des réunions en dehors du bureau. Je crois qu'elle avait prévu de te retrouver à la fête.

Tessa colla un faux sourire sur son visage pour cacher sa déception.

— C'est parfait, merci. Passe une bonne soirée, Collette.

— Toi aussi, Tessa, répondit son assistante et elle partit en fermant la porte en douceur.

— Bon sang, maugréa-t-elle en ramassant son sac à main.

Le moment était venu de se préparer à partir. Elle vérifia rapidement ses vêtements, s'assurant que son chemisier ne présentait aucune tache, puis enfila sa veste de tailleur grise. Elle avait choisi cette tenue spécialement ce matin, parce qu'elle pourrait la porter à la fois au bureau et à l'événement et qu'elle n'aurait pas à perdre de temps en passant à la maison pour se changer.

Tessa sortit son poudrier et scruta son reflet. Ses joues avaient-elles l'air un peu rouges ? Elle haussa les épaules. Tant pis si c'était le cas. Elle n'allait pas à cet événement pour gagner un concours de beauté.

Son estomac gronda. Rien d'étonnant à cela. Elle avait sauté le déjeuner pour recevoir plusieurs électeurs inquiets dont les familles étaient impliquées dans les récentes émeutes du centre-ville. Ils étaient hors d'eux, la suppliant de les aider, affirmant que leurs fils n'avaient rien à voir avec les bagarres qui avaient eu lieu lors d'une manifestation. Après deux heures passées à écouter la même histoire encore et encore, elle était épuisée et au bord des larmes. Quelque chose devait changer dans cette ville.

Éteignant la lumière en sortant, elle ferma la porte et la verrouilla. L'antichambre, que se partageaient quatre assistants, tous travaillant pour l'un ou l'autre membre du conseil, se trouvait vide. Elle traversait la pièce lorsqu'elle entendit un bruit derrière elle. Tournant sur elle-même, elle serra instinctivement son sac à main plus fort, espérant l'utiliser comme un bouclier contre un agresseur. Elle se figea. Personne ne se trouvait derrière elle ; juste la porte fermée de son bureau et le bureau bien rangé de Collette à quelques mètres sur sa gauche.

Le cœur battant dans la gorge, elle jeta des regards frénétiques dans toutes les directions, mais elle était seule.

— Merde ! jura-t-elle tout bas.

Elle était vraiment en train de perdre la tête. Elle avait refusé de le reconnaitre jusqu'à présent, mais la menace de mort proférée deux jours plus tôt l'avait ébranlée, et l'arrivée du garde du corps lui avait fait prendre conscience de la réalité de sa situation. Quelqu'un n'aimait pas son programme politique, et elle se retrouvait en danger, alors que tout ce qu'elle voulait, c'était ramener la paix et la prospérité dans cette ville. Les habitants de Baltimore avaient besoin d'elle, et elle devait donc gagner cette élection. Et c'était pourquoi – même si elle n'aimait pas l'attitude machiste de Hamish – elle n'avait qu'à jouer le jeu de son garde du corps autoritaire.

Et son garde du corps l'attendait déjà lorsqu'elle atteignit le hall d'entrée. Il avait changé de vêtements et portait maintenant un costume bleu foncé avec une cravate couleur lavande. Mais même l'élégance de sa tenue ne parvenait pas à dissimuler son physique musclé, qui donnait l'impression qu'il aurait pu renverser un char d'assaut à lui tout seul. À sa grande surprise, il lui sourit alors qu'elle s'approchait de lui, et lorsqu'elle le rejoignit, il se pencha et l'embrassa sur la joue.

— Vous êtes en beauté, Tessa.

Choquée par l'intimité physique et le compliment, elle se figea, incapable de formuler une phrase cohérente. Elle le sentit se rapprocher encore plus, sa main sur le bas de son dos, sa bouche près de son oreille.

— C'est là que vous dites, merci d'être venu me chercher, Hamish, chuchota-t-il.

Il ne portait pas d'après-rasage qu'elle eût pu détecter, et il son odeur était plus masculine que n'importe quel homme qu'elle n'eût jamais approché. Essayant de maîtriser les battements rapides de son cœur, elle recula de quelques centimètres et se dégagea de son étreinte.

— Bonjour, Hamish, j'espère que tu n'as pas eu à attendre longtemps.

Il lui tendit le bras, et elle n'eut d'autre choix que de l'accepter, lui permettant de passer devant le service de sécurité du bâtiment jusqu'aux grandes portes à double battant menant à l'extérieur.

— Tu vaux la peine qu'on t'attende, dit-il.

Elle lui jeta un regard de travers et baissa la voix jusqu'à chuchoter.

— Vous n'avez pas besoin d'en rajouter autant. Personne ne nous regarde.

Il la gratifia d'un sourire au charme dévastateur.

— On ne sait jamais.

Puis il lui lança un clin d'œil.

— En plus, j'ai besoin de m'entraîner. Nous en avons tous les deux besoin.

Elle n'avait pas de réponse à cela.

Au bas de l'escalier, il lui lâcha le bras et ouvrit la portière passager d'une Mercedes noire et l'aida à monter. Elle se glissa dans l'élégant habitacle. Quelques instants plus tard, Hamish était monté du côté conducteur et démarra le moteur.

Il fit un signe vers les commandes.

— Si vous voulez allumer la climatisation, elle fonctionne, n'hésitez pas. Ou si vous avez trop froid, je peux allumer le chauffage du siège.

Elle leva un sourcil.

— Pourquoi votre attitude est-elle soudainement devenue plus amicale ?

Il s'éloigna du trottoir et s'inséra dans la circulation du soir.

— Je crois que vous avez eu une mauvaise impression de moi tout à l'heure.

— C'est vrai ?

— Apparemment. Et je sais que c'est en partie ma faute. Je n'ai pas l'habitude que mes protégés refusent toute protection.

— Et je n'ai pas l'habitude que quelqu'un me dise où je peux ou ne peux pas aller.

— Je m'en rends compte. C'est pourquoi je propose une trêve.

— Quel genre de trêve ?

Il la regarda brièvement.

— La seule sorte de trêve qui existe : celle où les deux parties déposent les armes et acceptent de ne pas déclencher les hostilités.

Elle haussa les épaules.

— Je n'ai jamais déclenché les hostilités.

Il ouvrit la bouche, mais la referma. Pendant un moment, il ne dit rien, puis :

— Alors je suppose que c'est à moi de m'excuser pour la dispute dans votre bureau.

— Je suppose que oui.

Elle n'allait pas lui faciliter la tâche, car elle devait mettre une chose au clair : c'était elle la cliente.

— Je suis désolé si j'ai été un peu fort tout à l'heure, commença-t-il, la voix un peu bourrue, comme si cela l'agaçait de devoir s'excuser. Mais tout ce qui me préoccupe, c'est votre sécurité, et je ne ferai aucun compromis à ce sujet. Comme vous l'avez peut-être deviné, l'idée de devoir me faire passer pour votre petit ami ne m'enthousiasme pas. Mais, à partir de maintenant, vous ne le remarquerez plus. Je te le garantis.

Bien qu'elle eût apprécié ses excuses, il les annulait pratiquement avec ses derniers mots. Il n'était pas très enthousiaste à l'idée d'être son prétendu petit ami ?

— Et vous croyez que je le suis ?

Elle poussa un soupir indigné et regarda par la fenêtre latérale.

— Si j'avais le temps de sortir avec quelqu'un, vous ne figureriez pas non plus parmi mes premiers choix.

— Aïe, il s'exclama, accompagné d'un petit rire à peine réprimé.

Elle tourna la tête vers lui et le vit sourire. Bon sang, pourquoi cela l'agaçait-il autant ? Ou bien n'était-ce pas le sourire qui la mettait en colère, mais le fait qu'il n'aimait pas l'idée de sortir avec elle ? Comme si elle n'était pas assez bien pour lui. Ou assez jolie. Ou... oh, merde ! Pourquoi s'en soucier ? Eh bien, elle s'en fichait !

— Hmm, maintenant que nous avons éclairci ce point, je suis certain que nous allons nous entendre à merveille, prophétisa-t-il. Rien n'aide une relation à s'épanouir comme de faibles attentes.

— N'ai-je pas de la chance ?

6

H amish prit une profonde inspiration pour se calmer,
s'empêchant de répondre à la remarque de Tessa.

Garde le contrôle, mec !

Putain, il n'était pas doué pour ça. Il avait déjà eu du mal à s'excuser, et il serait damné s'il en concédait davantage. Elle pouvait peut-être traiter un vrai petit ami comme ça, mais pas lui. Et tout avait si bien commencé. Il lui avait fait un compliment, l'avait embrassée sur la joue, l'avait guidée à la voiture comme un gentleman. Il lui avait même ouvert la portière. Qu'attendait-elle d'autre de lui ?

Si j'avais le temps de sortir avec quelqu'un, vous ne figureriez pas parmi mes premiers choix.

Les mots froids qu'elle avait prononcés résonnaient dans son esprit. Elle lui avait clairement fait comprendre qu'elle ne l'aimait pas. Il devrait s'en réjouir. Après tout, cela ne rendait-il pas les choses plus faciles ? Au moins, il éviterait de se laisser tenter d'agir en fonction de son inexplicable attirance pour elle, sachant qu'elle rejetterait toute avance de toute façon. Mais au lieu de se réjouir de son indifférence à son égard, cela l'énervait.

— Nous serons bientôt arrivés, dit-il dans le silence.

— La circulation est très dense, dit Tessa, la voix dubitative, en désignant l'intersection devant eux.

Lorsqu'ils l'atteignirent, ils comprirent pourquoi personne ne passait. Dans la rue à leur gauche, une foule en colère s'était formée. Il n'était pas possible de savoir immédiatement contre qui ou contre quoi ils étaient en colère. Après tout, des émeutes aléatoires semblaient éclater pratiquement tous les deux jours ces derniers temps. Et cette foule brandissait des battes de baseball et des pierres.

— Merde !

Hamish jura et chercha une issue de secours. La circulation le bloquait déjà derrière. Il avait suffisamment d'espace devant pour faire demi-tour, mais les véhicules venant en sens inverse avaient également bloqué cette voie, l'empêchant de faire demi-tour par où ils étaient venus.

Traverser l'intersection n'était pas une option. La police avait déjà barricadé la rue. Sa seule option consistait à tourner à droite. Lorsqu'il jeta un coup d'œil à Tessa, il remarqua son regard plein d'appréhension.

— Ça empire de jour en jour, murmura-t-elle.

— Je vais nous sortir de là.

Tournant brusquement le volant vers la droite, il les sortit de la circulation et sauta le trottoir. Ils roulèrent sur le large trottoir, deux roues dans la rue, deux sur le trottoir. Heureusement, tous les piétons avaient fui, ne voulant pas se faire renverser par la foule en colère qui était maintenant en train de briser les vitres et de jeter des pierres sur les voitures, en criant et en hurlant des choses inintelligibles.

Dès qu'il vit une ruelle sur sa droite, il la prit et s'y engouffra plus vite qu'il ne l'aurait dû. Mais il avait réussi à mettre sa précieuse passagère hors de la zone de danger. C'était tout ce qui comptait.

À présent, il pouvait à nouveau penser à d'autres choses. Comme la beauté de Tessa lorsqu'elle s'était approchée de lui dans le hall d'entrée. Elle rayonnait et ses yeux lavande brillaient davantage qu'ils ne l'avaient fait plus tôt dans la journée. Et plus elle s'approchait, plus ils devenaient éclatants. À cette pensée, il aperçut son propre reflet dans le pare-brise et remarqua que la même couleur se reflétait sur lui. Mais la couleur ne venait pas des yeux de Tessa, elle venait de sa cravate.

Il regarda à deux fois. Avait-il accidentellement choisi une cravate assortie à ses yeux ? Qu'est-ce qui n'allait pas chez lui ?

Agacé contre lui-même de ne pas avoir fait plus d'efforts pour réprimer l'effet que rasen avait manifestement sur lui, il essaya de se concentrer sur la conduite jusqu'à ce qu'ils arrivent à l'événement.

À peine à l'heure, il s'arrêta à côté du trottoir où un voiturier attendait déjà pour prendre les clés de la voiture. Hamish sauta dehors de la voiture et arracha le ticket au type, grogna un rapide « Merci » et fit le tour de la voiture. Mais il n'était pas assez rapide. Tessa était déjà sortie. Il ferma la porte de la voiture derrière elle et lui prit le coude.

Elle tourna la tête vers lui.

— Quoi ?

— Attention, les marches sont inégales, et il fait trop sombre.

Il désigna les marches qui menaient à l'entrée du bâtiment d'apparence industrielle. Ce n'était certainement pas l'un de ces événements de collecte de fonds dans des hôtels chics auxquels les politiciens aimaient assister. Cela avait l'air beaucoup moins élégant.

— Prenez mon bras, s'il vous plaît, dit-il d'un ton plus doux, de nouveau en mode prétendu petit ami.

Lorsqu'elle passa finalement son bras sous le sien, il plaça sa main sur la sienne et la pressa doucement. Il sentit un frisson correspondant remonter le long de son bras et de sa colonne vertébrale, lui rappelant que cela faisait longtemps qu'il n'avait pas touché une femme.

— Quand nous entrerons, je devrai me mêler à la foule, déclara-t-elle.

— Pas d'inquiétude, vous ne croiserez pas mon chemin.

Il pouvait tout aussi bien la surveiller d'un peu loin. Peut-être que ce serait mieux de toute façon.

— Bien.

Ils arrivèrent à l'entrée, où une jeune femme asiatique d'une vingtaine d'années attendait avec un presse-papiers.

— Nom, s'il vous plaît.

— Tessa Wallace, répondit Tessa.

— Oh, Mlle Wallace, je suis désolée de ne pas vous avoir reconnue tout de suite. C'est juste qu'il fait si sombre ici. Vous savez, quelque chose s'est mal passé avec les lumières tout à l'heure, et les électriciens n'ont pas encore pu le réparer, bafouilla-t-elle avec excitation.

— Ce n'est pas grave, dit Tessa d'un ton amical.

La femme se pencha un peu, ce qui mit immédiatement Hamish en alerte.

— Et juste pour que vous le sachiez, je voterai pour vous. Nous avons besoin de quelqu'un comme vous.

Tessa lui adressa un sourire et lui tendit la main.

— C'est très gentil de votre part. Merci, j'apprécie vraiment votre soutien.

Ils se serrèrent la main, et la femme regarda à nouveau son presse-papiers.

— Bizarre, vous avez répondu pour une seule personne. Humm.

— Je suis désolé, interrompit Hamish en souriant à la femme. C'est entièrement ma faute. Je ne pensais pas pouvoir venir ce soir, mais j'ai dû annuler quelque chose pour pouvoir accompagner Tessa finalement. J'espère que cela ne posera pas de problème.

Elle lui jeta un regard étouffé, ses joues prenant une teinte rouge plus foncé, avant de sourire à son tour.

— Non, bien sûr que non, tous les invités de Mlle Wallace sont les bienvenus.

Elle fixa l'endroit où le bras de Tessa était toujours lié au sien.

— Je vais juste devoir noter qui vous êtes et à quel titre vous assistez à cette soirée.

— Hamish McGregor. Inscrivez-moi comme le chanceux qui sort avec Mlle Wallace.

Il lui lança un clin d'œil.

— Oh, oui, bien sûr, M. McGregor. Passez une bonne soirée.

Elle reporta son regard sur Tessa.

— Vous deux, je veux dire.

Tout en accompagnant Tessa à l'intérieur, il jeta un coup d'œil en arrière. D'autres personnes faisaient la queue derrière eux, attendant qu'on les laisse entrer. Hamish laissa son regard vagabonder, évaluant ce qui l'entourait. Une scène se trouvait à une extrémité, des tables hautes avec des boissons et des canapés le long des murs, ainsi qu'une petite piste de danse sur le côté. Une boule disco de mauvais goût datant des années 80 était suspendue au centre de la piste de danse. Elle tournait, reflétant la lumière de plusieurs projecteurs colorés sur les murs et le plafond, ainsi que sur les invités. De la musique était diffusée de quelque part. Une abondance de lumières scintillantes créait une atmosphère de fête dans la grande salle de style industriel avec ses conduits et ses poutres apparentes qui couraient le long du haut plafond.

Il regarda Tessa, dont les yeux erraient déjà pour s'assurer des personnes présentes.

— Quel genre d'événement est-ce d'ailleurs ? demanda-t-il.

— Je croyais que vous aviez regardé mon emploi du temps.

— On dirait que votre directrice de campagne ne m'a envoyé que la version abrégée.

Une chose à laquelle il devait remédier plus tard.

— Elle ne m'a donné que le lieu et l'heure.

— Ça devait être un oubli.

Hamish arqua un sourcil. Oubli, son cul !

— Oui, bien sûr.

Puis il fit montra du doigt la foule présente dans la grande salle.

— Alors, que se passe-t-il ?

— C'est l'ouverture du nouveau centre de désintoxication.

— Celui auquel le conseil municipal s'est opposé avec tant d'acharnement ?

Elle acquiesça.

— Vous connaissez la politique de votre ville. J'ai réussi à le faire passer, mais l'une des concessions était qu'ils l'établiraient ici.

Il la regarda, comprenant son message.

— Ce n'est pas vraiment le meilleur quartier de la ville. Ce n'est pas un bon endroit pour éloigner les toxicomanes des mauvaises influences.

Le visage de Tessa s'illumina.

— J'ai dit la même chose aux autres membres du conseil. Mais ils ont refusé de voir où je voulais en venir.

— Laissez-moi deviner : ils n'en voulaient pas dans leur jardin ni dans celui de leurs électeurs.

Elle soupira.

— Le centre était tellement nécessaire que j'ai dû faire des compromis. J'espère juste que nous ne finirons pas par le payer plus tard.

— C'est un début. Vous devriez vous en réjouir.

— Je le suis.

Elle regarda autour d'elle, faisant signe à la foule.

— J'aurais juste aimé en faire plus. Mais Gunn s'est opposé à moi jusqu'au bout.

— Le maire par intérim ?

— Il n'était pas maire par intérim à l'époque. Il n'était qu'un membre du conseil municipal comme moi. Et c'est dans son district que le centre devait s'installer. Ils avaient déjà obtenu un bâtiment. Mais il a mobilisé le conseil pour s'opposer à la demande.

Soudain, elle regarda au-delà de Hamish, les yeux écarquillés, la bouche entrouverte.

— Oh cette petite merde ! Pourquoi est-il ici ?

Hamish tourna la tête dans la direction du regard de Tessa. Là, à quelques mètres seulement, Robert Gunn, le maire par intérim, serrait la main d'un autre homme.

— À qui Gunn parle-t-il ? demanda Hamish en désignant l'homme âgé bien habillé aux cheveux noirs qui, à en juger par ses sourcils gris, étaient teints.

Tessa lui lança un regard, la colère jaillissant de ses yeux à présent.

— Bill Mantle, le directeur du centre.

Soudain, la musique s'interrompit, et on put entendre Mantle dire à Gunn :

— Sans votre soutien, nous n'aurions jamais réussi à faire décoller ce projet. Comment pourrais-je vous remercier ?

Gunn éclata de rire.

— Eh bien, ce n'est pas que je veuille quoi que ce soit en retour, mais puisque vous le demandez...

Juste à ce moment-là, la musique s'amplifia encore, noyant le reste de la réponse de Gunn. Hamish se retourna vers Tessa, dont la mâchoire se crispait.

— Il s'en attribue le mérite alors qu'il s'est toujours opposé au centre. Cet abruti, murmura-t-elle, de l'indignation dans la voix, et le dépassa.

Mais Hamish lui attrapa le bras, la retenant en arrière.

— Laissez-moi partir !

Il la tira plus près, glissant un bras autour de sa taille.

— Ne faites pas ça ! Le fait que vous alliez l'accuser de vous avoir volé le tonnerre ne va pas vous aider maintenant.

— Mais...

— Croyez-moi, Tessa, vous ne voulez pas que les gens se souviennent de vous comme de la garce hystérique qui a commencé une partie de pisse avec le maire par intérim. Ça ne ferait que jouer en sa faveur.

— Je ne suis pas hystérique ! Il s'est opposé au centre, et maintenant il fait semblant d'être pour.

Hamish la dirigea dans la direction opposée, la guidant vers la piste de danse, tandis qu'elle continuait ses protestations. Après tout, la directive de Cinead visait à la maintenir sur le droit chemin. Déclencher une bagarre n'était certainement pas la solution, même s'il comprenait sa colère.

Une fois sur la piste de danse, il l'attira dans ses bras et commença à danser.

— Pourquoi agissez-vous ainsi ? protesta-t-elle.

— Je vous empêche de faire quelque chose de stupide.

— Comment osez-vous ? siffla-t-elle et tenta de se dégager de ses bras. Sans succès.

Il l'attira plus près de lui pour que son corps fût pressé contre le sien, leurs poitrines, leurs hanches et leurs cuisses se touchant. Elle inspira brusquement, comme si elle ne réalisait que maintenant l'intimité de leur situation.

Hamish pencha la tête vers son oreille.

– Maintenant, faites comme si vous aimiez vraiment danser avec votre petit ami, et ne donnez pas l'impression que vous préféreriez être quelque part d'autre. Les gens regardent.

Elle grommela indistinctement, mais se mit à danser avec lui. Au bout de quelques instants, il relâcha sa prise ferme, mais Tessa continua à lui emboîter le pas avec une telle grâce qu'on avait l'impression qu'ils s'étaient entraînés ensemble de nombreuses heures.

— Vous dansez très bien, murmura-t-il, appréciant le moment.

Depuis combien de temps exactement n'avait-il pas dansé avec une femme ?

— Vous aussi.

Elle leva les yeux pour le regarder.

— Mais vous n'êtes pas obligé de faire ça. Je me suis calmé depuis. Je vous le promets. Je ne vais pas commencer à me battre avec Gunn."

Il gloussa.

— Vraiment ?

Elle se raidit légèrement, ce qui l'incita à caresser doucement sa main le long du bas de son dos.

— Hamish, marmonna-t-elle sous sa respiration, ses yeux dardant sur le côté comme pour vérifier si quelqu'un se trouvait assez près pour l'entendre. J'ai dit que vous pouviez me laisser partir maintenant.

— Non, vous savez dit que je n'étais pas obligé de danser avec vous.

— Même chose. Nous n'avons pas besoin de danser.

— Pourquoi ? demanda-t-il en l'épinglant du regard. De quoi avez-vous peur ? Que vous puissiez vraiment vous amuser ?

Bon sang ! Avant d'aller la chercher, il avait résolu d'utiliser son charme pour qu'elle se plie à ses ordres – comme Enya l'avait suggéré (même s'il ne l'admettrait jamais devant sa collègue gardienne.) Et tout s'était plutôt bien passé jusqu'à présent. Alors, pourquoi se sentait-il de nouveau agacé par elle ? Était-ce parce qu'elle refusait catégoriquement qu'il la touche ? Le trouvait-elle à ce point repoussant ? Et si c'était le cas ? Pourquoi cela le dérangerait-il ? Ce n'était qu'une mission comme une autre. C'était une humaine, et il avait juré d'éviter les humaines, ne voulant pas tomber dans le même piège une seconde fois.

— Je... Je... Je ne me sens pas bien, balbutia-t-elle, semblant embarrassée.

Malgré ses paroles et contre son meilleur jugement, il l'entraîna dans un autre virage, la fit tournoyer, puis la ramena vers lui. Elle haleta et sa poitrine se gonfla. Ses joues semblaient rougir tout à coup, un sourire timide se forma sur ses lèvres. Pendant un instant, il oublia sa raison de visite. Il ne vit que ses joues rouges, ses yeux lavande pétillants et ses lèvres pulpeuses – des lèvres qu'il se plaisait à imaginer écartées en guise d'invitation. Depuis combien de temps n'avait-il pas accepté une telle invitation ? Depuis combien de temps n'avait-il pas embrassé une femme ? Se rappelait-il même le goût des lèvres d'une femme ?

Il n'avait qu'à se pencher plus près...

— Tessa, te voilà !

7

———

Tessa tourna la tête vers la voix et s'arrêta instinctivement de danser, se dégageant des bras d'Hamish – des bras qui lui semblaient bien trop tentants. Elle avait presque oublié pourquoi elle participait à cet événement. La personne qui se tenait maintenant à quelques mètres d'elle lui rappelait le but de cette soirée.

— Gabriella, quel plaisir de te voir !» s'empressa de dire Tessa à la directrice adjointe du centre, et lui tendit la main en guise de salut.

En lui serrant la main, Gabriella jeta un coup d'œil devant elle à Hamish, puis à nouveau à elle. «

— Je ne voulais pas vous interrompre, mais nous voulions en finir avec les discours, pour que nous puissions tous nous amuser, n'est-ce pas ?

Elle gloussa comme une écolière, ses yeux passant une fois de plus devant Tessa.

— J'ai l'impression que tu as déjà commencé.

À l'allusion évidente de Gabriella, Tessa se retourna et fit signe à Hamish.

— Gabriella, voici Hamish McGregor, mon, euh, petit ami.

Mon Dieu, cela semblait si étrange, bien qu'elle ne sût pas si c'était parce qu'elle détestait mentir ou parce que la présence d'un petit ami lui paraissait si lointaine.

— Hamish, voici Gabriella VanSant, la directrice adjointe du nouveau centre.

Hamish lui serra la main et décocha un sourire au charme ravageur.

— Quel plaisir de vous rencontrer enfin. Tessa ne tarit pas d'éloges à votre sujet.

Tessa faillit s'étouffer devant la facilité avec laquelle le mensonge roulait sur les lèvres de Hamish. Et si Gabriella commençait à poser des questions sur les propos de Tessa à son sujet ?

— Tout le plaisir est pour moi.

Gabriella gloussa à nouveau, ce qui lui donna l'air d'avoir au moins dix ans de moins. De toute évidence, même une femme de soixante ans pouvait encore succomber au charme d'un bel homme, même s'il avait vingt-cinq ans de moins qu'elle. Comment appelait-on les femmes comme ça déjà ? Ah oui, les cougars.

C'était alors que Gabriella lui jeta un regard de reproche.

— Où as-tu caché cet homme pendant tous ces mois ?

— Euh, oh, je l'ai omis. C'est juste que, je...

Hamish prit la main de Tessa.

— Tessa et moi ne sortons pas ensemble depuis très longtemps.

Il lui sourit, puis reporta son regard sur leur hôte.

— Nous nous voyons assez souvent ces jours-ci. Je suis convaincu qu'une femme comme vous, Mme VanSant, sait tout de l'excitation d'un nouvel amour.

Gabriella rougit furieusement. Hamish avait réussi à lui faire un compliment en faisant allusion au fait qu'elle aussi était désirable et pouvait rendre un homme fou d'elle. Elle était encore belle malgré son âge et ses rides. Même les kilos en trop qu'elle portait autour des hanches et du ventre ne pouvaient rien y changer.

En riant, Gabriella s'amusa à frapper sa main contre le biceps de Hamish, avant de se retourner vers Tessa.

— Tessa, tu ferais mieux de surveiller ce type, ou toutes les femmes ici présentes essaieront de te l'arracher.

Hamish se mit à rire.

– Aucune chance.

Oui, avait envie de dire Tessa, parce que je le paie pour sa compagnie.

Au lieu de cela, elle sourit simplement, jouant la petite amie en mal d'amour.

— Alors, M. McGregor, vous faites aussi de la politique ?

— Non, loin de là. Je suis écrivain.

L'intérêt se répandit sur le visage de Gabriella.

— Oh, comme c'est excitant ! Qu'est-ce que vous écrivez ?

— Des manuels d'instructions pour les machines industrielles lourdes. C'est assez fascinant. Je travaille actuellement sur une nouvelle machine vraiment passionnante.

— Oh !

La déception dans la voix de Gabriella était palpable. Elle essaya de la cacher par un sourire.

— Eh bien, c'est excellent.

Puis elle regarda sa montre.

— Tessa, on se retrouve sur la scène dans environ cinq minutes ? Je vais préparer les autres orateurs d'ici là.

— Ça a l'air super, j'arrive dans un instant, répondit Tessa. Oh, et Gabriella, as-tu vu ma directrice de campagne ? Elle devait me rejoindre ici.

— Poppy se trouve déjà sur scène, dit Gabriella, avant de s'adresser à Hamish. J'ai été ravie de vous rencontrer, M McGregor.

Dès que Tessa se trouva hors de portée de voix, elle se tourna vers Hamish.

— Des manuels d'instruction pour des machines industrielles lourdes ? Pourquoi diable ?

— Dans mon travail, j'ai l'habitude de me fondre dans la masse. Croyez-moi, personne ne veut me parler quand on apprend que j'écris des manuels d'instruction. Je ne trouve rien de plus ennuyeux, et personne ne veut être coincé avec un bavard qui radote sur des trucs techniques ennuyeux. Ou bien n'avez-vous pas remarqué à quelle vitesse Mme VanSant s'est désintéressée de la question ?

Elle devait admettre qu'il n'avait pas tort.

— Je suppose.

Il se pencha.

— Ou préféreriez-vous que votre petit ami soit médecin ou avocat ?

— Je pense que je peux très bien m'occuper d'un type qui écrit des manuels d'instruction.

En fait, si c'était là la véritable profession de Hamish, peut-être le trouverait-elle moins intimidant. Mais, dans l'état actuel des choses, se trouver en présence d'un garde du corps, même s'il était son garde du corps, restait encore une chose à laquelle elle devait s'habituer.

Tessa pointa du doigt le côté de la salle où se trouvait la scène.

— Je devrais me diriger vers la scène et me préparer à dire quelques mots.

Hamish lui prit le bras.

— Je vais marcher avec vous.

Il commença à la guider à travers la foule.

— Alors, c'était quoi ce bâtiment avant d'ailleurs ? Il a l'air assez industriel.

— C'était une usine d'outils autrefois. Mais on a externalisé le travail dans un pays où la main-d'œuvre se vendait à moindre coût, et depuis, l'espace est resté vide. C'est devenu une horreur. Des gangs traînaient ici, commettant leurs pires méfaits. Le propriétaire fermait les yeux.

— Alors il l'a vendu au centre ? devina Hamish.

— Pas exactement. Il en a fait don. Une grosse déduction fiscale apparemment.

— Tout est bien qui finit bien.

Elle haussa les épaules.

— Je suppose que oui.

Arrivé à la scène – une simple construction en bois à seulement un mètre du sol – Hamish lâcha son bras.

— Je vous surveillerai d'ici.

Elle acquiesça et emprunta les trois marches menant à la plate-forme où plusieurs personnes étaient déjà rassemblées. Elle ne fut pas surprise d'y voir Gunn. Il était en train de s'acoquiner avec le directeur, Bill Mantle, pendant que Gabriella et un bénévole ajustaient le micro et quelques câbles sur le podium. Poppy lui fit un signe de la main, tout endimanchée et étincelante pour l'occasion. Elle portait un pantalon noir qui s'évasait à ses pieds et un chemisier de la même couleur recouvert de paillettes argentées qui reflétaient la lumière de la salle dans les couleurs de l'arc-en-ciel. On aurait dit qu'elle sortait d'un film des années 80 et qu'elle allait se mettre à chanter et à danser d'un instant à l'autre. Mais avant que Tessa ne pût aller dire bonjour à Poppy, Gunn la remarqua et elle n'eut d'autre choix que de le saluer.

Elle fit d'abord un signe de tête à Mantle.

— Ravi de vous revoir, M. Mantle.

Puis elle se tourna vers Gunn.

— Robert. Je n'avais pas réalisé que tu participais à cet événement.

Il sourit largement.

— En tant que maire –

— Maire par intérim, corrigea-t-elle.

— ... maire par intérim, je dois assister à des événements importants comme ceux-ci.

Son sourire ne faiblit pas.

— De plus, je suis un fervent défenseur de la réhabilitation des toxicomanes.

Cette dernière phrase s'avérait clairement une tentative de séduire la directrice. Tessa, elle, se trouvait bien placée pour le savoir. Gunn se fichait d'une manière ou d'une autre de la réhabilitation des toxicomanes tant qu'elle n'avait pas lieu dans son jardin. Il ne représentait pas les défavorisés de cette ville. Il soutenait les riches.

— Et je te remercie pour ton appui, dit Mantle avant que Tessa ne trouve les mots justes pour réfuter son affirmation.

Gabriella les rejoignit à ce moment-là.

— Nous sommes prêts à commencer. Je vais faire les présentations, puis le maire Gunn prendra la parole, ensuite Mlle. Wallace, et toi, Bill, tu concluras.

— J'insiste pour que Mlle. Wallace passe en premier, interrompit Gunn. Je ne veux pas lui voler la vedette. Après tout, elle a travaillé très dur pour que le conseil municipal approuve ce centre. Je n'ai vraiment pas besoin de parler. Je me contente d'être présent, d'observer.

Surprise par ses paroles, Tessa haussa un sourcil.

— Vous en êtes certain, M. Gunn ? demanda Gabriella. Nous avons bien assez de temps alloué pour que tout le monde puisse s'exprimer.

Gunn lui fit un signe de la main.

— Non, non. S'il vous plaît, laissez Mlle. Wallace être sous les feux des projecteurs. C'est toute sa réussite.

— C'est très généreux de votre part, M. Gunn, dit Mantle en faisant signe à Gabriella. Commençons alors.

Tessa jeta un coup d'œil en arrière vers Gunn.

— Merci, Robert.

Mais au fond de son esprit, des questions commencèrent à surgir. Depuis quand Robert Gunn cédait-il la scène à un adversaire politique ?

8

***

Les bavardages des participants s'atténuèrent par anticipation. Hamish n'écoutait qu'à moitié pendant que Gabriella présentait les personnes présentes sur la petite scène. Au lieu de cela, il laissa ses yeux errer, parcourant l'assemblée.

Il se tenait près des marches qui menaient à la scène, où, grâce à sa taille, il bénéficiait d'une bonne vue sur la foule. Il fit un zoom sur les personnes du public qui tenaient des appareils photo à la main. Quelques flashs éclairaient la salle. D'autres personnes prenaient des vidéos avec leurs smartphones. Ses yeux cherchaient des pistolets ou toute autre arme, mais il ne détecta rien de suspect.

Néanmoins, il restait vigilant, même s'il doutait que les démons tenteraient quoi que ce soit dans un lieu aussi public où les badauds enregistreraient tout avec leurs caméras. Après tout, les démons devaient eux aussi se soucier de s'exposer – et contrairement aux Gardiens de la Nuit, ils ne pouvaient pas se rendre invisibles. Donc, si un démon se cachait parmi les spectateurs, Hamish finirait par le repérer.

Les personnes qui prévoyaient des problèmes le faisaient toujours savoir, soit en agissant de façon suspecte, soit en essayant trop fort de s'intégrer. Dans tous les cas, ils se faisaient remarquer. Il surveillait donc ceux qui n'applaudissaient pas quand tout le monde applaudissait, qui ne riaient pas quand un orateur faisait une blague. Mais surtout, il surveillait ceux qui se protégeaient les yeux, soit en portant des lunettes, soit en gardant le regard fixé sur le sol, car ils partageaient une caractéristique physique : les yeux verts.

Leurs yeux et leur sang verts constituaient la seule preuve extérieure de leur nature démoniaque. L'aura qui entourait les autres créatures surnaturelles – vampires, sorcières et autres – et permettait aux Gardiens de la Nuit de les identifier faisait défaut chez les démons. Les Gardiens de la Nuit supposaient que c'était le cas parce que la plupart des démons, sinon tous, étaient autrefois des humains – avant de commettre des actes si atroces que le monde souterrain avait réclamé leur âme. Il n'avait jamais entendu parler de quelqu'un qui avait été racheté après s'être soumis aux démons et avoir rejoint leurs rangs – des rangs qui semblaient croître de façon exponentielle plus la violence et la peur régnaient sur le monde.

—... sans l'aide de qui nous n'aurions jamais pu aller aussi loin.

La voix de Tessa pénétra son esprit et il jeta un coup d'œil sur elle, en haut de la scène, parlant librement sans aucune note.

— Et vous tous, qui avez offert vos dons avec une grande générosité pour cette noble cause : merci pour votre soutien.

Des applaudissements suivirent les paroles sincères de Tessa et s'amplifièrent chaque seconde. Le bruit semblait devenir plus grinçant à ses oreilles, presque métallique. Quelque chose ne lui semblait pas normal.

Une sensation de picotement parcourut son échine et il scruta la foule, puis fixa Tessa qui se tenait toujours au pupitre, s'abreuvant de l'adoration de la foule. Des larmes semblaient briller dans ses yeux, et elle les essuya avec sa main. La lumière dansait sur son visage, se reflétant sur la boule disco qui tournait toujours à l'autre bout de la salle. Le bracelet d'argent autour de son poignet en capturait aussi une partie.

Involontairement, Hamish leva les yeux vers le plafond.

— Merde ! jura-t-il et il fonça sur les marches qui menaient au podium.

Il l'entendit commencer – un bruit de déchirure, un claquement de métal – et il ne s'arrêta pas, même pour une fraction de seconde. Il bondit vers Tessa, ses pieds touchant à peine le sol, ses bras tendus. Il la poussa loin du pupitre, se jetant sur elle alors qu'elle tombait sur le sol. Derrière Hamish, du métal s'écrasa sur le podium en bois, mais son corps recouvrait Tessa, la protégeant des débris qui tombaient.

Des cris de choc et d'horreur résonnaient dans la salle alors que les applaudissements mesurèrent instantanément.

— Tessa, vous allez bien ? réussit-il à demander.

Sous lui, Tessa trembla. Il pouvait sentir son cœur battre la chamade, ou était-ce le sien ?

— Oui.

— Vous ne risquez plus rien, *lass*, tout va bien, murmura-t-il avec soulagement.

Lentement, il décolla son corps d'elle et regarda par-dessus son épaule l'endroit où Tessa s'était tenue quelques secondes plus tôt. Le pupitre était entièrement détruit par le conduit. Si Tessa avait été touchée, elle aurait été gravement blessée, voire tuée.

Merde, merde, merde !

Son cœur s'emballait de façon incontrôlable.

Il avait observé les gens, mais avait négligé de vérifier si quelqu'un avait bricolé la scène ou ses environs pour provoquer un accident.

— Oh Tessa, non ! cria Poppy.

— Oh mon Dieu, quelle horreur ! s'écria Gabriella, la voix aiguë.

— Tessa, ça va ?

C'était Gunn qui accourut à présent, suivi de Mantle. D'autres montèrent sur la scène.

— Restez en arrière ! ordonna Hamish, en levant le bras pour souligner son ordre. Je m'en occupe. Elle va bien.

— Vous êtes un héros ! s'exclama Gabriella, et d'autres répétèrent ses paroles.

Mais il ne se souciait pas de tout cela. Tout ce qui l'intéressait, c'était la sécurité de Tessa. Elle se trouvait toujours au sol, essayant de s'asseoir maintenant, et il se tenait toujours accroupi à côté d'elle. Il l'attrapa et la tira dans ses bras. Lorsqu'elle croisa enfin son regard, la peur pure se reflétait dans ses magnifiques yeux lavande.

— Hamish...

— Quel terrible accident ! s'exclama Gunn derrière lui. Monsieur Mantle, vous ne pouvez pas ouvrir le centre maintenant. Vous allez devoir faire inspecter à nouveau toutes les constructions. J'insiste. Ce n'est pas sûr.

Hamish ne put pas entendre la réponse car Mantle tira Gunn sur le côté, lui parlant à voix basse.

— Je te ramène à la maison.

Tessa ne protestait pas quand il l'aida à se relever, mais elle tressaillit quand il la remit sur ses pieds.

— Es-tu blessée ?

— Tu as besoin de quelque chose, Tessa ? interrompit Poppy. Je peux te raccompagner chez toi.

Tessa secoua la tête.

— Je suis juste un peu contusionnée.

Hamish la regarda de haut en bas et remarqua une écorchure sur un genou.

— Tu saignes.

— Ça ne fait pas mal.

— Je nettoierai ta plaie quand nous te ramènerons à la maison.

Puis il regarda Poppy.

— Je vais m'occuper d'elle. Merci, Poppy.

Il passa son bras autour de Tessa et l'entraîna vers les marches. Gabriella marchait avec eux, un air inquiet sur le visage.

— Nous devrions appeler une ambulance, suggéra-t-elle.

— Merci, Mme VanSant, mais je vais m'occuper de Tessa.

Gabriella regarda Tessa pour obtenir une confirmation et la reçut sous la forme d'un hochement de tête.

— Je vous appellerai demain pour savoir comment vous allez, cria Gabriella après elle, et nous ferons une enquête pour savoir comment cet accident a pu se produire.

Au milieu de quelques flashs d'appareils photo, Hamish poussa Tessa hors de la scène et vers la sortie la plus proche aussi rapidement qu'il le pouvait. Le temps pressait. Il devait contacter ses collègues pour qu'ils pussent enquêter sur cette tentative d'assassinat de Tessa avant que quiconque n'eût la possibilité de détruire des preuves.

Parce que ce n'était pas un accident.

9

Engourdie, Tessa laissa Hamish la raccompagner jusqu'à sa voiture et l'aider à s'asseoir sur le siège passager. Les badauds prenaient des photos avec leurs téléphones portables en parlant avec excitation. Tessa ne pouvait même pas entendre ce qu'ils disaient, tant il y avait de voix qui se chevauchaient. Le vacarme qui régnait était assourdissant. Ce n'est que lorsque Hamish s'installa enfin au volant et ferma la porte de la voiture que le calme revint. Elle réalisa alors que son cœur battait la chamade et que des gouttes de sueur froide perlaient sur son cou et le long de sa colonne vertébrale.

Elle posa un regard sur ses mains : elles tremblaient. Elle les serra fort l'une contre l'autre, espérant que ça arrêterait les tremblements, mais ça n'était pas le cas.

— Nous allons bientôt arriver chez vous. Vous êtes maintenant en sécurité.

La voix d'Hamish le réconfortait, mais, même si elle tentait de calmer son esprit, les souvenirs de ce qui venait de se passer refaisaient surface.

Des images commençaient à défiler devant ses yeux. La foule qui applaudissait. Puis, Hamish se jeta sur elle comme un train de marchandises, la faisant trébucher et s'écraser rudement sur le plancher en bois brut. Le bruit du métal tombant sur le pupitre. Quand il l'eut relâchée, elle vit pour la première fois l'énorme tuyau d'air qui l'aurait aplatie sous son poids, tout comme il avait fait voler en éclats le pupitre en bois. Cette pensée la remplit d'un frisson glacial.

Hamish prit alors une voix empreinte de regret.

— Je dois absolument passer un appel, déclara-t-il, une pointe de regret dans sa voix.

Elle acquiesça machinalement, mais aucun son ne put franchir ses lèvres, de peur que des sanglots ne s'échappent. Au lieu de cela, elle se tourna vers la fenêtre latérale, tentant désespérément d'éloigner les souvenirs troublants qui assaillaient son esprit. Elle ne croyait pas aux coïncidences, pas à celles qui auraient pu lui être fatales. Pas après la menace qu'elle avait reçue. Jusqu'à présent, elle n'avait pas vraiment cru que quelqu'un lui voulait vraiment du mal, mais maintenant elle devait se rendre à l'évidence.

— Oui, Enya, nous avons eu un incident, dit Hamish dans le téléphone et poursuivi après une pause de quelques secondes. Un morceau de conduit d'aération est tombé sur l'estrade où Tessa prenait la parole ce soir. Il l'a presque touchée... Oui, exactement, je pense la même chose. J'ai besoin que toi et l'équipe alliez au nouveau centre de réhabilitation des toxicomanes pour vérifier les choses... Peux-tu me transmettre ma position GPS d'il y a dix minutes ? Bien, vas-y aussi vite que tu peux. J'ai besoin de savoir comment c'est arrivé. Regarde le système d'air conditionné, l'électricité, l'éclairage, tout le reste. Et vérifie le conduit. Il m'a semblé neuf, mais je peux me tromper... Oui, merci. Oh, et autre chose : beaucoup de participants possédaient des caméras et filmaient l'événement.

Tessa lui jeta alors un coup d'œil, surprise par le cheminement de ses pensées. Ce n'était pas étonnant qu'il fût garde du corps. Il restait calme sous la pression. Contrairement à elle.

— J'ai besoin de voir les images. Je suis certain que tout le monde est déjà en train de télécharger ses vidéos et ses photos sur les médias sociaux. Vérifie chaque plateforme et copie tout sur nos serveurs. Mets Pearce sur le coup. Je veux examiner chaque élément de preuve. Quelqu'un a dû attraper quelque chose. Cette chose n'est pas tombée toute seule.

Il s'arrêta quelques secondes, lui jetant un regard en biais, puis dit au téléphone :

— Oui, appelle-moi dès que tu as de ses nouvelles. Je serai chez Tessa.

Il déconnecta l'appel et laissa tomber son téléphone portable dans le porte-gobelet situé entre leurs sièges.

— Qui était-ce ? s'entendit-elle demander.

— Enya, l'une de mes collègues. L'équipe et elle vont comprendre comment cela a pu se produire.

— Je doute que les employés du centre les laissent fouiner. Je suis sûr qu'ils ont déjà appelé la police.

— Ne vous inquiétez pas, notre entreprise collabore tout le temps avec la police.

Il lui lança un regard rassurant.

— Y a-t-il une chance que ce soit un accident ?

Peut-être qu'elle réagissait de façon excessive. Peut-être que quelque chose s'était mal passé pendant la rénovation de l'espace. Peut-être s'agissait-il d'un travail bâclé, et non d'un complot infâme visant à l'éliminer de la course à la mairie.

— Il y a toujours une chance, répondit finalement Hamish, bien que l'hésitation bordât sa voix.

— Mais vous ne le pensez pas.

Il soupira.

— Écoutez, Tessa, quoi que ce soit, accident ou pas, vous êtes en sécurité pour l'instant. Et je vais m'assurer que cela reste ainsi. À partir de maintenant, je vérifierai à l'avance tous les lieux où vous devez intervenir. Personne n'aura plus jamais l'occasion de faire quelque chose comme ça.

Elle acquiesça, réalisant soudain à quel point elle avait été stupide de se révolter contre son aide. Rien de tel qu'une expérience de mort imminente pour lui faire voir son protecteur sous un jour nouveau. Il n'essayait pas de lui donner des ordres ou de limiter ses mouvements ; il essayait simplement de faire le travail pour lequel on l'avait engagé : la garder en sécurité. Il était temps qu'elle lui manifeste un peu de gratitude.

— Je suis désolée, Hamish, de la façon dont je me suis comportée, commença-t-elle.

Il tourna la tête dans sa direction, un air surpris sur le visage.

— Vous n'avez pas à vous excuser pour quoi que ce soit. Ce n'est pas facile de se retrouver soudain dans une situation où l'on doit compter sur quelqu'un d'autre – surtout quand on a l'habitude de prendre soin de soi.

Surprise qu'il comprît où elle voulait en venir, elle acquiesça et laissa tomber son regard sur ses mains jointes.

— Je n'aime pas être sans défense.

Elle avait déjà vécu des situations de détresse, il y a longtemps, et elle n'avait pas apprécié. Mais elle était encore une enfant, et son bourreau avait été plus fort qu'elle. Et pendant longtemps, personne ne lui était venu en aide.

— Vous n'êtes pas sans défense.

— J'aimerais que ce soit vrai. Mais je connais mes propres limites.

— Vous ne devriez pas y penser en ces termes. Concentrez-vous sur vos possibilités. Ce pour quoi vous êtes douée.

— On dirait que quelqu'un n'aime pas ce que je sais faire.

Lorsque Hamish posait soudain sa main sur la sienne, elle poussa un cri. Instantanément, il retira sa main.

— Je suis désolé.

Son cœur battit dans sa gorge.

— Non, je suis désolée. Je suis juste nerveuse. Je ne voulais pas...

— C'est ma faute, avoue-t-il en interrompant ses excuses

maladroites. J'aurais dû le savoir. Vous avez beaucoup souffert ce soir. Vous avez besoin de vous reposer.

Elle savait qu'il avait raison.

Hamish se tut pendant le reste du trajet, et elle n'avait plus de mots non plus. Mais le silence ne fit qu'entraîner son esprit à travailler davantage. Qui avait provoqué cet accident ? Et comment l'avait-il fait ? Avait-il été programmé ? Mais, si c'était le cas, comment aurait-il pu savoir à quel moment précis elle devait parler ? Après tout, Gunn devait s'exprimer avant elle, et quiconque connaissait Gunn savait à quel point il aimait le son de sa propre voix. Il aurait facilement pu parler assez longtemps pour que le conduit lui tombe dessus. N'était-elle pas la cible après tout ? Une cible se trouvait-elle aussi dans le dos de Gunn ? Ou quelqu'un avait-il attendu et déclenché manuellement le conduit ? Cela aurait été le seul moyen de s'assurer qu'il touchait la bonne personne, si l'acte relevait bien d'une intention délibérée plutôt que d'un accident.

Et Gunn : pourquoi avait-il insisté pour qu'elle parlât en premier ? Savait-il que quelque chose allait se produire ? Était-il vraiment derrière tout cela ? Le découvrirait-elle un jour ?

Lorsque la voiture s'arrêta soudainement, Tessa regarda à travers le pare-brise, s'orientant. Ils étaient arrêtés derrière son immeuble, ce qui lui fit réaliser quelque chose.

— Je ne vous ai jamais donné l'adresse de mon domicile.

Hamish croisa son regard.

— Je serais un piètre garde du corps si je n'obtenais pas toutes les informations sur mon client avant de commencer ma mission. J'étais ici plus tôt dans la journée, je me suis renseigné sur votre quartier et j'ai évalué les menaces imminentes.

Lentement, elle acquiesça.

— Et ?

— C'est un bon immeuble, même si j'aurais aimé qu'il y ait un portier.

— Les appartements dans les immeubles avec portier coûtent cher.

— Je sais. Nous ferons avec ce que nous avons. De toute façon, il faudrait qu'ils me dépassent pour vous atteindre. Vous pourrez dormir en toute sécurité cette nuit.

Est-ce qu'il disait ce qu'elle croyait qu'il disait ?

— Vous restez toute la nuit ?

— Vous m'avez engagé à cause de cela.

Et même si elle le savait intellectuellement, la réalité ne s'imposait qu'à l'instant. Son garde du corps passait la nuit dans son appartement. De tous près.

— Je n'ai pas de chambre d'amis.

— Je n'ai pas l'intention de dormir.

— Vous veillerez sur moi ?

Cette pensée était à la fois réconfortante et effrayante. Un étranger dans sa maison. Un étranger qui lui avait déjà sauvé la vie une fois. Devrait-il la sauver à nouveau ?

10

Hamish déverrouilla la porte de l'appartement pour Tessa, car il avait remarqué que ses mains tremblaient encore. Il la laissa entrer avant lui, puis la suivit et verrouilla la porte derrière eux.

Il était venu ici plus tôt, pas seulement à l'extérieur de l'immeuble pour vérifier le quartier comme il l'avait dit à Tessa, mais aussi à l'intérieur de son appartement. C'était la procédure habituelle lorsqu'il prenait en charge une nouvelle personne. Il avait vérifié tous les points de sortie et fouillé son appartement à la recherche de tout danger potentiel. Entrer dans son appartement sans être vu avait été un jeu d'enfant – il s'était simplement rendu invisible et avait franchi les portes verrouillées. Heureusement, les démons ne possédaient pas ces compétences particulières. Ils devraient entrer par effraction et risquer qu'un voisin les aperçoive. Jusqu'à présent, il n'avait trouvé aucune preuve de la présence d'un démon dans l'appartement de Tessa.

— Nous devrions nous occuper de cette écorchure sur votre genou avant qu'elle ne s'infecte, lui dit-il, alors qu'elle déposait son sac à main sur la table basse du salon, qui communiquait avec la cuisine ouverte.

Lorsqu'elle fixa son genou, il la sentit se raidir visiblement, comme si chaque mention de ce qui s'était passé ce soir la replongeait dans un gouffre de désespoir. Elle se retourna brusquement, évitant son regard.

— J'ai besoin de prendre une douche.

— Laisse-moi d'abord vérifier la salle de bains.

Il la dépassa et ouvrit la porte de la salle de bains, l'inspectant. La fenêtre était fermée et verrouillée, et personne ne pouvait se cacher. L'appartement se trouvait au troisième étage et il n'y avait pas d'escalier de secours de ce côté de l'immeuble. Personne ne pourrait entrer dans la salle de bains depuis l'extérieur. Il se retourna.

— Tout va bien. Prenez votre temps.

Tessa força un sourire et disparut dans la salle de bains. Hamish entendit le verrou se refermer un instant plus tard. Il ne pouvait pas lui reprocher d'avoir ressenti le besoin de s'enfermer dans la salle de bains. Elle était vulnérable en ce moment, et il était un étranger pour elle. Si le fait de verrouiller la porte lui permettait de se sentir plus en sécurité, il devait l'accepter.

Sachant qu'il ne pouvait rien faire de productif avant d'avoir des nouvelles de ses compagnons gardiens, il se dirigea vers la cuisine, enleva sa veste et ouvrit le réfrigérateur. Il trouva suffisamment de provisions pour préparer un repas simple. Comme Tessa n'avait pas eu l'occasion de manger quoi que ce fût lors de l'événement, elle aurait probablement faim. Et le regard triste qu'elle lui avait lancé lui disait qu'elle avait besoin de réconfort. Au moins, il pouvait le lui apporter sous forme de nourriture, car son contact de tout à l'heure l'avait clairement ébranlée – même s'il s'était voulu rassurant.

Hamish trouva du vin blanc, de la crème, quelques tomates et oignons dans le réfrigérateur, ainsi que des pâtes et de l'huile d'olive dans l'une des armoires suspendues, et se mit au travail. La cuisine ne lui était pas inconnue. Après tout, dans le bastion, où il vivait avec plusieurs autres Gardiens de la Nuit stationnés à Baltimore, tout le monde se débrouillait seul pour la nourriture. Il devait cependant admettre que depuis qu'Aiden s'était lié à une humaine, l'adorable Dr

Leila Cruikshank, la qualité de la nourriture s'était grandement améliorée.

Hamish avait passé de nombreuses soirées rassemblées autour de la table à manger avec les autres gardiens, dévorant les délicieux dîners de Leila. Il avait appris une chose ou deux d'elle, et il espérait que le repas qu'il préparait pour Tessa serait mangeable. Et qu'il apaiserait un peu ses nerfs.

Pendant que les pâtes et la sauce bouillaient, il se dirigea vers la porte de la salle de bain et écouta. L'eau coulait toujours. Il retint sa respiration et écoutait plus attentivement. Un autre bruit résonnait aussi. Il ne pouvait pas l'affirmer avec certitude, mais son ouïe sensible captait des sanglots. Il jura sous son souffle, souhaitant pouvoir entrer et la réconforter, mais cela ne ferait que l'effrayer davantage. On voyait clairement qu'elle avait tenu bon en sa présence, ne voulant pas paraître faible, mais dès qu'elle était seule, elle se brisait comme une brindille dans le vent.

Frustré de son impuissance face à sa protégée, il retourna dans la cuisine et posa deux couverts sur l'îlot de cuisine. Puis il consulta son téléphone portable et envoya un message à Enya.

Tu as déjà trouvé quelque chose ?

Quelques secondes plus tard, elle répondit par texto. Manus et moi venons d'arriver sur les lieux. On te tient au courant.

Il remit le téléphone portable dans sa poche et goûta les pâtes, puis les égoutta et les versa dans la casserole avec la sauce. Il la recouvrit d'un couvercle, puis s'appuya contre l'îlot et attendit.

Les minutes s'égrènent, mais finalement la porte de la salle de bain s'ouvrit. Lentement, il se retourna et regarda Tessa entrer dans le salon. Elle portait un long peignoir blanc duveteux. Au niveau de son décolleté, il vit quelque chose de couleur lavande transparaître – un déshabillé. Ses pieds étaient nus. Elle s'était peigné les cheveux, mais ils étaient encore mouillés. Son visage semblait rougi par la douche chaude, et si elle avait effectivement pleuré, elle l'avait bien caché, peut-être en s'aspergeant d'eau froide autour des yeux.

— Je nous ai préparé le dîner. Vous devez avoir faim, dit-il en montrant les couverts, avant de se retourner vers la cuisinière, d'attraper la casserole et les cuillères de service, et de poser le plat sur un support de casserole sur l'îlot.

— Vous n'aviez pas à le faire.

— Je l'ai fait pour vous, mais pas seulement. J'ai faim aussi, détourna-t-il, même s'il aurait pu facilement se passer de dîner.

— Merci.

Elle s'approcha et s'assit sur l'un des tabourets du bar.

— J'espère que vous aimez les pâtes à la sauce tomate. Votre frigo ne contenait pas vraiment autre chose.

Elle colla un sourire sur ses lèvres et leva les yeux pour croiser son regard.

— Des pâtes, ça m'a l'air super.

Il les servit tous les deux, puis prit le siège à côté d'elle. Tessa commença à manger tranquillement, et il fit de même.

— Vous le faites souvent ? demanda-t-elle soudain.

— Faire quoi ?

— Cuisiner le dîner pour vos clients ?

— Pas vraiment.

En général, ses clients, ou plutôt ses missions, ignoraient sa présence.

— Humm.

Elle se tut à nouveau.

Il voulait combler le silence avec quelque chose, mais il craignait que toute mention de l'incident au centre ne la contrarie à nouveau. À la recherche d'un sujet de conversation sûr, il passa en revue les sujets évidents dans son esprit. Le temps qu'il faisait – il n'y avait rien à dire à ce sujet. Il n'était ni trop chaud, ni trop froid. L'actualité – pas un sujet sûr étant donné que Tessa se présentait comme maire et que l'actualité comprenait des émeutes et des manifestations, des événements lourds de danger. Son apparence – les femmes aimaient les compliments, mais il restait loin de ce terrain miné, d'autant plus que la nuit tombait, qu'ils étaient seuls et que Tessa était habillée de façon plutôt séduisante. Elle risquait d'interpréter ses paroles comme une incitation, ce qu'il voulait éviter.

Il n'y avait donc rien à dire. Rien d'autre que la nourriture.

— J'espère que les pâtes sont assez cuites. Je les aime al dente.

— Moi aussi.

Sa voix s'entendait à peine. Elle continua à manger jusqu'à ce qu'elle termine son assiette. Lorsqu'elle la mit de côté et se retourna pour sauter du tabouret de bar, Hamish lui jeta un coup d'œil. Il aperçut une tache de rouge sur sa robe blanche.

— Oh, un peu de sauce a éclaboussé votre peignoir.

Il prit sa serviette et se leva.

— Laissez-moi aller chercher de l'eau.

Il se trouvait à l'évier, en train de mouiller sa serviette, quand il entendit un sanglot derrière lui.

Il se retourna et vit des larmes couler sur son visage.

— Tessa, qu'est-ce qui ne va pas ?

Elle désigna la tache rouge sur son peignoir et sanglota.

— Tout. Tout va mal. J'ai failli mourir ce soir.

Il laissa tomber la serviette dans l'évier et se précipita vers elle, la tirant du tabouret de bar et la mettant dans ses bras sans réfléchir. Elle s'accrocha à lui, tremblante, alors il la souleva et la porta jusqu'au canapé, s'asseyant avec elle sur ses genoux.

— Je suis désolé, lass, roucoula-t-il en passant sa main sur ses cheveux. Je suis désolé que vous ayez eu à vivre cela.

— Si vous n'aviez pas été là...

— Mais j'étais là, l'interrompit-il, refusant de la laisser terminer cette pensée. Et je suis là maintenant. Rien ne se passera plus à partir de maintenant. Je vous le promets.

— Comment pouvez-vous en être aussi convaincu ? demanda-t-elle à travers ses larmes.

— Parce que je ne laisserai pas cela se produire.

Il la rapprocha pour souligner sa promesse.

Peut-être qu'il n'aurait pas dû, parce que maintenant, il sentait le corps de Tessa plus intensément. Il sentait le doux parfum de sa peau fraîchement lavée, sentait la chaleur de son souffle frôler son cou et ses mains s'agripper à sa chemise comme si sa vie en dépendait.

— Lass, murmura-t-il et il ne put s'empêcher d'enfoncer un baiser dans ses cheveux.

Au lieu de cela, il devrait la soulever de ses genoux et enfoncer sa tête dans le congélateur pour s'empêcher de faire une bêtise. N'importe quoi pour se distraire de la femme délectable qu'il tenait dans ses bras. Mais aucune distraction ne se présentait. Et chaque seconde, sa volonté d'arrêter cette folie s'amenuisait. Lorsqu'elle releva la tête et le regarda de ses yeux tachés de larmes, il ne put s'empêcher d'essuyer l'humidité avec son pouce. Mais ce que ce geste devait être – un geste doux et apaisant, un geste qu'il avait souvent utilisé sur les enfants de ses amis lorsqu'ils s'étaient blessés – était tout sauf innocent maintenant.

— Hamish ?

Est-ce qu'elle venait de murmurer son nom, ou est-ce qu'il avait des hallucinations ?

Il blâma sa longue abstinence des femmes pour ce qu'il était sur le point de faire. Il blâmait le rasen et tout ce qu'il impliquait. Il en voulait même à Cinead de l'avoir choisi pour protéger Tessa. Mais il ne pouvait pas blâmer Tessa, car tout ce qu'elle cherchait, c'était un endroit où se sentir en sécurité. Elle se sentirait en sécurité dans ses bras. Mais se sentirait-il en sécurité dans les siens ?

Malgré le fait que la réponse à cette question lui échappât, il plongea son visage vers le sien et effleura ses lèvres. Doucement d'abord. Mais lorsqu'elle inspira brusquement, tout ce qu'il y avait de primitif en lui prit le dessus, et il captura ses lèvres comme un loup capturait le cerf sans défense pris au piège. Il savait qu'il agissait mal. Mais cela ne l'empêcha pas de presser sa bouche contre la sienne et de plonger sa langue entre ses lèvres écartées, pour l'explorer. Et mon Dieu, elle avait bon goût. Douce, innocente, mais pas inexpérimentée. Elle répondit à son baiser, non seulement en frottant sa langue contre la sienne et en inclinant sa tête pour l'inviter à entrer, mais aussi en passant ses bras autour de son cou et en le serrant contre elle.

Il sentit son besoin, le besoin d'oublier. Et il ne pouvait pas lui refuser ce petit plaisir. Et tout comme Tessa, il voulait oublier et vivre quelques instants d'abandon. Quelques instants de pure luxure. Parce que c'était tout ce que cela pouvait représenter : du désir entre deux adultes qui avaient besoin de ressentir au lieu de penser.

La façon dont elle l'embrassait en retour, la façon dont elle le tenait, lui donnait envie de plus. La faim grandit en lui, et alors que ses mains étaient restées inactives jusqu'à présent, elles ne pouvaient plus le rester. Sans réfléchir aux conséquences, il attrapa la ceinture de son peignoir et l'ouvrit. Il glissa sa main à l'intérieur et se frotta au tissu soyeux de son déshabillé. En dessous, la chaleur de son corps rayonnait comme s'il avait plongé sa main dans une cuve de liquide bouillant. Il savait qu'il allait se brûler, mais il s'en fichait, car la récompense en valait la peine.

Plus il l'embrassait et plus le baiser devenait intense, plus son besoin de sentir la peau nue de Tessa sous sa paume grandissait. Il fit glisser sa main plus haut, juste sous son sein, et la sentit haleter dans sa bouche. Mais elle ne le repoussait pas, ne reculait pas la tête pour arrêter le baiser, alors il remonta plus haut, jusqu'à ce qu'il tînt son sein dans la paume de sa main. Il en aimait le poids, la rondeur et la fermeté. Il le serra et la sentit se déplacer sur ses genoux, lui faisant prendre conscience de cette partie de son anatomie qu'il avait si ardemment ignorée. Mais il ne pouvait plus l'ignorer, car cette satanée chose grandissait à une vitesse alarmante.

Il arracha sa bouche de la sienne. Il devrait s'arrêter maintenant tant qu'il le pouvait, mais à ce moment-là, elle se déplaça à nouveau, et la sangle de son déshabillé fit de même. Lorsqu'il leva la main de son sein, le tissu glissa, révélant un mamelon dur entouré d'une peau crémeuse. Trop tentant pour être ignoré. Il caressa le bouton dur et la sentit frémir dans ses bras. Elle gémit, les yeux fermés, la tête tombant en arrière.

Bon sang ! Au diable la prudence !

Il baissa la tête et posa ses lèvres sur son mamelon, le suçant et le caressant avec sa langue, tandis qu'il déplaçait sa main plus au sud. Sur son ventre, le long de sa cuisse tonique et encore plus loin, jusqu'à l'ourlet de son déshabillé. Il tira dessus, mais il était emmêlé avec son peignoir, alors il tira plus fort.

— Aïe ! s'écria-t-elle.

Il s'arrêta instantanément, la tête rejetée en arrière, ses yeux cherchant la cause de sa douleur. Il la trouva immédiatement. Du sang suintait de son genou, celui-là même qui s'était blessé lors de sa chute.

— Merde ! jura-t-il en la fixant du regard.

Tessa évita son regard et tira nerveusement son peignoir sur son torse.

— Je suis vraiment désolé, marmonna-t-il et la souleva de ses genoux aussi vite et aussi doucement qu'il le put sans la blesser davantage. Je ne voulais pas...

Eh bien, il n'avait pas l'intention de faire beaucoup de choses. Tout d'abord, il n'avait pas l'intention de la mutiler comme une bête affamée.

Il se leva d'un bond.

— Je n'aurais pas dû agir ainsi. C'est entièrement ma faute. Cela ne se reproduira plus.

Il se dirigea vers la cuisine.

— Si vous me dites où se trouve ta trousse de secours, je vous soignerai.

Mais elle était déjà en train de se lever du canapé.

— Je peux le faire moi-même.

Bien sûr. Pourquoi prendrait-elle le risque qu'il la touchât à nouveau ? Elle était intelligente.

— Je suis fatiguée. Je devrais aller me coucher. J'ai une longue journée demain, dit-elle.

Il ne se retourna pas quand elle se dirigea vers sa chambre.

— Je vais rester ici et nettoyer, comme ça vous pourrez dormir.

Elle ne semblait pas l'écouter.

Merde ! Tu as bien fait de te planter le premier jour d'une mission !

11

La colère et la frustration roulant sur lui en vagues sombres, Zoltan marchait le long de l'un des couloirs de son empire souterrain, un labyrinthe de grottes souterraines. Les salles interconnectées couvraient plusieurs kilomètres carrés. Le seul moyen d'entrer ou de sortir de cette forteresse consistait à passer par les vortex, des portails tourbillonnants que seul le pouvoir d'un démon pouvait ouvrir. Dans le monde des humains, les portails pouvaient être projetés sur pratiquement n'importe quelle surface au niveau du sol, mais le repaire des démons possédait des points d'accès spécifiques qui permettaient d'accéder aux vortex. Des démons loyaux en assuraient la garde.

Lorsqu'il pénétra dans la grande salle, des flammes rouges scintillaient à travers les fissures des murs de pierre inégaux, soulignant le fait que ce repaire était situé dans le ventre de l'enfer. Et il en était le souverain, le Grand Leader. Le roi de tous les démons. Mais aujourd'hui, il éprouvait de la colère envers ses sujets. Les nouvelles qu'il avait reçues d'en haut – de son réseau d'espions dans le monde des humains – l'inquiétaient. Et elles exigeaient une réponse immédiate, une réponse qui ferait comprendre à ses sujets qu'il n'appréciait pas leur comportement. Après tout, beaucoup d'entre eux avaient été témoins, il n'y avait pas si longtemps, de la façon dont il avait tué leur ancien chef dans cette même salle et prit les rênes du monde souterrain.

— Qui est responsable de cela ?

Zoltan jeta le journal sur le sol de pierre où deux douzaines de ses démons se tenaient dans un silence stoïque, les épaules voûtées comme les lâches qu'ils étaient. Personne ne prononça un mot. Comme il s'y attendait. Aucun d'entre eux n'était assez courageux pour s'attribuer le mérite de l'incident qui s'étalait sur toute la première page.

— Quand je vous ai dit de faire preuve d'initiative, je ne parlais pas de ça ! grogna-t-il entre les dents serrées et désigna le papier par terre. Un attentat contre la vie de cette conseillère municipale ? À quoi diable pensez-vous, bande d'imbéciles !

De toute évidence, ils n'avaient pas réfléchi du tout, sinon ils auraient su quel effet leur action aurait produit.

— Avez-vous la moindre idée des dégâts que vous avez causés ?

Il se moqua.

— Bien sûr que non, parce que vous êtes des imbéciles. C'est un miracle que vous puissiez guider vos propres bites pour pisser. Vos mères auraient dû vous noyer à la naissance !

L'un des démons s'inclina, avant de faire un pas en avant et de lever la tête.

— Oh, Grand Leader, je t'assure que nous n'y sommes pour rien.

— Menteur !

Il fonça vers le démon. Instantanément, celui-ci recula, essayant de se cacher dans les rangs de ses frères, mais Zoltan en avait assez du comportement lâche de ses sous-fifres et attrapa le démon à la gorge. Le tenant en l'air et comprimant sa trachée, Zoltan lança un regard aux autres démons, les défiant d'aider le lâche.

— En attaquant cette conseillère, vous l'avez aidée dans sa campagne pour devenir maire. Vous ne voyez pas ça, putain ?

Non, ils étaient trop stupides pour faire le lien qu'il voyait si clairement. Il devait leur expliquer.

— Maintenant, elle obtient le vote de sympathie de tous ceux qui hésitaient encore. Vous êtes des putains d'idiots !

Le démon qu'il tenait continuait à se débattre, essayant frénétiquement d'arracher sa main de son cou. En vain. Il avait toujours surclassé les autres démons, même avant de prendre la barre en tant que nouveau Grand Leader. Il avait toujours senti qu'il était destiné à plus. Dès son plus jeune âge, il avait compris qu'il surpassait intellectuellement les autres démons. Supérieur à eux.

Zoltan regarda le démon qui s'étouffait, la peau devenant verte à cause du sang qui s'accumulait en dessous. Il sentait son propre cœur battre un tatouage excité contre sa cage thoracique en prévision de la mort de son sujet. Qu'était-ce qu'un démon mort quand il pouvait asseoir son règne avec cette démonstration de supériorité ? Après tout, ils se remplaçaient aisément, tous aussi stupides les uns que les autres.

— Dois-je vous montrer moi-même comment on procède ? Comment on manipule les humains pour les amener à se conformer à nos désirs ? Avez-vous besoin d'une autre leçon ?

Il jeta un coup d'œil à ses démons. Pas un seul d'entre eux n'osait le regarder. Mais il apprendrait à ces lâches comment dominer le monde.

— Regardez-moi !

Leurs têtes se levèrent et ils suivirent son ordre, effrayés par lui, comme ils devaient l'être. C'était la seule façon de régner. Par la peur et l'intimidation. Et par l'exemple.

Il tira sa dague du fourreau qu'il portait à la hanche, une arme forgée aux jours sombres et le seul type d'arme capable d'éteindre la vie d'un démon, et la plongea dans le cœur de son captif. Les halètements de l'assemblée accompagnèrent le gargouillis provenant du démon mourant. Satisfait de voir que sa démonstration donnait le résultat escompté, Zoltan retira la dague du cadavre et essuya la lame sur son long manteau noir. Puis il lança la coquille sans vie du démon dans la foule, observant comment les gens reculaient pour éviter d'être éclaboussés par le sang vert de leur camarade. Comme si le fait d'entrer en contact avec lui allait sceller leur destin à eux aussi.

— Bien, alors nous nous comprenons, grogna Zoltan. Et le premier qui m'apportera le nom de l'imbécile à l'origine de l'attaque contre la conseillère sera récompensé.

Il rétrécit les yeux sur ses sujets.

— Le deuxième mourra.

Sur cette menace, il tourna le talon et sortit de la grande salle en direction de ses quartiers privés. Lorsqu'il entra, il claqua la porte pour qu'elle résonnât dans tout le labyrinthe de tunnels qui reliaient les différentes grottes. Tout le monde devait savoir que le Grand Leader prenait tout cela au sérieux.

Enfin seul, il jeta son manteau sur un banc et expira. Avec ça, une vague de douleur le frappa et Zoltan pressa ses paumes contre ses tempes pour atténuer la pression dans sa tête. Il détestait ces crises, il les avait toujours détestées. Mais il les avait bien cachées pendant des décennies, sachant que montrer sa faiblesse serait sa perte. Il ne connaissait aucun démon qui n'eut jamais ressenti ce genre de douleur, qui semblait similaire à la migraine d'un humain. Pour ce qu'il en savait, c'était courant, et il devait supposer que, tout comme il cachait ces épisodes, d'autres démons agissaient de même.

Pendant plusieurs minutes, il se sentait paralysé et totalement impuissant, la douleur, si violente, qu'il ne pouvait même pas garder les yeux ouverts. Jusqu'à présent, il avait toujours senti l'approche des attaques, ce qui lui laissait suffisamment de temps pour trouver un endroit privé afin que personne ne fût témoin de sa faiblesse. Il ne pouvait qu'espérer que cela resterait ainsi.

Les attaques étaient devenues plus fréquentes depuis qu'il avait pris la tête du royaume. Plus douloureuses aussi, comme si quelque chose en lui se révoltait et s'opposait à la pression croissante qu'il subissait du fait de sa position. Mais il ne se laisserait pas arrêter par ce handicap.

Lorsque la douleur se calma enfin, Zoltan entra dans la salle de bains. Le sol, les murs et le plafond se composaient de pierre volcanique. Dans un coin, une douche et une baignoire étaient moulées dans la roche, dans l'autre, des toilettes. Le lavabo était de même facture, mais on y avait ajouté un élément du monde humain : un miroir. Il regarda maintenant son reflet. Aucun signe extérieur de son état débilitant n'apparaissait. Il respira profondément. Réparer les dégâts causés par ses démons s'imposait.

Bien qu'il n'eût aucun scrupule à tuer des humains – loin de là –, il savait que tuer la conseillère Wallace constituait une mauvaise idée. Cela éveillerait trop de soupçons et ferait d'elle une martyre. Et les martyrs résistaient mieux à l'éradication que les humains, qui se réduisaient à de la chair et du sang. Parce qu'on ne pouvait pas tuer un martyr, il restait dans l'esprit des gens. Discréditer la charmante Tessa Wallace et ainsi éradiquer ses chances de devenir maire valait mieux, car si elle détournait la ville de la violence, de la haine et de la colère qui couvaient à Baltimore, les démons perdraient un terrain pour lequel ils s'étaient longuement battus. Il était enfin temps de revendiquer la ville et d'en faire un bastion démoniaque afin que ses politiques pussent infecter d'autres villes de l'État, puis se répandre plus loin...

Oui, c'était son objectif. Et si ses sujets manquaient de compréhension, il devrait s'en charger lui-même.

Satisfait de son plan, Zoltan ouvrit une haute armoire en bois et inspecta son contenu. Des perruques, des barbes et des moustaches étaient exposées, ainsi que des prothèses à glisser sur ses dents pour changer son sourire. Il choisissait judicieusement son déguisement, comme il en avait l'habitude lorsqu'il s'aventurait dans le monde des humains. Et, même s'il n'utilisait pas toujours tous les outils de déguisement à sa disposition, l'un d'entre eux se révélait indispensable :

Des lentilles de contact colorées pour cacher ses yeux de démon. Les démons avaient déjà essayé de dissimuler leurs yeux avec des lentilles colorées, mais sans grand succès. Le vert de leurs iris émettait un produit chimique qui brûlait n'importe quelle lentille en moins d'une heure, rendant impossible un déguisement permanent.

Cependant, récemment, Zoltan était tombé sur un optométriste talentueux qui expérimentait différents matériaux pour les patients dont la peau réagissait mal aux lentilles de contact ordinaires. Il l'avait observé de près et avait testé les différentes lentilles que l'homme mettait au point. Après plusieurs essais, il en trouva une qui tint plusieurs heures avant de se dissoudre et de révéler ses yeux démoniaques.

Il gloussa tout doucement. Il n'avait pas encore fait part de sa découverte à ses subordonnés. Toujours avoir une longueur d'avance sur tout le monde, même sur ses propres sujets, c'était bien.

12

Tessa ouvrit la porte de son bureau extérieur et entra, mais si elle avait espéré un sanctuaire après les événements de la nuit précédente, ce n'était pas celui-là. Elle avait déjà évité plusieurs journalistes lorsque Hamish l'avait déposée à une entrée latérale de l'hôtel de ville, après avoir repéré une camionnette de presse garée devant. Mais apparemment, quelques journalistes avaient réussi à passer la sécurité.

Deux journalistes qu'elle reconnut se levèrent d'un bond des chaises des visiteurs et se jetèrent pratiquement sur elle.

Collette, qui s'était levée de derrière son bureau, leva les bras en signe de défaite.

— Je suis désolée, Tessa, mais...

Tessa soupira.

— Ce n'est pas de ta faute, Collette.

Et ce n'était pas non plus la faute des responsables de la sécurité. Après tout, tant que les visiteurs potentiels ne portaient pas d'armes et pouvaient invoquer une raison légitime, même si c'était un faux-semblant, la sécurité devait les admettre à l'hôtel de ville. Et une fois à l'intérieur, ils pouvaient accéder à n'importe quel étage et à n'importe quel bureau. Voilà pour son sanctuaire, dont elle avait grand besoin. Non seulement à cause de la tentative d'assassinat dont elle avait été victime la nuit précédente, mais aussi à cause de ce qui s'était passé plus tard dans son appartement.

Elle s'était jetée sur Hamish comme une groupie adolescente aux hormones ! Même maintenant, l'embarras coulait dans ses veines et colorait ses joues. Comment cela avait-il pu se produire ? Un instant, elle avait pleuré, la peur et l'horreur occupant chacune de ses pensées. L'instant d'après, elle se trouvait dans ses bras et se laissait couler dans la chaleur réconfortante qu'ils lui avaient procurée. Tout était passé au second plan et soudain, elle n'avait senti que lui : son odeur masculine, ses mains fortes, ses mots doux. Et lorsqu'elle avait croisé son regard, ses yeux l'avaient hypnotisée, et sans réfléchir, elle avait rapproché sa tête et l'avait embrassé.

Bien sûr, il avait répondu à son baiser. Après tout, c'était un homme, et elle ne connaissait pas beaucoup d'hommes qui refusaient une femme raisonnablement attirante qui venait à eux. Mais il avait rapidement retrouvé ses esprits. Qui savait ce qui se serait passé s'il ne s'était pas arrêté ?

Le fait de devoir le voir ce matin l'avait mis mal à l'aise. Et le silence entre eux lorsqu'il l'avait conduite au travail avait semblé si épais qu'elle aurait pu le couper avec un couteau. Est-il donc surprenant qu'elle ait voulu se cacher dans son bureau et s'enterrer dans son travail ?

De toute évidence, ce n'était pas prévu. Les deux journalistes qui la bombardèrent de questions s'en assurèrent.

— Mlle Wallace, comment vous sentez-vous ce matin ? demanda Meredith du Daily Republic.

— Vous avez l'intention de poursuivre le Centre de Réhabilitation des Toxicomanes pour mise en danger d'autrui ?

Thom, le journaliste qui travaillait pour Online News Blast, l'interrompit.

— Je me sens bien.

Elle sourit à Meredith, puis regarda Thom.

— Et non, je n'ai pas l'intention de poursuivre qui que ce soit.

Elle fit quelques pas vers son bureau, mais les deux journalistes n'en avaient pas encore fini.

— Qui est le héros qui vous a sauvé de la chute du conduit ? poursuivit Thom. Vous étiez-vous ensemble à l'événement ?

— Avez-vous un nom pour nous ? demanda Meredith. Personne n'a pu nous dire qui il est.

— Je suis désolée, j'ai beaucoup de travail, éluda Tessa et tenta de se faufiler devant les deux journalistes insistants.

— Donne-nous juste quelque chose, supplia Meredith. Les spéculations vont déjà bon train.

Thom acquiesça, le stylo posé sur son bloc-notes.

— C'est la seule façon de vous débarrasser de nous.

Collette se glissa soudain entre Tessa et les deux journalistes.

— Le moyen de se débarrasser de vous, c'est d'appeler la sécurité. Alors, allez-y.

Le chemin vers son bureau étant désormais dégagé, Tessa se dirigea vers celui-ci et tourna la poignée.

— Si vous ne nous donnez pas son nom, nous mettrons simplement nos limiers sur sa piste pour en apprendre plus sur lui, annonça Thom.

Tessa soupira et se retourna. Elle ne pouvait pas prendre le risque que quelqu'un découvrît que Hamish était son garde du corps. Leur donner quelque chose s'avérait préférable.

— Il s'appelle Hamish McGregor. Et c'est mon petit ami.

— Depuis combien de temps sortez-vous ensemble ? Répliqua Thom, tandis que Meredith demanda :

— C'est sérieux ? Vous comptez vous marier après la course à la mairie ?

— Pas de commentaire, martela-t-elle, regrettant déjà d'avoir donné l'information aux deux journalistes. Collette, peux-tu, s'il te plaît, t'assurer qu'on me laisse tranquille ce matin ? Merci.

— Oh, Tessa, j'allais oublier, ton père...

— Mlle Wallace ! Meredith l'interrompit, mais Tessa était déjà en train d'entrer dans son bureau et de fermer la porte derrière elle.

Elle appuya son front contre la porte fermée.

À travers elle, elle entendit Collette réclamer avec insistance le départ des deux journalistes, faute de quoi elle appellerait la sécurité pour les faire sortir. Quelques instants plus tard, elle entendit l'ouverture et la fermeture de la porte, puis le silence.

Finalement, elle expira.

— Tessa !

Elle poussa un cri et se retourna. Elle serra sa poitrine et haleta lorsqu'elle vit son père se lever du banc en bois dans la niche de la fenêtre.

— Papa ! s'étouffa-t-elle en essayant de reprendre son souffle.

— Je suis désolé, chérie, je ne voulais pas te faire sursauter, dit-il en s'approchant d'elle.

Vêtu d'un costume trois-pièces et d'une chemise, il avait l'air de l'homme d'affaires distingué qu'il était encore, même à la fin de la soixantaine, alors qu'il aurait pu prendre sa retraite il y a des années. Ses cheveux arboraient une teinte grise aux tempes, mais restaient blond foncé partout ailleurs. Ses yeux bleus étaient vifs et sa peau bronzée en raison des nombreuses heures qu'il passait sur le terrain de golf le week-end. Il avait été un homme d'une beauté frappante dans sa jeunesse, mais, même aujourd'hui, il attirait toujours le regard et pouvait encore faire tourner bien des têtes.

Tessa s'avança dans ses bras, acceptant le câlin qu'il lui proposait. Et aujourd'hui, elle en avait vraiment besoin.

— C'est bon de te voir, papa. Qu'est-ce que tu fais ici si tôt ? Tu ne devrais pas être au travail ?

Il la libéra de son étreinte, et ce n'était que maintenant qu'elle remarqua le profond pli de son front.

— Je le ferais, si ce n'était pas pour ça.

Il tendit le bras vers le journal qui reposait sur le bureau de Tessa et désigna le titre.

— Un homme mystérieux sauve une conseillère municipale d'une mort certaine, lut-il et secoua la tête en expirant vivement. Bon sang, Tessa ! C'est ainsi que je dois l'apprendre ? Par le journal ?

— Papa, s'il te plaît, comme tu peux le voir, je vais bien.

— Tu aurais dû m'appeler hier soir.

Il l'épingla du regard. Enfant, ce même regard l'avait toujours intimidée et lui avait fait avouer tous ses péchés.

— Ta mère et moi avons évité de peu une crise cardiaque ce matin.

— Maman n'a pas de problème cardiaque, détourna Tessa.

— Cela ne veut pas dire qu'elle ne s'inquiétait pas pour toi.

Tessa haussa les épaules.

— Eh bien, si tu ne te soucies pas du ressenti de ta mère, qu'en est-il du mien alors ? Tu te soucies si peu de moi que tu ne m'accordes pas la courtoisie de me dire que tu vas bien ?

— Bien sûr que non, papa. Je ne voulais pas dire ça, lui dit-elle rapidement, réalisant qu'elle l'avait blessé.

Et ce n'était pas son intention.

— C'est juste que… j'étais sous le choc hier soir. Tout s'est passé si vite, et, sans Hamish, je ne sais pas ce qui se serait passé. Il ne m'est jamais venu à l'esprit…

— Ça va aller, chérie, dit-il doucement.

Puis il pointa de nouveau du doigt le titre de l'article.

— Alors cet homme mystérieux s'appelle Hamish ? Qui est-ce ? Je voudrais le remercier d'avoir sauvé ma fille de ce terrible accident.

Bon sang ! C'était exactement ce qu'elle cherchait à éviter. Elle détestait mentir à son père, mais s'il découvrait que Hamish était son garde du corps, une question en entrainerait une autre, et il n'arrêterait pas de l'interroger avant d'apprendre qu'elle avait reçu une menace de mort. Le moindre mal était peut-être de lui révéler leurs conversations.

— Nous sortons ensemble, dit-elle de la façon la plus décontractée possible. Rien de sérieux.

— Tu as un copain, et tu ne me l'as pas dit ?

Il la dévisagea comme s'il venait d'apprendre une nouvelle monumentale.

— Pourquoi l'as-tu gardé secret ?

— Nous venons à peine de commencer à sortir ensemble. Et ce n'est pas sérieux, honnêtement.

— Je veux le rencontrer.

Les épaules de Tessa se raidirent.

— Je ne pense vraiment pas que ce soit approprié à ce stade. Tu sais comment les hommes réagissent quand tu veux les présenter à tes parents. Je ne veux pas vraiment l'effrayer.

— Je croyais que tu venais de dire que ce n'était pas sérieux.

— Oui, donc encore moins de raison de rencontrer les parents.

— Mais il t'a sauvé la vie. Ce type mérite une médaille.

Son père se comportait comme un chien avec un os. Il ne voulait pas le lâcher.

— Je lui dirai que tu te montres reconnaissant la prochaine fois que je le verrai, d'accord ?

— Ne me brosse pas dans le sens du poil, Tessa. Je suis très sérieux. Je veux remercier l'homme qui a sauvé ma fille.

— Mais c'est un homme très occupé.

— Pourquoi est-il si occupé ? rétorqua son père.

— Euh, il écrit des manuels.

— Des manuels ?

— Oui, tu sais, les manuels d'instructions pour les machines lourdes.

Son père leva un sourcil broussailleux.

— Ça a l'air, euh, intéressant. En tout cas, même lui a besoin de manger de temps en temps. Amène-le chez nous ce soir. Je mettrai des steaks sur le barbecue.

— Papa...

— Pas de discussion. Ce soir, sept heures.

Il se tourna vers la porte.

— Ta mère sera heureuse de vous voir tous les deux.

Elle en doutait, mais ne prit pas la peine d'exprimer son opinion. Une fois que son père avait pris une décision, il devenait impossible de le faire changer d'avis.

— D'accord, mais je n'aiderai pas à préparer les légumes ! cria-t-elle après lui, alors qu'il sortait et fermait la porte derrière lui, la laissant mijoter à l'idée de devoir passer une soirée à jouer les gentilles avec sa mère.

Et comme si cela ne suffisait pas, en plus, elle devait faire semblant de sortir avec Hamish. Eh bien, sa journée ne commençait-elle pas merveilleusement bien ?

13

—————

Hamish entra dans la douche. Il avait dormi quelques heures à son retour au bastion, après avoir déposé Tessa à la mairie et s'être assuré qu'Enya était sur place pour prendre le relais. Il aurait dû être suffisamment reposé après avoir dormi, mais malheureusement, ce repos bien mérité lui échappa. Au lieu de cela, des visions de Tessa avaient envahi ses rêves. Au début, elles reprenaient l'incident du centre, puis elles s'étaient transformées en quelque chose de complètement différent : une répétition et une extension de ce qui s'était passé dans son appartement par la suite.

Et en parlant d'extensions… Il baissa les yeux vers son entrejambe où sa queue était toujours au garde-à-vous. Il s'était réveillé ainsi, ce qui arrivait souvent, mais le fait qu'elle n'eût pas encore dégonflé l'inquiétait. Sa rigidité persistante lui indiquait qu'elle n'allait pas disparaître d'elle-même aujourd'hui. Pas alors qu'il n'arrivait pas à chasser Tessa de son esprit. Ou de son corps tentant. Ah, bon sang, il savait depuis le début que cette mission était vouée à l'échec. Il aurait dû refuser immédiatement lorsque Cinead lui avait demandé de protéger Tessa ouvertement, et insister pour la garder invisiblement depuis l'ombre. Au moins, il n'aurait jamais envisagé de l'embrasser. Enfin, peut-être encore tenté, mais au moins il n'aurait jamais eu l'occasion de passer à l'acte.

Maintenant, le mal était fait.

Et pour éviter de se faire du mal, il allait devoir s'occuper de lui ici et maintenant. Mais, au moment où il prit sa queue dure dans sa main droite et commença à tirer, il sentit que ce ne serait pas une séance de branlette de routine où il fantasmait sur une femme inexistante au hasard avec un corps sexy. Non, ce n'était pas ce qui lui vint à l'esprit. Au lieu de cela, il rencontra des yeux lavande qui le regardaient, l'observaient.

La main de Tessa prit le relais de la sienne, agrippant fermement son érection. De haut en bas, elle glissa sur lui, sa paume humide et chaude. Il l'attrapa ensuite et poussa son peignoir de ses épaules, le laissant tomber sur le sol humide de la douche. L'eau qui tombait de la pomme de douche imbibait son déshabillé, le rendant transparent. Ses mamelons étaient devenus durs et se pressaient à travers le tissu en signe d'invitation. Il en attrapa un, le fit rouler entre le pouce et l'index et la sentit serrer sa queue plus fort en réponse.

— Juste comme ça, murmura-t-il et massa son sein, avant de faire glisser sa main le long de son torse jusqu'à la jonction de ses cuisses.

Il rassembla le tissu avec sa main et le souleva pour pouvoir glisser sa main entre ses jambes et la toucher là. Là aussi, elle coulait, non pas par la douche, mais par son propre jus. Elle était prête pour son contact, ses caresses, prête pour lui. Il joua avec elle, tripota son clito pour la rendre encore plus chaude pour lui, caressa et pinça ses plis chauds. Il sonda l'entrée de son corps.

Il entendit ses gémissements se répercuter contre les murs carrelés et y répondit en glissant son doigt en elle. Profondément et durement. Exactement comme il voulait la prendre. Ici même, contre le mur de sa douche, soulevée et soutenue par ses bras puissants. Elle perdit son emprise sur sa queue, mais cela ne le dérangeait pas, car il se sentait prêt. Prêt à plonger en elle. La chaleur et l'humidité l'accueillirent. Ses muscles intérieurs le serraient à la perfection. Il commença à s'enfoncer en elle, de plus en plus fort et de plus en plus vite, ayant besoin de plus chaque seconde.

— Plus fort ! cria-t-il. Putain, Tessa !

Elle ne l'arrêtait pas, ne se plaignait pas du traitement brutal. Elle prit seulement ce qu'il avait à offrir. Haletant, il sentit la pression dans ses couilles augmenter, jusqu'à ce qu'il ne pût plus se retenir. Le sperme explosa du bout de sa queue et ne jaillit pas dans Tessa, mais dans le néant. Sa vision s'éclaircit et il se retrouva avec une main sur sa queue, l'autre appuyée contre le mur de carrelage, son sperme coulant sur la surface lisse en longues et épaisses traînées.

Il appuya son front contre le mur. Putain, il n'avait jamais ressenti un fantasme aussi réel. Et si chaud. Si chaud en fait que sa queue n'en avait pas encore eu assez. Donc il continua à pomper jusqu'à ce que finalement, après un long moment, elle se dégonfla et revint à son état de repos.

Putain, s'il devait faire ça tous les jours juste pour ne pas refaire une tentative avec Tessa, il se montrait reconnaissant que les murs du bastion soient en pierre, évitant ainsi à ses collègues Gardiens de la Nuit d'être témoins de l'assouvissement de son besoin le plus primaire.

Il termina sa douche et s'habilla rapidement, puis il quitta sa suite et marcha dans le couloir qui s'éloignait de la partie résidentielle de la résidence. Les portes du bastion restaient ouvertes, à l'exception de celle de la cellule de la prison au niveau le plus bas – puisque chaque Gardien de la Nuit avait la capacité de traverser les murs et les portes –, néanmoins, ils respectaient fortement la vie privée des uns et des autres. Personne n'entrait dans la chambre d'un autre gardien sans y avoir été expressément convié.

Le bâtiment comprenait cinq niveaux, trois en surface et deux en sous-sol. Ses murs avaient la même épaisseur que ceux d'un vieux château. D'anciennes runes, représentant l'histoire des Gardiens de la Nuit, décoraient les murs et les sols, et des amulettes destinées à éloigner le mal étaient accrochées au-dessus de chaque porte et de chaque fenêtre.

De nombreux bastions comme celui-ci existaient dans le monde entier. La virta, le pouvoir collectif des Gardiens de la Nuit, protégeait chacun d'entre eux. Associé à un ancien sortilège d'hypnose, il rendait le bâtiment invisible aux yeux des humains et des démons.

À l'intérieur, aucun humain n'était autorisé. Quelqu'un avait déjà enfreint cette règle, notamment Leila, alors protégée d'Aiden. Il l'avait amenée dans l'enceinte contre l'avis de tous. Et elle se trouvait toujours sur place, maintenant en tant que femme et compagne d'Aiden. Et avec la bénédiction du Conseil des Neuf.

Entre les murs de l'enceinte, les Gardiens de la Nuit pouvaient recharger leur énergie après chaque mission. En dessous, dans les vastes voûtes souterraines, on entreposait des armes, des armes assez puissantes pour tuer un Gardien immortel. Ces armes étaient gardées avec diligence, car, si aucune arme humaine telle qu'un fusil ou un couteau ne pouvait blesser de façon permanente un Gardien de la Nuit, les vieilles armes forgées pendant les Jours Sombres avaient le pouvoir de les tuer. Tout comme elles possédaient le pouvoir de tuer un démon.

C'était également dans les entrailles de la résidence, au niveau le plus bas, que se trouvait le portail qui leur permettait de voyager d'un bastion à l'autre. Jusqu'à il y avait quelques mois, on pensait que tous les portails se trouvaient dans les enceintes, mais Hamish en avait trouvé d'autres, que le Conseil des Neuf avait baptisés les portails perdus. On en découvrait chaque jour de nouveaux, et une équipe spéciale avait commencé à les cartographier afin de protéger ces portails de toute découverte.

Le complexe possédait également une cellule de plomb dont même un Gardien de la Nuit ne pouvait s'échapper, car le plomb les dépouillait temporairement de leurs pouvoirs. Cependant, un séjour prolongé dans une cellule de plomb pouvait éteindre complètement les pouvoirs d'un Gardien de la Nuit et ainsi le rendre humain.

Hamish atteignit la porte du centre de commandement et entra. Comme prévu, Pearce était assis à l'une des consoles équipées de trois écrans. Aiden se tenait derrière lui et regardait par-dessus l'épaule de Pearce.

Tous deux se retournèrent en l'entendant.

— Bonjour, Hamish, dit Pearce d'un ton enjoué.

Il était leur technicien attitré, l'homme de confiance pour tout ce qui concernait les ordinateurs, bien qu'il fût tout aussi doué avec un poignard qu'avec un clavier.

— Hé, tu es enfin levé, le salua Aiden.

Son ami le plus âgé n'avait pas l'air très différent de lui : des cheveux brun foncé et des yeux bruns avec une petite cicatrice au-dessus d'un sourcil.

— Oui, je ne peux pas dormir toute la journée. J'ai du travail, n'est-ce pas ?

Hamish désigna les écrans.

— As-tu déjà visionné les images de la nuit dernière ?

— J'ai vu la plupart des images téléchargées jusqu'à présent, mais toutes les heures, je trouve quelque chose de nouveau, avoua Pearce. De nos jours, tout le monde avec un smartphone se prend pour un journaliste d'investigation.

Hamish se rapprocha d'un pas.

— Ce qui, dans ce cas, pourrait tourner à notre avantage. As-tu trouvé des images montrant le plafond ?

Pearce secoua la tête.

— Non. Et nous ne le ferons probablement pas. La plupart des images téléchargées montrent que tu pousses Tessa hors du chemin. Personne ne va télécharger sur les réseaux sociaux une tentative ratée de filmer l'événement le plus brûlant de l'actualité.

Aiden fit un signe du pouce en direction de Pearce.

— Pearce n'a pas tort. Tu ne verras que les plans qui capturent l'action, te présentant comme le héros. Désolé, mon pote.

— Je suppose que c'était trop beau pour être vrai.

Néanmoins, il voulait y jeter un coup d'œil lui-même.

— Ça te dérange si je jette un coup d'œil ? Peut-être que je verrai quelque chose que vous n'avez pas vu. Après tout, j'ai rencontré quelques personnes sur scène, alors peut-être que je tomberai sur quelque chose qui n'a pas de sens.

Pearce repoussa sa chaise et se leva.

— Fais-toi plaisir. Je meurs de faim de toute façon. Et j'ai entendu dire que Leila s'occupe de la cuisine aujourd'hui.

— Encore ? demanda Hamish en dévisageant son ami Aiden. Tu as bien dit à ta femme que ce n'est pas parce qu'elle vit dans l'enceinte qu'elle doit jouer à la mère poule et nous nourrir tous. Nous avons survécu sans que personne ne cuisine pour nous pendant plusieurs décennies.

Aiden esquissa un sourire.

— Oui, mais tu dois admettre qu'elle s'est transformée en une assez bonne cuisinière. Et que va-t-elle faire d'autre toute la journée ? Elle a perdu ses recherches.

— Hmm. Hamish acquiesça.

Qu'elle ait dû renoncer à l'œuvre de sa vie – trouver un remède contre l'Alzheimer – parce qu'elle aurait aidé les démons sans le vouloir lui avait fait mal.

— Mais je pensais qu'elle était en train d'aménager un centre médical ici même, au cas où l'un d'entre nous serait blessé.

— Oui, et il est entièrement équipé du matériel le plus récent, mais quand est-ce que l'un d'entre nous s'est blessé pour la dernière fois et a eu besoin d'un médecin ?

Hamish haussa les épaules.

— Je suppose que nous excellons dans nos tâches.

Pearce et Aiden tous deux éclatèrent de rire.

— C'est exactement pour cela que nous avons besoin d'une salle d'urgence médicale, dit soudain Leila depuis la porte.

Tous les trois tournèrent la tête et la regardaient.

— Parce que vous vous croyez tous invincibles, poursuivit-elle en secouant la tête. C'est à ce moment-là que les erreurs se produisent. Un de ces jours, vous vous réjouirez d'avoir un médecin à la maison.

— Tu leur diras, bébé, lui dit Aiden en l'attirant dans ses bras.

— Je parlais de toi aussi. Tu n'es pas différent de tes amis.

— N'est-ce pas ?

Aiden se pencha plus près d'elle et lui murmura quelque chose à l'oreille.

Leila rougit, et Hamish roula des yeux.

— Puis-je vous rappeler que vous disposez de quartiers privés ? demanda Hamish en faisant un signe vers la porte. Je vous suggère de les utiliser.

— Plus tard, dit Aiden. Et si on déjeunait d'abord ?

— Je suis venue vous trouver à cause de ça, dit Leila. Vous devriez manger quelque chose avant que ce soit froid.

— Je suis affamé, admit Pearce et se dirigea vers la porte.

Leila et Aiden le suivaient de près. Ils se retournèrent à la porte.

— Tu viens, Hamish ? demanda Aiden par-dessus son épaule.

— Laisse-moi quelque chose. Je veux d'abord regarder quelques images.

Puis il se souvint d'autre chose.

— Et Aiden.

— Oui ?

— Manus a-t-il déjà partagé ses découvertes avec Enya au centre la nuit dernière ? Je n'ai pas eu l'occasion de parler à Enya ce matin.

— Je crois qu'il y est retourné aujourd'hui pour écouter l'équipe que la directrice adjointe du centre a chargée d'examiner l'incident.

— Merci, je l'appellerai plus tard alors.

Un instant plus tard, ils étaient tous les trois partis. Il entendit le bruit de leurs pas s'atténuer. Seul dans la grande pièce fraîche, Hamish prit la place de Pearce et fit défiler les fichiers vidéo que ce dernier avait rassemblés dans un dossier.

Certains clips se distinguaient par leur qualité, mais aucun ne montrait vraiment le déroulement complet de l'événement. C'était peut-être préférable, car personne n'avait une vidéo continue de lui volant presque sur la scène à une vitesse que même un sprinter olympique ne pouvait concurrencer.

Les séquences montraient Tessa debout devant le pupitre, tandis que Mme VanSant, Poppy, Gunn et Mantle se tenaient plus en arrière et sur le côté. Puis, Hamish entra dans le plan, poussant Tessa hors de la trajectoire de la chute du conduit. La caméra tremblait et s'inclinait sur le côté. La gaine avait réduit le pupitre en miettes et derrière lui, près du mur, se tenaient les directeurs VanSant et Mantle, bouche béante, figés par le choc. Poppy s'accrochait au bras de VanSant, les yeux fermés. Gunn se trouvait à un autre endroit. Il s'était déplacé pendant le sauvetage. Mais où ? La caméra ne l'avait pas dans son viseur. Vu ce qu'il savait de Gunn, il était probablement tombé à la renverse sur le cul au moment de l'impact. Espèce de fouine lâche !

Hamish se frotta les yeux. Il ne trouverait pas la réponse qu'il cherchait ici. Manus avait peut-être trouvé quelque chose de plus utile. Et une fois qu'il aurait parlé à Manus, il devait absolument aller voir Tessa pour mettre les choses au clair. Elle lui avait à peine adressé un mot ce matin, et elle lui en voulait manifestement. Pour sa sécurité, il devait éviter de se brouiller avec elle, car, pour la protéger, elle lui devait faire confiance.

14

Tessa avait déjà entendu Poppy devant sa porte, échangeant quelques mots avec Collette, avant que sa directrice de campagne ne donnât un bref coup à la porte et n'entra dans le bureau.

— Hé, Poppy.

Poppy referma la porte derrière elle et se dirigea vers le bureau.

— Comment te sens-tu ce matin ? Tu es partie si vite que je n'ai même pas pu m'assurer que tu allais bien.

— Je vais bien.

— J'ai eu raison de te trouver un garde du corps, soupira Poppy.

— Je ne suis vraiment pas d'humeur à écouter un discours du genre je te l'avais dit.

— Et tu n'en auras pas. Je suis juste heureuse de te savoir en vie.

— Merci, Poppy.

— Alors, qu'est-ce que Collette m'a dit à l'instant ? Hamish et toi ?

Tessa déglutit. Comment quelqu'un pouvait-il savoir ce qui s'était passé entre Hamish et elle la nuit dernière ? C'était impossible. Ils étaient seuls. Et il était impossible que Hamish eût dit quoi que ce fût à qui que ce fût non plus. Du moins, elle pensait qu'il n'aurait pas agi ainsi. Ou bien est-ce le genre d'homme qui se vanterait de la façon dont il aurait réussi à la mettre dans son lit la nuit dernière ?

— Oh mon Dieu, tu rougis ! s'exclama Poppy. Je suppose que quelque chose s'est passé quand il t'a ramenée chez toi hier soir, hein ? Collette m'a dit que c'était ton petit ami. Tu travailles très vite ! Je suis époustouflée !

Tessa soupira, quelque peu soulagée. Elle savait maintenant de quoi Poppy parlait. Elle se souvenait maintenant que Poppy était partie avant que Hamish ne lui expliquât qu'il se ferait passer pour son petit ami.

— Ce n'est pas du tout ça. Hamish n'est que mon prétendu petit ami pour que les gens n'apprennent pas que je bénéficie d'une protection rapprochée.

— C'est lui qui l'a suggéré ou c'est toi ?

— C'est lui.

Poppy sourit.

— Je me demande bien pourquoi. Peut-être que tu l'attires et qu'il s'est dit qu'il ferait d'une pierre deux coups.

— Poppy ! la réprimanda Tessa. Hamish n'est pas attiré par moi, et je ne suis pas attirée par lui. C'est tout. C'est un arrangement purement professionnel.

Poppy fit un geste dédaigneux.

— Alors, qu'est-ce que tu as ressenti quand ce beau gosse était sur toi ?

— Quoi ?

Une secousse de panique la traversa.

— Eh bien, quand il t'a pratiquement enterrée sous lui pour te sauver de la chute de ce conduit. Elle s'éventa.

— Franchement, je n'aurais pas d'objection à être en danger si cela signifiait qu'un beau gosse comme lui me protègerait avec son corps sexy. Tu ne peux pas être si aveugle pour ne pas voir ça, ma fille ! Je connais ton genre. À l'université, tu aurais été à fond sur un type comme lui.

Tessa soupira, la frustration montante, mais elle savait que le seul moyen d'arrêter Poppy était de lui dire ce qu'elle voulait entendre.

— Très bien. Donc Hamish est un beau gosse avec un corps sexy. Tu es contente maintenant ?

— Le moment est mal choisi ?

Une voix masculine trop familière, venue de la porte, l'interrompit.

Le regard de Tessa passa sur Poppy. Pourquoi n'avait-elle pas entendu la porte s'ouvrir ? L'embarras l'envahit et elle sentit ses joues chauffer en regardant Hamish s'approcher. Ses lèvres étaient retroussées en un sourire charmant. Bon sang, avait-il entendu ses dernières paroles ? Des mots qu'elle n'avait prononcés que pour se moquer de Poppy. Elle voulait s'enfoncer dans un trou et se cacher.

Poppy réprima un petit rire.

— Oh, salut Hamish, j'étais justement en train de partir.

Elle jeta un coup d'œil en arrière vers Tessa.

Tessa siffla sous sa respiration.

— Ne pars pas maintenant, espèce de traître.

Mais Poppy se dirigeait déjà vers la porte.

— À plus tard.

La porte se referma. Nerveusement, Tessa déplaça des papiers d'un côté à l'autre de son bureau.

— Vous êtes en avance, lui dit-elle rapidement en évitant de regarder Hamish. Je ne suis pas encore prête à partir.

— Je m'en doutais, mais je voulais vous parler de quelque chose d'important. Et ça ne peut pas attendre.

Elle leva les yeux et remarqua qu'il fixait le siège de la fenêtre.

— En privé, sans que personne n'écoute par inadvertance.

Dans le silence qui suivit, Tessa entendit les lattes du parquet grincer, mais Hamish ne bougeait pas. Il se tenait devant son bureau comme s'il attendait quelque chose.

Finalement, elle ne put pas supporter le suspense plus longtemps et dit :

— Si c'est à propos d'hier soir...

HAMISH ATTENDIT qu'Enya eût quitté la pièce. Malgré le fait qu'elle eût été invisible pour Tessa, il avait pu la voir car leurs espèces avaient des degrés d'occultation différents.

— C'est vrai, commença-t-il.

Il avait entendu Tessa dire à Poppy qu'elle le trouvait sexy. Cela changeait la situation. Il jeta son discours préparé aux oubliettes et adopta une approche légèrement différente.

— Je ne veux pas qu'il y ait de malentendus entre nous. Cela pourrait compromettre votre sécurité. Et elle passe avant tout le reste.

— Je pense que nous savions tous les deux que ce... euh... arrangement pourrait causer des problèmes.

— C'est ma faute, admit-il.

Lorsqu'elle écarta les lèvres pour répondre, il l'arrêta en levant la main.

— Non, s'il vous plaît, laissez-moi m'expliquer. Je fais ce métier depuis longtemps : protéger les gens. Et une seule fois j'ai eu une relation amoureuse avec une de mes pro-euh, clientes. Ça lui a coûté la vie.

Et presque la sienne aussi.

Les yeux de Tessa s'élargissaient sous le choc.

— Je ne referai pas la même erreur, même si vous m'attirez beaucoup. Je ne peux pas prendre ce risque. Vous comprenez ?

Elle acquiesça en silence.

— J'ai entendu ce que vous avez dit à Poppy tout à l'heure. Je devine que je ne vous laisse pas tout à fait indifférente, sinon vous ne m'auriez sans doute pas rendu mon baiser quand j'ai profité de votre vulnérabilité hier soir.

— Vous n'avez pas profité de moi, lui dit-elle, à sa grande surprise. Je voulais que vous m'embrassiez.

Son aveu rendit plus difficile son discours.

— Et j'ai aimé vous embrasser plus que je n'aurais dû. Mais je ne peux pas me permettre de le refaire.

Peu importe à quel point il avait envie de recommencer.

— Mon travail... c'est compliqué. Nous avons des règles et...

— Vous n'avez pas besoin de dire quoi que ce soit d'autre. Il ne s'est vraiment rien passé. Nous sommes tous les deux des adultes qui se sont perdus dans le moment.

Autant cela pouvait être vrai pour Tessa, autant ce n'était pas le cas pour lui, mais il ne la contredisait pas. Cependant, il voulait qu'elle sache que cela ne changeait rien au sérieux qu'il accordait à sa sécurité.

— Je vous promets de vous protéger au péril de ma vie si nécessaire. Je veux que vous me fassiez confiance. Vous ne devrez jamais avoir à douter de mon engagement dans cette mission. Et quoi que vous ayez besoin que je fasse pour que vous vous sentiez en sécurité et à l'aise, vous n'avez qu'à demander.

Tessa se leva lentement, hochant la tête en signe de contemplation. Elle contourna le bureau et s'approcha de la fenêtre. Jetant un coup d'œil à l'extérieur, elle prit enfin la parole.

— C'est étrange de vous entendre dire cela. D'entendre n'importe qui dire ça.

Il fit quelques pas vers elle.

— Pourquoi ? Vous ne me croyez pas ?

— Ce n'est pas ça. Je vous crois. Et même ça, c'est étrange. Je veux dire, croire quelqu'un qu'on ne connait pas vraiment. Faire confiance à un étranger.

— Mais vous le faites.

Elle acquiesça, tout en continuant à regarder par la fenêtre. Peut-être qu'elle trouvait plus facile de parler ouvertement sans le regarder.

— Après la nuit dernière, je n'ai plus aucun doute, soupira-t-elle. Vous avez réagi si vite. Sans hésitation. J'ai vu certaines des vidéos que les gens ont prises de l'incident.

Il remarqua qu'elle frissonnait, et il voulut poser sa main sur son épaule pour la rassurer, mais il se retint. C'était trop risqué, car même le fait de se branler sous la douche tout à l'heure n'avait pas atténué le désir qu'il avait pour elle. Au contraire, cela n'avait fait que lui montrer ce qu'il pouvait se passer entre eux. À quel point ils s'entendraient bien.

— J'ai aussi examiné les vidéos, déclara-t-il plutôt. Mais je n'ai pas vu d'images du plafond, donc je n'ai pas pu voir comment le conduit est tombé.

— Gabriella m'a appelé tout à l'heure. Elle m'a dit que la police se trouvait sur place hier soir.

Elle regarda par-dessus son épaule.

— Votre collègue leur a parlé ?

— Oui, Enya a pris contact avec eux, mentit-il. Mais on n'a pas encore trouvé de pistes.

Ce qui était la vérité.

Il avait parlé à Manus un peu plus tôt. Son collègue gardien avait pris des photos et examiné le métal à la recherche de tout résidu chimique qui pourrait suggérer la présence d'un explosif, mais les résultats des tests n'étaient pas encore connus.

Un coup frappé à la porte le fit se retourner.

Tessa jeta un coup d'œil devant lui.

— Entrez.

La porte s'ouvrit et ce n'était autre que Robert Gunn qui entra. Lorsque Gunn l'aperçut, il se figea un instant.

— J'espère que je n'interromps rien.

Tessa passa devant Hamish et s'adressa à Gunn :

— Non, pas du tout. Que puis-je faire pour toi ?

— Je voulais juste prendre des nouvelles et voir comment tu allais après la nuit dernière, soupira-t-il. C'était assez horrible.

— Ça l'était, mais je vais bien.

— Bien, bien.

Gunn sourit et jeta un coup d'œil au-delà d'elle, regardant directement Hamish.

— Je ne crois pas que nous nous soyons présentés.

Il tendit la main et Hamish n'eut pas d'autre choix que de la serrer.

— Hamish McGregor.

— Robert Gunn.

— Je sais qui vous êtes.

Gunn se décala, un geste que Hamish ne pouvait interpréter que comme de la nervosité.

— Eh bien, je ne veux pas vous déranger plus longtemps.

Il était déjà de retour à la porte, lorsqu'il se retourna.

— Oh, Tessa, avant que je n'oublie, je cherchais un tas de dossiers sur lesquels Yardley travaillait avant sa mort.

Hamish reconnut le nom : John Yardley, le maire précédent, qui était décédé dans un délit de fuite non encore résolu deux mois plus tôt.

— Oui ? répondit Tessa en faisant claquer ses sourcils l'un contre l'autre.

— On m'a dit que tu aurais pu les prendre pour continuer là où il s'est arrêté.

— Je n'ai pris que ce qui concernait le centre de réhabilitation des toxicomanes.

— Humm. Bizarre. Eh bien, alors.

— Tu devrais essayer de voir avec sa veuve. Je sais que l'assistante de John a emballé ses affaires personnelles. Peut-être qu'elles se sont retrouvées accidentellement dans la même boîte.

— Je pensais que la police gardait encore tous ces objets.

Elle secoua la tête.

— Non, ils les ont envoyés à Amanda. Elle m'a appelé l'autre jour parce qu'un livre se trouvait dans la boîte que je lui avais prêtée, et qu'elle voulait le rendre. Donc elle détient certainement la boîte. Pourquoi ne l'appelles-tu pas ?

— Je le ferai. Merci !

Gunn sourit et partit, fermant la porte derrière lui.

Lorsque Tessa se retourna vers lui, Hamish remarqua l'air triste qu'elle arborait.

— Te sentais-tu proche du maire, de Yardley ?

— C'était un ami de la famille. J'étais une enfant quand je l'ai rencontré pour la première fois. Il était un oncle pour moi. Je crois donc que je le connaissais bien. C'était un homme bon. Quand j'ai appris l'accident, je n'arrivais pas à y croire au début. Nous étions tous dévastés.

Elle le regarda droit dans les yeux.

— Surtout mon père. John et mon père jouaient au golf ensemble, puis on organisait un barbecue chez nous.

Elle se figea soudain.

— Quoi ?

— J'avais presque oublié. Mon père nous a invités pour un barbecue à la maison.

— Nous ?

Elle grimaça.

— J'ai bien peur d'avoir dû lui dire que vous êtes mon petit ami. Et maintenant, il veut vous rencontrer. Je n'ai vraiment pas besoin de ça en ce moment.

— Vous pensez qu'il ne m'approuvera pas ?

— Ce n'est ni vous ni lui qui m'inquiétez.

— Qui est-ce alors ?

— C'est ma mère.

15

———————

Hamish ralentit la voiture alors qu'ils approchaient de l'adresse que Tessa lui avait donnée.

— Y a-t-il toujours autant de voitures garées dans la rue ?

Tessa regarda autour d'elle, puis secoua la tête.

— Tout le monde dans ce quartier a un garage pour deux voitures, plus une place ou deux pour les visiteurs devant leur garage.

— C'est ce que je pensais.

Il n'aimait pas ça. Quelque chose ne semblait pas normal, et il était entraîné à repérer les choses qui sortaient de la norme.

— Peut-être que l'un des voisins organise une fête, songea Tessa.

— Peut-être.

Il roula jusqu'à la maison d'enfance de Tessa, avec l'intention de tourner dans la place devant le garage, mais s'arrêta. Deux voitures étaient déjà garées sur les places réservées aux visiteurs. Il jeta un regard en biais à Tessa, qui roula des yeux au plafond de la voiture.

— Je vais la tuer cette fois, vraiment, se plaignit Tessa.

— Puis-je vous demander qui est la victime ?

Tessa croisa son regard.

— Ma mère. Pourquoi continue-t-elle à agir ainsi ?

— Je m'avance un peu, mais je suppose que le barbecue auquel on nous invite ne se résume pas à une affaire de famille, n'est-ce pas ?

Elle poussa un soupir de colère.

— Apparemment non.

Hamish tendit la main pour la serrer et, à sa grande surprise, elle posa son autre main sur la sienne dans un geste de remerciement.

— Vous n'aimez pas les fêtes, n'est-ce pas ?

Elle soupira.

— Pas vraiment. Toute la journée, au travail, je dois déborder d'énergie ; je dois sourire, être aimable avec les gens, mener des conversations intelligentes, et écouter attentivement. Vous saisissez le concept ?

Il acquiesça.

— Vivre sous les yeux du public s'avère difficile.

— Et ce soir, j'aurais préféré me détendre. Ne pas avoir à expliquer à des inconnus ce qui s'est passé au centre hier soir.

Elle prit une grande inspiration.

— Je suis désolée. Je ne veux pas râler, mais j'avais juste envie d'une soirée tranquille.

— Vous ne râlez pas. Et je vais m'assurer que personne ne vous embête avec des questions stupides.

Une lueur d'espoir illuminait ses yeux.

— Comment allez-vous faire ?

— Eh bien, je pourrais tuer tous ceux qui essaient de vous embêter.

Quand elle ouvrit la bouche, il lui adressa un clin d'œil.

— Et je sais comment faire disparaître un corps. On apprend ça avec le boulot.

Tessa se mit à glousser, et il lui rendit son sourire.

— Merci, Hamish. J'en avais besoin.

En souriant, il dit :

— Je le pensais vraiment !

Puis il lui lâcha la main et coupa le moteur, bloquant les deux voitures devant le garage.

— Maintenant, entrons là-dedans et finissons-en. Nous ne sommes pas obligés de rester longtemps. Je peux trouver une excuse pour qu'on parte plus tôt. Qu'est-ce que vous en dites ?

Elle le gratifia d'un sourire authentique, un sourire qui fit battre son cœur avec excitation.

— Ça a l'air merveilleux. Vous êtes le meilleur.

— Je l'espère bien, plaisanta-t-il. Après tout, vous devez en avoir pour votre argent.

— Est-ce que je peux me permettre de vous payer ?

— Non, mais je vous offrirai une réduction.

Il n'arrivait pas à croire qu'il était en train de badiner avec Tessa, et qu'elle jouait le jeu. Et cela lui plaisait. En fait, il aimait beaucoup ça, parce qu'elle souriait et riait enfin sincèrement, et cela la rendait encore plus belle. Mon Dieu, il se retrouvait vraiment dans la merde. Ne pas toucher à Tessa serait un véritable parcours du combattant tant qu'il serait assigné à elle.

Alors qu'ils passaient devant les deux voitures garées dans l'allée, la porte d'entrée s'ouvrit déjà.

— Je suppose que quelqu'un nous a vus arriver, murmura Hamish à Tessa, qui marchait à côté de lui.

Elle fit signe à l'homme qui sortait maintenant de l'embrasure de la porte.

— Papa !

Ils se rencontrèrent à mi-chemin et s'embrassèrent.

— Hé, chérie, tu es venue ! s'exclama l'homme plus âgé.

— Tu ne m'avais pas dit que ce serait une grande fête.

Le père de Tessa haussa les épaules.

— Serais-tu venue si je te l'avais dit ?

Devant la grimace de Tessa, il ajouta :

— Tu vois, voilà pourquoi je ne l'ai pas fait. D'ailleurs, tu sembles avoir oublié la date d'aujourd'hui. Je suis surpris que tu n'aies pas deviné qu'un grand remue-ménage se préparait.

Quelque chose vacillait dans les yeux de Tessa, comme si les paroles de son père avaient déclenché un souvenir.

— Oh.

Son père déplaça son regard et tendit la main vers Hamish.

— Je suis Philip Wallace.

Hamish lui serra la main.

— Hamish McGregor. Enchanté de vous rencontrer, monsieur.

Wallace avait une prise étonnamment ferme. Son corps, svelte et tonique, indiquait qu'il prenait soin de lui et qu'il devait probablement s'entraîner régulièrement. Ses cheveux blond foncé grisonnaient aux tempes, mais ne présentaient pas de calvitie. Ses yeux d'un bleu éclatant lui conféraient de l'autorité. C'était un bel homme pour son âge, mais Tessa n'avait hérité d'aucun de ses traits.

— J'aimerais pouvoir dire que ma fille m'a beaucoup parlé de vous, mais je crains qu'elle se soit montrée peu loquace.

— Eh bien, nous ne sortons pas ensemble depuis très longtemps, dit Hamish rapidement et il tendit la main à Tessa pour lui montrer qu'ils formaient un couple.

— Hmm. Je n'ai appris votre existence que lorsque j'ai su que vous lui avez sauvé la vie hier soir.

Hamish sourit.

— Je me trouvais au bon endroit au bon moment.

— Je dirais même ! Vous avez une sacrée vitesse, jeune homme ! Je ne peux pas dire que j'ai déjà vu quelqu'un réagir aussi vite.

Hamish haussa les épaules. Wallace avait donc vérifié les vidéos en ligne, sans surprise. Mais, les séquences manquaient pour vraiment reconstituer la vitesse à laquelle Hamish s'était réellement déplacé, alors il ne s'inquiétait pas.

Au lieu de cela, il sourit et porta la main de Tessa à ses lèvres, plantant un chaste baiser sur ses jointures.

— Je ne pouvais pas laisser quoi que ce soit arriver à votre magni-fique fille. Elle a trop de valeur.

— J'aime l'entendre. Merci, Hamish. Je peux vous appeler Hamish, n'est-ce pas ?

Hamish le gratifia d'un hochement de tête et d'un sourire bien-veillant. C'était exactement la réaction à laquelle il s'attendait de la part d'un père inquiet. Il ne lui avait fallu que deux minutes pour s'as-surer la bonne opinion de Wallace. Il ne remettrait pas en question le dévouement de Hamish pour sa fille. Un de moins, il en restait encore.

— Bien sûr, monsieur, appelez-moi Hamish.

— Maintenant, allons à l'intérieur, tout le monde désire vous rencontrer, dit Wallace, et il se tourna vers la porte d'entrée.

Derrière son dos, Hamish échangea un rapide regard avec Tessa.

Elle se pencha plus près de lui et lui murmura :

— Vous m'impressionnez.

Il sourit.

— Je sais.

Il jeta un coup d'œil à leurs mains jointes, tandis qu'ils suivaient son père dans la maison.

La maison était une grande demeure coloniale avec un escalier blanc menant au deuxième étage, et un vaste hall d'entrée qui s'ou-vrait sur un salon, lequel communiquait avec une salle à manger. Comme toujours lorsqu'il effectuait des missions de protection, Hamish procédait à une rapide évaluation des lieux afin d'identifier les éventuels risques de sécurité.

Des dizaines de personnes se bousculaient, toutes habillées de vêtements décontractés ou plus professionnels. À travers les grandes fenêtres à l'arrière de la propriété, Hamish pouvait voir la belle cour, où d'autres personnes se mêlaient, un verre à la main. Une petite piscine avec un jacuzzi occupait un tiers de l'arrière-cour. D'un côté de celle-ci se dressait un petit abri, bien qu'il ne ressemblât pas à un abri de jardin. Peut-être servait-il de bureau à domicile ou d'un petit abri de piscine. De l'herbe poussait de l'autre côté de la piscine, et une grande terrasse en bois permettait d'installer un énorme barbecue, ainsi que de nombreuses places assises.

Des professionnels de la restauration circulaient avec des plateaux de nourriture et de boissons. Ce n'était pas une fête planifiée à la dernière minute, ce qui éveillait sa curiosité. Qu'est-ce que les parents de Tessa fêtaient exactement ?

Tessa à ses côtés, Hamish suivit son père dans la grande cuisine ouverte.

— Diane, cria Wallace à une femme qui donnait des indications au personnel de restauration.

Elle ne se retourna pas, mais répondit d'une voix serrée :

— Tu ne vois pas que je suis occupée ?

À côté de lui, Tessa se raidit. Wallace leur jeta un regard d'excuse, puis s'adressa de nouveau à sa femme :

— Tessa et son petit ami sont ici.

Diane Wallace se retourna.

— Pourquoi ne l'as-tu pas dit tout de suite ?

Rapidement, elle colla un sourire sur son visage et se précipita vers eux, les bras écartés.

— Tessa, ma chérie, te voilà enfin !

Mme Wallace jeta ses bras autour de Tessa, même si Hamish ne put pas s'empêcher de remarquer que Tessa ne retournait pas l'accolade trop exubérante.

— Maman, ce fut tout ce qu'exprima Tessa avant de se dégager de l'étreinte. Je vois que tu t'es encore surpassée.

Mme Wallace ne fit aucun commentaire. Au lieu de cela, elle fixa Hamish du regard.

— Eh bien, puisque personne ne nous présente, je suppose que je vais devoir m'en charger moi-même.

Elle tendit la main.

— Je suis Diane, la mère de Tessa.

Hamish lui serra la main.

— Hamish. Enchanté de vous rencontrer, et merci pour l'invitation.

J'aurais aimé le savoir plus tôt, j'aurais pu changer mes plans et nous aurions pu rester plus longtemps.

C'était un mensonge, bien sûr, mais, vu le malaise que Tessa semblait ressentir en sa présence, aligner leur stratégie de sortie dès maintenant était préférable.

— Avez-vous d'autres projets ? demanda-t-elle, sa voix semblant presque accusatrice.

Il essaya son sourire le plus charmant, et ajouta :

— Oui, je suis vraiment désolé, mais Tessa a accepté de m'accompagner à un événement professionnel plus tard dans la soirée.

— Un événement professionnel ? Eh bien, si c'est nécessaire.

Elle se détourna pour retourner vers le personnel de restauration dans la cuisine, et il surprit Tessa et son père en train d'échanger un regard complice. Jetant un coup d'œil à Mme Wallace, qui s'était installée à l'autre bout de la cuisine bruyante, Hamish s'approcha de Tessa et de son père.

— Tu dois lui pardonner, Tessa, murmura Wallace.

— Vraiment ? Tessa répliqua d'une voix glaciale.

— Le médecin lui a donné différents médicaments, et je ne pense pas que nous ayons encore trouvé le bon dosage, expliqua-t-il, puis croisa le regard de Hamish. Ma femme souffre de troubles bipolaires, Hamish. Elle a du mal à contrôler ses humeurs.

Il adressa un sourire triste à Tessa.

— Au moins, nous savons maintenant ce que c'est, et nous pouvons le traiter. Elle n'ira plus jamais aussi mal qu'avant.

Les lèvres de Tessa se comprimèrent en une fine ligne et elle détourna le regard.

— Tu veux bien m'excuser un instant ? Je dois me laver les mains avant de manger.

Elle se précipita hors de la pièce, avant que Hamish ou son père ne pussent répondre.

Wallace posa une main sur l'épaule de Hamish.

— Que diriez-vous d'un verre ?

Même s'il avait bien besoin d'une boisson bien fraîche après tout ce drame familial, il devait s'occuper de choses plus importantes.

— J'aimerais bien en prendre un plus tard. Mais je devrais d'abord me laver les mains

Wallace pointa du doigt le couloir qui ramenait à la porte d'entrée.

— La porte qui se trouve sous l'escalier.

— Merci.

Hamish se dirigea vers elle et entra. Dès qu'il se trouva à l'intérieur et qu'il eut verrouillé la porte, il s'occulta et se dématérialisa, afin de pouvoir passer la porte et retourner dans le couloir pour commencer son exploration.

Il suivit la routine habituelle. Tout d'abord, il monta à l'étage pour vérifier que les chambres et les salles de bains ne présentaient rien d'inhabituel. Il en profita aussi pour se faire une idée de ce qu'était la famille. Les photos, les souvenirs, les médicaments qui traînaient, tout lui racontait une histoire. Il savait déjà que Tessa était fille unique, même si le dossier qu'il avait obtenu sur elle n'avait pas dit grand-chose sur ses parents. Il était en train de combler ces lacunes.

Le père travaillait à domicile ; même sur sa table de nuit, il laissait des dossiers avec des contrats et d'autres notes. Un bourreau de travail, sans aucun doute. L'armoire de sa femme débordait de vêtements de marque. Des bijoux étaient éparpillés sur sa table de nuit au hasard, comme si les pièces inestimables se comptaient sur les doigts de la main. Dans les tiroirs, il trouva des pilules correspondant aux affirmations de son mari. Ainsi que des bouteilles miniatures d'alcool fort. Est-ce qu'elle mélangeait les pilules avec de l'alcool ? Mauvaise combinaison. Était-elle l'épouse négligée qui s'était tournée vers l'alcool pour se réconforter ?

Il continua à chercher, en passant systématiquement par toutes les pièces. Il en sauta une : une salle de bains. Il savait qui se trouvait à l'intérieur : Tessa. Un seul membre de la famille monterait à l'étage pour utiliser la salle de bain ici au lieu de la salle de bain des invités en bas.

Sachant qu'il n'avait pas beaucoup de temps avant que les autres invités ne trouvent bizarre que la salle de bain des invités fût encore occupée, il se dépêcha de descendre et de poursuivre son évaluation rapide. Mais il n'avait déjà plus le temps. Une femme impatiente frappait à la porte de la salle de bains.

— Il y a quelqu'un là-dedans ?

Un homme s'approcha d'elle depuis l'autre côté.

— Peut-être qu'il est vide et que quelqu'un l'a accidentellement fermé à clé.

Il posa sa main sur son épaule.

— Laisse-moi t'aider. Je sais comment ouvrir ce genre de serrure de l'extérieur.

Ah, merde, tant pis pour le furetage à l'insu de tous.

Hamish fonça vers la salle de bains, passa à travers le mur à côté, puisque le couple bloquait la porte, puis se découvrit à l'intérieur. De nouveau visible, il déverrouilla la porte et l'ouvrit.

— Oh, je suis désolé, vous attendiez ? demanda-t-il avec un sourire. C'est tout à vous.

Tessa descendit les escaliers juste au moment où Hamish sortait de la salle de bain des invités. Ravie de ne pas avoir à retourner seule dans la mêlée de la fête, elle l'appela.

— Hamish !

Il se retourna, en souriant, et attendit qu'elle l'eût rejoint.

Elle passa son bras sous le sien.

— Retournons dans la fosse aux lions, voulez-vous ? dit-elle.

Il lui montra le chemin pour retourner dans le salon. Un serveur passa devant eux, offrant du champagne, et elle prit un verre sur le plateau. Hamish fit de même.

Lorsqu'ils atteignirent le salon, elle surprit le regard de son père sur elle. Il attendait son retour. Il lui sourit de l'autre côté de la pièce, puis tapa une fourchette contre sa coupe de champagne pour réclamer le silence.

— Merci à tous d'être ici, commença son père, sa mère se tenant à côté de lui, et de nous aider à célébrer une étape importante de notre vie.

Hamish se pencha plus près.

— Anniversaire de mariage ?

Tessa secoua la tête.

— Nous avons eu la chance d'avoir notre petite fille il y a trente-cinq ans aujourd'hui.

Philip Wallace leva son verre en direction de Tessa, la forçant à lui rendre la pareille.

— Lorsque nous l'avons enfin ramenée à la maison avec nous et que nous avons pu l'appeler la nôtre, lui donner notre nom et prendre soin d'elle, nos vies en sont devenues tellement plus riches. Toi, Tessa, tu nous as donné tant de joie au fil des ans et tu nous as montré que même si la nature nous a refusé la chance de devenir parents, le destin l'a rendu possible.

Il leva à nouveau son verre.

— Bon anniversaire d'adoption, chérie !

Les larmes aux yeux, Tessa souleva son verre et croisa le regard de son père. Les invités répètent leurs vœux. Son regard se porta sur sa mère, mais elle avait quitté son mari et s'était faufilée jusqu'à la cuisine, où l'un des serveurs disposait d'autres cocktails sur un plateau.

— Je ne savais pas que vous étiez adoptée, dit Hamish à côté d'elle.

Elle tourna la tête.

— Cela ne fait aucune différence.

— Je ne voulais pas insinuer que c'était le cas. Je suppose que cela explique pourquoi vous ne ressemblez pas du tout à vos parents.

Elle se força à sourire et but une gorgée de son verre. Non, elle n'était pas du tout comme sa mère. Et elle ne voulait jamais l'être.

— Votre père a l'air de vous adorer, remarqua Hamish. C'était un discours très émouvant.

— Il m'aime.

Peut-être trop. Peut-être que cela avait toujours été la racine de ses problèmes.

— J'ai perdu mon père il y a longtemps, dit-il. Vous devriez chérir son amour aussi longtemps que vous le pouvez.

— Je le fais, admit-elle.

Malgré tout.

— Vous ne vous entendez pas avec votre mère, dit Hamish.

Elle ne le regarda pas quand elle répondit :

— C'est compliqué.

Très compliqué.

Tessa vida son verre et laissa ses yeux errer, à la recherche du serveur. Si elle voulait survivre à cette soirée, elle avait besoin d'un autre verre.

16

___

Le vortex, la masse tourbillonnante de brouillard sombre et de vent qu'il avait utilisé pour se transporter dans le monde des humains, se referma derrière lui et disparut. Zoltan jeta un coup d'œil autour de lui, pour s'assurer que personne n'avait été témoin de son entrée, mais les buissons et les arbres du quartier résidentiel l'avaient bien caché.

Il portait une barbe, des lentilles de contact brunes et des cheveux blond foncé qui dépassaient de ses oreilles et s'enroulaient sur sa nuque. La pilosité faciale l'aidait à se fondre dans la mode que les jeunes humains semblaient privilégier de nos jours. Il s'était cependant arrêté au chignon. Il ne comprenait pas comment un homme qui se respectait pouvait porter une coiffure aussi efféminée, et il n'allait certainement pas tomber aussi bas.

Il lui suffit de marcher deux pâtés de maisons pour atteindre la maison en question. Les nombreuses voitures garées sur le trottoir des deux côtés de la rue, ainsi que dans l'allée, indiquaient que les propriétaires recevaient des invités. Beaucoup d'invités. Mais il n'allait pas laisser cela l'empêcher de mener à bien sa mission. Il en était certain : il trouverait un moyen d'entrer sans se faire remarquer.

Une bouffée de fumée de cigarette souffla dans sa direction. Il regarda autour de lui pour en trouver l'origine et vit un jeune homme debout près d'un buisson, en train de fumer. Il portait la tenue d'un traiteur, une chemise blanche, un pantalon noir et un nœud papillon rouge. Parfait.

Zoltan marcha nonchalamment en s'approchant du jeune homme, qui ne devait pas avoir plus de vingt-cinq ans.

— Bonsoir, le salua Zoltan avec un sourire, puis il fit signe à la maison derrière lui. On ne fume pas à l'intérieur, hein ?

Le gamin tenta d'éteindre sa cigarette, mais Zoltan l'arrêta.

— Non, ne l'éteins pas pour moi. En fait, j'espérais pouvoir t'en piquer une.

Il fit un geste du pouce en direction de la maison.

— Avant que je ne me joigne à la fête.

Le jeune homme sourit et fouilla dans sa poche pour en sortir un paquet. Zoltan l'attrapa et se servit une cigarette. Mais il ne l'alluma pas tout de suite.

— Quel est ton nom ?

— Kevin.

— Je suis Harry, ravi de te rencontrer, mentit-il.

Le mensonge constituait sa seconde nature. Tout comme l'usage de la force.

— Ça doit être dur de travailler à ces fêtes. J'espère que vous n'êtes pas à court de personnel. Ces gens peuvent s'avérer voraces, ils vous font travailler jusqu'à l'os.

Kevin poussa un long soupir de souffrance.

— C'est vrai ? Au moins, ils ont embauché cinq d'entre nous. Alors ce n'est pas trop grave.

Zoltan alluma sa cigarette et tira une bouffée de la chose dégoûtante.

— C'est cool. Quand je travaillais dans la restauration, je trouvais que c'était un bon moyen de rencontrer des gens. Tu vois ? Chaque fête était une équipe différente. Je travaillais rarement avec les mêmes collègues plus d'une fois.

— C'est la même chose, acquiesça Kevin. Je ne connais pas les quatre autres. Le patron nous a juste programmés, tu sais. Tu ne peux pas vraiment choisir avec qui tu travailles.

Zoltan hocha la tête comme si cela l'intéressait.

— Oui, c'est vrai. Alors, pour quelle entreprise travailles-tu ?

Il jeta un coup d'œil autour de lui.

— Je ne vois pas de camion de restauration.

Kevin fit un signe vers la maison.

— Oh, nous nous sommes garés dans l'allée derrière la propriété. On ne voulait pas occuper les places de parking destinées aux invités.

— Oui, c'est logique.

Bien que le gamin n'eût toujours pas répondu à sa question.

— Alors, c'était quelle entreprise déjà ?

— Une classe à part.

— Quelle coïncidence ! Est-ce que John dirige toujours l'établissement ?

— John ? Kevin fronça le front. Je ne connais pas de John à la direction. Bruce s'occupe des horaires.

— Oh, Bruce, c'est vrai, dit Zoltan en se tapant la main sur le front, faisant semblant de savoir de qui Kevin parlait. John s'occupe de la comptabilité. Bien sûr, tu ne le connais pas.

Il tira une nouvelle bouffée de sa cigarette, puis la jeta au sol et l'éteignit avec sa chaussure.

— Bon alors, en route pour la fête.

— Amuse-toi bien.

Zoltan simula un mouvement vers le côté opposé, puis il enroula ses bras autour du cou de Kevin et le tira en arrière, avant même que le gamin ne réalisât ce qui lui arrivait. Il commença à se débattre, mais Zoltan, plus fort, le traîna derrière les buissons.

— Maintenant, dis-moi, jusqu'où ta méchanceté s'étend-elle, hein ? Tu as déjà volé quelque chose ? Tu as déjà battu quelqu'un ?

Zoltan chuchota à l'oreille de son captif, espérant qu'il avait raison à propos du gamin.

— Oui, tu n'es pas un enfant de chœur, n'est-ce pas ?

Kevin se battit, sa peur augmentant chaque seconde. Parfait. En dessous, autre chose se trouvait. Kevin était loin d'être innocent. Il avait commis des crimes, des crimes mineurs, mais ça suffirait. Zoltan jeta sa victime au sol et l'y cloua, une main autour de sa gorge pour qu'il ne pût pas crier. Savourant le moment, Zoltan se pencha plus près et ouvrit la bouche, prenant une profonde inspiration, puis une autre. Une légère brume commença à s'échapper des narines de Kevin. Zoltan aspira plus fort et relâcha lentement sa prise autour de la gorge de sa victime. Plus de brume s'éleva, prenant une teinte plus foncée, d'abord grise, puis noire.

Oui, c'était ce dont il avait besoin. Ce serait un bon repas, un repas riche. Le jeune homme à sa merci avait fait de mauvaises choses, et maintenant Zoltan en récoltait les fruits. À chaque respiration, il aspirait plus de peur et de mal de sa victime, et sentait sa propre force grandir. Ses cellules se reconstituaient, se remplissaient de puissance. Au cours des derniers mois, il avait rencontré de nombreux festins riches comme celui-ci. Il y avait de plus en plus de mal dans le monde, et il avait bon goût.

Renouvelé et renforcé, Zoltan lâcha son captif. Kevin était maintenant inconscient.

— Merci pour tout, Kevin.

L'infortuné humain lui avait donné tout ce dont il avait besoin. Et maintenant, Kevin méritait de se reposer. Dans quelques heures, il se réveillerait avec un mal de tête comme il n'en avait jamais connu. Il pouvait le tuer, bien sûr. Pendant un bref instant, il l'envisagea. Mais cela risquait de le salir, et il ne voulait pas mettre de sang sur les vêtements de Kevin.

— C'est ton jour de chance.

Quelques instants plus tard, Zoltan apparut vêtu de la chemise blanche de Kevin, de son pantalon noir et de ce ridicule nœud papillon rouge. Même sa mère, s'il en avait une, ne le reconnaîtrait plus.

— Showtime.

Zoltan entra dans la maison par l'entrée de service, sur le côté. Kevin avait laissé le portail ouvert pour qu'il pût entrer après sa pause cigarette. Zoltan le referma maintenant derrière lui et se dirigea vers la porte au bout de l'allée et jeta un coup d'œil à l'intérieur. La cuisine. Plusieurs employés du service de restauration s'affairaient à préparer des boissons et de la nourriture. Il fallait établir ses références pour pouvoir circuler librement dans la maison.

Il entra et s'adressa à une femme qui remplissait des flûtes de champagne.

— Hé, désolé, euh, c'est Bruce qui m'envoie.

Elle le regarda fixement.

— Oui, pourquoi ?

— Il a dit que les clients avaient demandé six employés, et non cinq, alors il m'a envoyé pour apporter ma contribution à la dernière minute avant que les propriétaires ne se sentent floués.

Elle haussa les épaules.

— Ça me va. C'est un peu fou ici en ce moment de toute façon.

Elle se tourna vers l'un des autres, un jeune homme qui était justement en train de prendre un plateau avec des canapés.

— Hé, Mike, tu as vu Kevin ? Il devait s'occuper des cocktails.

Elle fit signe à un plateau contenant diverses boissons prémélangées.

Le gars haussa les épaules.

— Non.

— J'ai vu quelqu'un fumer dehors, proposa Zoltan. C'est peut-être lui.

— C'est nul, dit la femme. Comment t'appelles tu ?

— Greg.

Le prénom Harry avait déjà fait son temps.

— Je suis Cathy. Peux-tu prendre les cocktails ?

— Bien sûr. Pas de problème.

Cela lui donnerait une bonne couverture pour vérifier non seulement la maison elle-même, mais aussi les propriétaires et les invités. Personne dans ces milieux ne remarquait jamais la présence d'un domestique. Le temps que Kevin se réveille et que quelqu'un se rende compte qu'un étranger avait pu se déplacer sans entrave dans la maison, il serait parti depuis longtemps. Personne ne serait en mesure de donner une description précise de lui. Et même s'ils y parvenaient, cela ne mènerait nulle part. Parce que le monde des humains ignorait son existence.

Avec aisance, Zoltan traversa les rangs de la haute société de la ville et se fraya un chemin jusqu'à la personne qu'il voulait examiner de plus près : Tessa Wallace, la conseillère municipale. Elle venait de s'approcher d'une femme qui lui semblait vaguement familière et l'avait serrée dans ses bras. La femme avait entre vingt et vingt-cinq ans de plus que Tessa.

Zoltan se rapprocha.

— Amanda, je suis tellement contente de te voir, gazouilla Tessa. Comment as-tu tenu le coup ?

Un regard triste traversa le visage de l'autre femme. Il avait déjà vu ce regard. Oui, à un enterrement. Il aimait aller aux enterrements, il aimait regarder les humains pleurer leurs proches. La douleur qui saturait l'air lors d'un enterrement s'avérait si lourde, si épaisse, qu'il pouvait pratiquement l'arracher à l'air et l'avaler, pour nourrir cette partie de lui qui lui donnait sa force démoniaque. Après un enterrement, il se sentait toujours revigoré, ressourcé. Et cette femme avait souffert : Amanda Yardley, la veuve de l'ancien maire. Même maintenant, la douleur irradiait d'elle, et, bien que la douleur ne lui inspirât pas autant de crainte que la peur, elle l'attirait néanmoins.

— Je m'en sors, déclara Amanda en réponse à la question de Tessa. Chaque jour devient un peu plus facile.

— Il nous manque terriblement à tous.

— Merci. Au fait, j'ai apporté le livre que tu lui as prêté. Je l'ai laissé avec ma veste.

Elle pointa du doigt vers l'avant de la maison.

— Rappelle-moi avant de partir.

— En fait, j'étais justement en train d'en parler aujourd'hui. Gunn cherche des dossiers, et ils pourraient avoir été accidentellement emballés avec les affaires personnelles de John. Il pourrait t'appeler.

Amanda lui jeta un regard confus.

— Je n'ai trouvé aucun dossier dans la boîte qu'ils ont envoyée chez moi. Juste quelques récompenses, quelques bibelots et papiers personnels, et son carnet de rendez-vous.

Elle sourit avec nostalgie.

— J'ai accroché les récompenses au mur de son bureau

Une tape sur son épaule fit se retourner Zoltan.

— Je vais en prendre un, déclara le grand homme en désignant un verre sur le plateau de Zoltan.

— Bien sûr, monsieur, répondit Zoltan, en parvenant à garder son sang-froid.

Il n'était pas facilement ébranlé, mais se retrouver soudain nez à nez avec un Gardien de la Nuit était tout de même un peu surprenant. Non pas que ce fût totalement inattendu.

Bien qu'une chose l'eût surpris : l'homme, dont l'aura distincte l'identifiait comme un Gardien de la Nuit, ne lui était pas étranger. En fait, quelques mois plus tôt, dans une vieille ferme de Californie, lui et deux de ses démons avaient affronté deux Gardiens de la Nuit – et étaient repartis bredouilles. Cet homme était l'un d'entre eux. Et une autre chose devint immédiatement évidente. C'était le même homme que les journaux et les réseaux sociaux avaient identifié comme le héros de la nuit précédente. Un article en ligne qu'il avait vu cet après-midi-là avait affirmé que Hamish McGregor était le petit ami de Tessa.

— Merci, dit Hamish en arrachant un verre, avant de frôler Zoltan pour rejoindre Tessa.

Les Gardiens de la Nuit n'avaient donc pas perdu de temps pour assigner un gardien à la conseillère – un gardien qui lui avait ensuite promptement sauvé la vie. Cependant, une chose semblait étrange : la femme savait-elle que quelqu'un la protégeait ? Savait-elle qui était son petit ami ? Les Gardiens de la Nuit avaient-ils soudainement changé de stratégie et commencé à travailler au grand jour ?

De toute façon, avec Hamish dans le tableau, ce n'était pas le bon moment pour agir. Il allait devoir changer ses plans. Peu importe. Il faisait preuve de souplesse. Plusieurs autres itinéraires permettaient d'atteindre Tessa et de la détruire.

Sans attirer l'attention sur lui, il s'éloigna de sa cible principale et examina la scène. Repérer les hôtes ne présentait aucune difficulté : Les parents de Tessa, Philip et Diane Wallace. Philip Wallace semblait une personne au caractère bien trempé, sa posture et son assurance dénotant de la détermination, tandis que sa femme était tout sauf cela. Son langage corporel révélait son insécurité, qu'elle essayait de cacher sous des bijoux coûteux et des vêtements de marque.

Mais Zoltan sentit aussi quelque chose d'autre. Elle dégageait une odeur, faible, mais indéniable. Une alcoolique, c'était sûr. La drogue devait se trouver à proximité. Peu importe ce qu'elle utilisait pour passer la journée et cette soirée, cela faisait d'elle une cible facile. Ah, comme il aimait les gens de la haute société avec leurs insécurités et leur manque de retenue ! Ils se laissaient aussi facilement manipuler qu'un drogué au coin de la rue.

Diane Wallace représentait sa porte d'entrée.

Il devait l'écarter.

17

———————

Hamish fit le tour de la voiture et aida Tessa à en sortir. Ses joues rougissaient et ses yeux lavande pétillaient comme deux étoiles dans le ciel nocturne.

Lorsqu'il referma la portière de la voiture derrière elle, elle s'esclaffa.

— Je n'arrive pas à croire que vous ayez fait fuir Mme Cranston alors que vous n'arrêtiez pas de dire combien les manuels d'instruction vous passionnaient.

Il sourit.

— Ça lui apprendra à vous poser des questions sur l'incident survenu au centre hier soir.

— Merci de m'avoir sauvée. À la fois de Mme Cranston et de la chute du conduit.

Tessa se pencha, et la tentation de l'attirer contre son corps montait. Mais il savait qu'il ne pouvait pas agir ainsi. Il avait pris une promesse envers lui-même et elle. Et il allait la tenir. Que le rasen fût damné.

— Combien de coupes de champagne avez-vous bues ? demanda-t-il en souriant.

— Êtes-vous en train de suggérer que je suis ivre ?

Hamish gloussa.

— Je ne suis pas ivre. Juste un peu pompette.

Et c'était plutôt attachant de la voir si insouciante.

— Eh bien, vous le seriez aussi si vous deviez être gentil avec ma mère pendant toute une soirée.

— Je pensais qu'elle était plutôt...

Un bruit venant de derrière lui le fit tourner sur lui-même.

— Merde !

Deux hommes à l'allure intimidante foncèrent vers lui. Des lames tranchantes brillaient dans leurs mains, rendant leurs intentions claires en une fraction de seconde ; leurs yeux verts clignotant dans l'obscurité le confirmaient.

Occultant instantanément Tessa avec son esprit, Hamish lui ordonna :

— Courez à l'intérieur, maintenant !

Il la poussa en direction de la porte d'entrée de son immeuble, puis se baissa et sortit son poignard de sa botte, laissant tomber les clés de la voiture au passage. L'un des démons lui sauta dessus, tandis que l'autre fonçait vers la porte d'entrée, guidé par les cris de Tessa.

Hamish s'écrasa au sol, son agresseur démoniaque atterrissant sur lui. Hamish le repoussa d'un coup de pied, roula au loin et s'occulta l'instant d'après. Mais le démon était efficace. Il avait anticipé le mouvement d'évitement et frappa le bras de Hamish avec sa dague. Ce dernier poussa un cri, se dégageant de la mêlée, avant de donner un coup de pied à son agresseur. Le démon fit une culbute en arrière, laissant à Hamish une chance de se mettre debout.

Il jeta un rapide coup d'œil latéral vers la porte d'entrée. Tessa l'avait atteinte maintenant, mais elle fouillait dans son sac à main pour essayer de trouver ses clés, la panique la rendant maladroite.

— Putain ! jura-t-il et éperonna le démon, le catapultant dans les airs pour qu'il s'écrasât contre une voiture en redescendant.

Mais le connard n'abandonnait pas. Il se leva, visant Hamish avec sa dague, et la lança d'un coup de poignet. Hamish plongea au loin et se camoufla à nouveau. La dague atterrit sans dommage sur le trottoir. Le démon tirait une autre dague de sa ceinture quand Hamish s'approcha de lui de façon invisible, lui donna un coup de pied dans la main, et enfonça sa propre lame dans le flanc du démon.

Le démon cria, le sang vert éclaboussa le trottoir comme des confettis dans une fête foraine. Une partie du sang éclaboussa Hamish. Elle colla à ses vêtements et resta visible, révélant au démon l'endroit où il se trouvait.

— Je t'ai eu ! grogna triomphalement le démon et fonça vers lui, un autre poignard à la main.

Merde ! Combien d'armes cet enfoiré avait-il au juste ?

Un cri poussé par Tessa fit tourner la tête de Hamish dans sa direction. Putain ! L'autre démon l'avait coincée contre la porte d'entrée, même si elle était encore masquée. Toujours invisible pour tout le monde, sauf pour Hamish.

Hamish tourna sur lui-même et fonça vers elle, le premier démon juste derrière lui.

— Lâche-la ! cria-t-il.

Le démon qui retenait Tessa captive jeta un coup d'œil par-dessus son épaule. Un sourire diabolique se répandit sur son visage.

— Trop tard, gardien.

— Noooooon ! hurla Hamish lorsqu'il sentit des mains puissantes l'agripper par-derrière.

Le démon qu'il avait poignardé le tira en arrière et le projeta contre le mur de l'immeuble. Sa tête projeta en arrière, la douleur irradiant tout son corps. Mais il ne pouvait pas laisser une si petite chose l'arrêter. Pas quand Tessa luttait contre le démon qui essayait de l'entraîner, alors qu'elle s'accrochait à la poignée de la porte pour survivre.

— Tenez bon, Tessa ! réussit-il à crier, tout en essayant de tordre son bras pour pouvoir repousser son agresseur.

En vain. Le démon l'avait coincé.

— Bonne nuit, gardien, grogna le démon.

Hamish sentit la lame au niveau de son cou et réalisa qu'une seule issue s'offrait à lui. Il se dématérialisa et passa à travers le mur, se matérialisant dans un placard à côté du hall d'entrée. Tournant sur lui-même, il saisit fermement sa dague de la main droite et passa à nouveau à travers le mur, dague pointée vers la poitrine du démon, réapparaissant devant lui, juste au moment où le démon frappait du poing contre le mur en signe de frustration.

Avant même que le connard ne réalisât ce qui se passait, Hamish plongea sa dague dans le cœur du démon et trancha vers le haut, le tuant d'un seul coup de lame. Mais il n'avait pas le temps de se réjouir. Il tourna la tête vers Tessa. Le démon avait réussi à l'éloigner de la porte et l'entraînait, en donnant des coups de pied et en criant, loin du bâtiment.

Hamish lui sauta dessus par-derrière et l'arracha à Tessa. Le démon n'avait aucune chance. La dague de Hamish trouva sa cible avec une précision furieuse. Plein de rage, Hamish enfonça sa lame dans la créature sans défense, regardant avec satisfaction ses tripes se répandre dans la rue, la peignant en vert. Mais même s'il savait que la force vitale du démon était déjà éteinte, il ne pouvait pas s'arrêter. D'un dernier coup de lame, il sépara la tête du démon de son corps et la regarda rouler quelques mètres plus loin jusqu'à ce qu'une grille d'une bouche d'égout l'attrape.

Ce n'était qu'ensuite qu'il se retournât vers l'endroit où Tessa avait atterri sur le trottoir. Mais elle avait disparu. Elle courait vers la Mercedes ; en fait, elle l'avait déjà atteinte.

— Tessa ! Arrêtez !

Il se lança à sa poursuite.

— Éloignez-vous de moi ! hurla-t-elle en regardant frénétiquement autour d'elle comme si elle cherchait une échappatoire, quand elle se pencha soudain et ramassa quelque chose.

Merde ! Ses clés de voiture !

Elle contourna l'arrière de la voiture et monta à bord. Le moteur se mit à tourner juste au moment où Hamish atteignit la portière côté passager et saisit la poignée. Il était trop tard. Les portes s'étaient verrouillées et Tessa s'éloignait à toute allure.

Appuyant ses mains sur ses genoux, il jura.

— Putain !

Maintenant que Tessa s'enfuyait dans sa voiture, elle n'était plus occultée – elle se trouvait hors de sa portée, et si ces deux démons n'étaient pas les seuls à essayer de l'atteindre ce soir, elle serait exposée.

Affolé, Hamish sortit son téléphone portable de sa poche et appela le centre de commandement du bastion.

Logan décrocha.

— Hé, mon pote, quoi de neuf ?

— J'ai besoin que tu désactives ma voiture à distance tout de suite, et que tu me donnes son emplacement.

— D'accord, donne-moi une seconde.

Il entendit Logan taper sur son clavier.

— Et j'ai besoin d'une équipe de nettoyage devant l'appartement de Tessa. Deux démons morts.

— Waouh ! Qu'est-ce qui s'est passé ?

— Embuscade !

— Et ta protégée ? Elle va bien ? demanda Logan.

— Elle s'est enfuie avec ma voiture.

— Une petite maline, qui essaie d'échapper aux démons, hein ?

— Elle m'a fui. Alors que j'avais déjà tué les démons.

Peut-être que décapiter celui qui l'avait attaquée avait été un peu trop pour sa nature sensible. Mais quand il avait vu les mains de ce connard sur elle, il avait vu rouge.

— Pourquoi, putain ?

— Qu'est-ce que j'en sais ?

Cependant, il avait ses soupçons : et si elle en avait trop vu ? Après tout, il avait dû utiliser ses compétences surnaturelles pour se libérer de l'emprise du démon. Et si elle avait regardé dans sa direction à ce moment-là ? Si c'était le cas, il avait un problème sur les bras. Mais d'abord, il devait la trouver.

— As-tu localisé la voiture ?

— Hmm. J'y travaille.

Une courte pause.

— Ah, je viens de le verrouiller. Je le désactive maintenant. Elle se trouve à l'angle d'Elm et de la Trente-septième.

— Merci. Et envoie l'équipe de nettoyage tout de suite. Dis-leur de s'assurer qu'ils ne laissent aucun morceau de corps derrière eux.

Logan gémit.

— Tu t'es mis à la machette avec eux, n'est-ce pas ?

Comme si Logan aurait agi différemment dans la même situation.

— Ils l'ont bien cherché !

Pour avoir touché à Tessa. Hamish empocha le téléphone et se mit à courir. Elle n'était pas allée bien loin. Il devrait pouvoir la rattraper.

18

———

Le moteur de la voiture se mit soudain à crachoter. Tessa appuya plus fort sur l'accélérateur de la Mercedes, mais la voiture ralentit.

— Non ! marmonna-t-elle en regardant la jauge d'essence, mais à son grand étonnement, le réservoir était presque plein.

— Qu'est-ce que... ?

Le bruit du moteur cessa, et le volant se bloqua. La voiture avait calé.

— Tant pis pour l'ingénierie allemande ! maugréa-t-elle.

Elle posa son pied sur le frein et appuya sur le bouton du démarreur. Rien ! Frustrée, elle frappa ses poings contre le volant.

— Bon sang ! Démarre déjà !

Lorsqu'elle appuya de nouveau sur le bouton du démarreur, ses yeux tombèrent sur le levier de vitesse. Pas étonnant que le moteur ne démarrait pas : elle se trouvait toujours en position de conduite. Elle mit la voiture en position de stationnement et réessaya. Elle n'entendit qu'un déclic.

— S'il te plaît, s'il te plaît ! supplia-t-elle, mais le moteur ne répondit pas. Merde, merde, merde !

Elle ne pouvait pas rester ici comme une cible facile. Elle devait s'enfuir. Oh mon Dieu, ce qu'elle avait vu là-bas l'avait terrifiée jusqu'à la moelle de ses os. Elle ne voulait pas y penser, pas maintenant, sinon cela la paralyserait.

Elle tendit la main vers la poignée de la porte et tira dessus. Elle ne s'ouvrit pas.

— Non ! cria-t-elle en tirant à nouveau frénétiquement.

Elle claqua ses deux poings contre la porte, l'enfonça même avec son épaule, puis remarqua le bouton du mécanisme de verrouillage. Se sentant soudain idiote, et priant pour que cela fonctionnât, elle l'appuya et essaya à nouveau la porte. Elle faillit tomber de la voiture lorsque la porte s'ouvrit.

Dès qu'elle démêla ses pieds des pédales et qu'elle se retrouvait dehors, elle se mit à courir.

Elle avait perdu son sac à main dans la bagarre avec son agresseur, et son téléphone portable lui faisait défaut pour appeler à l'aide. Mais elle savait qu'un poste de police se trouvait à seulement quatre ou cinq rues d'ici. Elle devait s'y rendre. Sa vie en dépendait.

Pendant qu'elle courait, l'attaque se répétait dans son esprit, l'assaillant d'images qui ne pouvaient pas être réelles. Des images qui n'avaient aucun fondement dans la nature ou la science. Elle savait qu'elle avait bu quelques coupes de champagne, et peut-être même qu'elle avait dépassé la limite légale pour conduire. Mais elle se sentait sobre, et elle était convaincue de ne pas avoir d'hallucinations.

Deux hommes les avaient attaqués à l'improviste, et tandis que Hamish avait repoussé l'un d'eux, l'autre l'avait poursuivie. Et l'avait attrapée. Maladroitement d'abord, mais ensuite il l'avait mise sous son emprise et elle n'avait pas pu lui échapper. Elle avait essayé de s'accrocher à la porte pour qu'il ne pût pas l'entraîner, et il l'avait forcée à regarder avec horreur Hamish tenter de repousser l'autre voyou.

C'était alors qu'elle l'avait vu : Hamish avait soudain disparu sous ses yeux, pour réapparaître à un autre endroit. Comme un génie dans une bouteille. Elle avait d'abord cligné des yeux, pensant que sa peur brouillait sa vision, mais sa vue se révéla normale.

Hamish avait disparu à plusieurs reprises. Puis il était réapparu. Assommée et paralysée, ses forces avaient commencé à s'amenuiser. Lorsque son agresseur avait soudain plaqué Hamish contre le mur de l'immeuble et l'y avait coincé, elle avait cru que c'était fini. Et puis le corps d'Hamish s'était enfoncé dans le mur, s'était fondu dedans et avait disparu complètement, pour revenir une seconde plus tard, franchissant à nouveau le mur, et enfonçant son couteau dans son agresseur.

Elle aurait dû se sentir soulagée à ce stade. Malheureusement, lorsqu'elle a vu le sang vert qui s'écoulait du voyou mort, la dernière once de ses forces l'avait quittée, et son agresseur l'avait entraînée loin de la porte. Du sang vert ! C'était impossible. Mais elle l'avait vu.

Hamish n'avait même pas bronché à sa vue. Comme s'il s'y attendait ! Comme s'il l'avait déjà vu ! Puis elle avait vu les traces de vert sur ses vêtements. Était-ce qu'elles appartenaient à son agresseur, ou bien à Hamish ? Était-il le même qu'eux ?

Lorsqu'elle l'avait vu massacrer le deuxième assaillant avec tant de rage, la peur et l'horreur l'avaient saisie, et elle avait failli vomir. Elle n'avait jamais vu une telle fureur dans les yeux de quelqu'un. Une telle soif de sang. Elle avait vu un monstre dans ces yeux. Une bête indomptée. Et tout ce qu'elle avait pu penser, c'était : Cours ! Mets-toi à l'abri ! Elle savait que ces deux voyous avaient libéré quelque chose de si mauvais en Hamish, quelque chose de si incontrôlable, qu'il se retournerait contre elle ensuite. Et quoi que ce fût, ce n'était pas humain.

L'instinct de survie avait pris le pas sur toute pensée rationnelle. Oui, Hamish était son garde du corps, mais que savait-elle vraiment de lui ? Bien sûr, il lui avait sauvé la vie, non pas une, mais deux fois. Mais si tout faisait partie d'un plan plus vaste ?

Non, sa meilleure chance de survie consistait à se rendre à la police. Ils l'aideraient. Et une fois qu'ils auraient trouvé les deux cadavres, ils lanceraient une chasse à l'homme pour retrouver Hamish.

Elle tourna au coin de la rue, et là, dans le bloc suivant, elle vit les lumières du poste de police. Elle s'en rapprochait. Plus que quelques pas. Elle haleta et supplia ses jambes fatiguées de ne pas l'abandonner maintenant.

— Presque, murmura-t-elle à bout de souffle en atteignant les marches qui menaient à la porte du poste de police.

Elle tendit le bras vers la rampe. Mais celle-ci lui échappa alors qu'elle était brusquement projetée en arrière.

Un bras s'enroulait autour de sa taille, la soulevant de ses pieds, tandis qu'en même temps une main lui fermait la bouche, avant qu'elle ne pût prendre sa respiration pour crier.

Son agresseur la tira en arrière, loin du poste, et la traîna au coin de la rue. À un pâté de maisons de la gare, il tourna et l'entraîna dans une ruelle à côté d'un atelier de réparation automobile. Elle le frappa avec ses jambes et ses bras, mais en vain. Il ne ralentit pas, jusqu'à ce qu'il l'entraîne dans la cour de l'atelier de réparation automobile, où il s'arrêta finalement.

— Arrêtez de me donner des coups de pied, Tessa !

C'était Hamish, mais instinctivement, elle l'avait déjà su.

— Maintenant, calmez-vous. Je vais retirer ma main de votre bouche, à condition que vous me promettiez de ne pas crier.

Il n'y avait pas de chance !

— Faites un signe de tête pour me dire que vous allez coopérer.

Elle hocha la tête.

Hamish retira sa main de sa bouche, et elle cria aussi fort que ses poumons le lui permettaient. Une fraction de seconde plus tard, sa main était à nouveau sur sa bouche.

— Mauvaise initiative, Tessa. Je m'attendais à mieux de votre part. Je pensais que nous avions déjà fait le tour de la question une fois et que nous avions établi que vous suiviez mes ordres.

Elle grogna et donna un coup de pied en arrière pour le frapper au tibia.

— Bon sang, Tessa, vous allez m'écouter ? Vous êtes en sécurité maintenant.

Elle souffla.

— Les deux gars là-bas sont morts. Ils ne peuvent plus vous faire de mal. Je m'en suis assuré.

Oui, mais qui la protégerait de Hamish ? Elle renifla. Qu'est-ce qui allait lui arriver maintenant ?

— Vous êtes calmée ?

Elle hocha la tête.

— Bien. Plus de cris, ou je vais devoir utiliser d'autres méthodes pour vous faire taire. Alors n'abusez pas de ma patience.

Cette fois, lorsqu'il retira sa main de sa bouche, il la fit tourner face à lui, mais ne la lâcha pas. Il la regarda haut en bas.

— Est-ce qu'il vous a fait du mal ?

Elle ignora sa question.

— Qui êtes-vous ?

— Vous savez qui je suis.

— Non, je ne sais pas. Ce que j'ai vu...

Elle pointa du doigt la rue.

— Ce que vous avez fait là-bas...

— Cela fait partie de mon travail. Vous protéger. Même si cela signifie que je dois tuer un agresseur. Je sais que c'est difficile à accepter. Mais je n'avais pas le choix.

Tessa secoua la tête.

— Je vous ai vu ! Vous avez disparu !

Elle observa sa réaction et remarqua qu'il tressaillit très légèrement.

— Vous vous êtes fondu dans le mur. Je l'ai vu de mes propres yeux. Qu'est-ce que vous êtes ? Parce que vous n'êtes certainement pas humain. Tout comme ces deux hommes. Pour l'amour de Dieu, ils avaient du sang vert. Vert ! Et vous, vous avez disparu puis réapparu, vous êtes entré dans ce mur et vous en êtes ressorti comme si de rien n'était. Bon sang, dites-moi la vérité ! Qu'est-ce que vous êtes ?

Hamish expira brusquement, ses yeux fouillant les siens.

— La vérité, bon sang. Je veux la vérité ! Est-ce que je ne mérite pas au moins ça ?

Elle tambourina ses poings contre la poitrine de Hamish.

Lentement, presque doucement, il enroula ses mains autour de ses poignets pour l'arrêter.

— Je suis votre gardien. Et ces deux créatures mortes au sang vert qui nous ont attaqués étaient des démons.

Elle bougea la tête d'un côté à l'autre.

— Non, non.

Mais l'expression de Hamish restait sincère.

— Je suis désolé. Vous ne deviez pas le découvrir. Mais si je n'avais pas utilisé mes compétences et traversé le mur quand ce démon m'a coincé contre lui, il m'aurait tué.

Il marqua une pause.

— Et vous auriez été la suivante. Et je ne pouvais pas rester là et regarder, parce que j'ai promis de vous protéger.

Tessa haletait, essayant de donner un sens à ses paroles. Elle essaya de remplir ses poumons, d'envoyer de l'oxygène à son cerveau, mais elle ne comprenait toujours pas ses paroles. Les démons. Le mot évoquait des créatures mi-humaines, mi-animales, mi-ET. Mais les deux agresseurs avaient l'air tout à fait humains.

— Des démons, murmura-t-elle pour elle-même.

Elle leva à nouveau les yeux vers Hamish.

— Mais ils avaient l'air humains... tout comme vous.

Hamish acquiesça, relâchant sa prise sur ses poignets.

— C'est ce qui les rend si dangereux.

Elle devait être d'accord avec lui.

— Le sang vert. C'est ainsi que vous avez su ?

Il secoua la tête.

— Je les ai reconnus à leurs yeux verts. C'est le seul signe extérieur.

— Et vous. Vous avez dit que vous étiez un gardien. Qu'est-ce que ça veut dire ?

Il tourna la tête vers la ruelle d'où ils venaient.

— Quelqu'un arrive.

— D'autres démons ?

— Quelqu'un a dû vous entendre crier. On doit sortir d'ici. Maintenant.

— Le seul endroit où je vais, c'est la police. Il y a un poste juste…

Il l'attira contre sa poitrine, de sorte que ses mots suivants étaient étouffés contre sa chemise. Puis il approcha sa bouche de son oreille et murmura :

— Pas un bruit. Je nous occulte.

Elle voulut protester et lui demander ce que cela signifiait pour lui. Elle leva la tête pour parler, mais il avait manifestement anticipé son geste et pressa ses lèvres contre les siennes. Stupéfaite, elle se figea.

Elle avait besoin de se battre contre lui, parce qu'elle avait une peur bleue et qu'elle ne lui faisait pas confiance, mais elle sentait son propre corps lui répondre comme si elle n'était plus son maître. Comme si son corps savait quelque chose que son cerveau ignorait.

19

La seule raison pour laquelle il embrassait Tessa, c'était pour qu'elle ne crie pas à nouveau.

Menteur !

D'accord, donc il l'embrassait, car l'adrénaline encore présente après avoir tué ces deux démons l'y incitait.

Ce n'est pas vrai non plus.

D'accord, réaliser que Tessa avait échappé de justesse à la capture et à la mort par les démons l'avait effrayé.

Tu chauffes.

Bon sang ! Et s'il l'embrassait parce qu'il en avait envie ? Il n'avait pas à se justifier. Il lui avait sauvé la vie deux fois en autant de jours. Ne méritait-il pas une putain de récompense pour ça ? Et si cette récompense signifiait plus que « merci » de la part de sa protégée ? Qui le saurait ? Juste Tessa et lui. Qui ne se défendait pas vraiment. Bien sûr, au début, elle était restée raide et l'avait frappé de ses poings à plusieurs reprises. Mais maintenant, elle répondait à son baiser et se laissait aller à la douceur. Elle pencha la tête sur le côté, lui donnant libre accès à sa bouche. En écartant les lèvres, elle accepta son invasion et l'accueillit.

Ce n'était qu'un court moment qu'ils méritaient tous les deux après l'embuscade tendue par les démons. Personne n'aurait jamais à découvrir qu'il avait rompu son vœu de ne plus s'engager avec des humaines. D'ailleurs, il n'avait pas l'intention de se lier avec elle. Ce ne serait qu'un baiser, rien de plus.

— On dirait que tu l'as trouvée.

Au son de la voix d'Enya, Hamish relâcha Tessa comme s'il s'était brûlé. Et c'était peut-être le cas.

— Merde, Enya ! Qu'est-ce que tu fais ici ?

— Quand on a appelé pour dire que des agresseurs vous avaient attaqué, toi et ta cliente, je me suis dit que tu aurais peut-être besoin de renforts.

Elle regarda Tessa, qui ajustait nerveusement ses vêtements. Avait-il tiré son chemisier de sa jupe, ou cela s'était-il produit pendant la lutte contre les démons ?

— Mais on dirait que tu maîtrises la situation.

Hamish soupira et se passa une main dans les cheveux. Sous contrôle ? Ce n'était pas exactement ce qu'il aurait pu dire.

— Tessa, je vous présente Enya, ma collègue.

Tessa acquiesça d'un signe de tête.

— Bonjour.

— Bonjour, répondit Enya.

Tessa s'agita.

— Alors, vous êtes aussi une... une gardienne ?

Enya fouetta la tête dans la direction de Hamish, en appuyant ses mains sur ses hanches.

— C'est quoi ce bordel, Hamish ?

— Elle est au courant.

Il jeta un coup d'œil à Tessa.

— C'est bon, Tessa.

Puis il s'adressa de nouveau à Enya :

— Tessa m'a vu combattre les démons. J'ai dû utiliser mes... mes compétences surnaturelles pour survivre. Je n'avais pas le choix. Ces salauds deviennent trop forts.

— Eh bien, c'est tout simplement génial.

— C'est ce que c'est.

Il haussa les épaules.

— Maintenant, donne-moi des nouvelles. Qui s'occupe du nettoyage ?

— Aiden et Pearce s'en occupent. Ils devraient avoir presque terminé.

Elle désigna la chemise et le pantalon de Hamish, couverts de sang de démon.

— Tu devrais te nettoyer aussi.

Il acquiesça.

— Dès que je le pourrai.

Il pointa du doigt les taches.

— Ce putain de sang de démon ne peut pas être dissimulé. C'est pourquoi...

— Dissimulé, interrompit Tessa. Vous l'avez déjà dit auparavant. Qu'est-ce que ça veut dire ?

Enya fronça les sourcils et lui fit relever le menton.

— Tu viens de me dire qu'elle est au courant.

— J'étais sur le point d'expliquer les choses quand tu m'as interrompu.

— Ça ne ressemblait pas vraiment à une explication pour moi, mais je peux me tromper.

Hamish lui attrapa le biceps et lui tira à quelques mètres de là.

— Bon sang, Enya, s'exclama-t-il d'une voix plus grave. Es-tu obligée de mettre Tessa mal à l'aise ?

Elle sourit.

— Je crois que ce n'est pas elle qui se sent mal à l'aise, mais toi.

Enya n'avait pas tort, mais il n'allait pas l'admettre.

— Laisse tomber ! Ce que tu as vu ne veut rien dire, d'accord ? Rien du tout.

Elle haussa les épaules.

— Comme tu veux.

Puis elle jeta un regard pointu sur son biceps.

— Et maintenant, j'apprécierais que tu me lâches. Je n'aime pas être malmenée.

Hamish la relâcha.

—Tant que nous nous comprenons l'un l'autre. Cela ne mène nulle part. Tu as compris ?

— Ne t'inquiète pas, je ne fais pas de commérages.

Il acquiesça. Il la crut. Enya n'avait pas froid aux yeux. Au moins, ses camarades de chambrée n'auraient pas à découvrir qu'il avait exploré les amygdales d'une protégée.

— Bien. Tu as un moyen de transport ?

— Oui.

— Peux-tu nous déposer, Tessa et moi, à ma voiture ?

— Bien sûr.

Hamish se retourna vers Tessa et capta son regard sur lui. Quelque chose de différent se dégageait d'elle maintenant. Elle semblait solennelle. Peut-être que la réalité de ce qui s'était passé commençait à peine à se faire sentir.

Le vibreur d'un téléphone portable résonna soudain dans la cour sombre.

— C'est le mien, annonça Enya en le sortant de sa poche. Oui, Logan, quoi de neuf ?

Elle écouta pendant quelques secondes.

Elle déconnecta l'appel et reposa le téléphone.

Sur le qui-vive, Hamish la regarda.

— Quoi ?

Mais Enya regarda au-delà de lui, vers Tessa, en faisant quelques pas de plus.

— Logan a capté un appel au 911 provenant de la maison de vos parents.

Tessa plaqua sa main sur sa bouche.

— Non ! Oh mon Dieu non ! C'est mon père ? Son cœur ?

La panique élargit ses pupilles.

— Nous ne savons pas. Nous n'avons aucun enregistrement. Nous savons juste que quelqu'un chez vous a appelé le 9-1-1, et que le central a envoyé une ambulance. Elle est déjà de retour en route pour l'hôpital, répondit Enya, la voix apaisante. Nous allons vous emmener à l'hôpital tout de suite.

Elle lui lança un regard.

— Pas vrai, Hamish ?

Il acquiesça.

— Est-ce qu'on sait lequel ?

— Sainte Agnès.

Hamish prit le bras de Tessa.

— Allons-y. Nous pourrons parler de tout le reste plus tard.

Il suivit Enya avec Tessa à ses côtés.

— Il avait l'air si bien ce soir, se lamenta Tessa. Bon sang, pourquoi ont-ils dû organiser cette fête ? C'était trop de stress pour lui. Il doit se calmer. Mais il ne veut pas écouter. Il ne veut pas écouter.

Hamish lui serra le bras pour la rassurer.

— Nous ne savons même pas si c'est le cœur de votre père. S'il vous plaît, n'imaginez pas le pire.

Des yeux pleins de larmes le regardèrent.

— Qu'est-ce que ce serait d'autre ?

— Ce n'est peut-être même pas lui. Peut-être qu'un des invités est tombé malade. Ou a trop bu et s'est blessé.

Il espéra que c'était le cas, car Tessa avait déjà assez à gérer. Apprendre que son père avait subi une nouvelle crise cardiaque la ferait craquer sous la pression. Sa première priorité maintenant consistait à la garder forte.

— Nous le saurons dans une demi-heure.

20

———————

Tessa regarda par la fenêtre, comme en transe, pendant qu'Enya les conduisait jusqu'à la Mercedes abandonnée. Trop de choses restaient à assimiler, et elle ne savait pas par où commencer. Dire qu'elle se sentait perdue était un euphémisme.

Des démons. Hamish disparaissant dans le mur. Du sang vert. Des monstres décapités. Puis, elle avait fui en toute hâte, et Hamish l'avait rattrapée, l'avait embrassée, puis avait déclaré à Enya que cela ne signifiait rien. Oui, elle l'avait entendu, et cela lui avait fait l'effet d'un coup de poignard dans le dos.

Et maintenant ceci, le pire de tout : son père à l'hôpital. Sa nuit ne pouvait pas être plus terrible. Elle avait un million de questions et pas une seule réponse, seulement quelques éléments qu'elle avait reconstitués à partir des évènements. Et pour l'instant, l'inquiétude que lui inspirait la santé de son père brouillait tellement ses pensées qu'elle en oubliait jusqu'à ces choses.

— Tu as besoin de renfort ? demanda soudain Enya à Hamish, qui s'était assis sur le siège passager.

— Je vais bien. Je veux que tu rapportes l'attaque des démons au conseil. Ensuite, donne un coup de pouce à Manus. J'ai besoin de savoir ce qu'il a découvert sur le conduit.

— Bien sûr.

Elle arrêta la voiture à côté de la Mercedes.

Hamish sortit et aida Tessa à sortir de la voiture. Au moment où Enya avait démarré, Tessa se rendit compte de quelque chose.

— Oh non ! Rappelez-la ! Votre voiture ne fonctionne pas. Nous avons besoin de la sienne pour aller à l'hôpital.

Elle fit des signes en direction des feux arrière d'Enya qui disparaissaient, mais Enya ne s'arrêtait pas et tourna à droite au bout du pâté de maisons, disparaissant ainsi de sa vue.

Elle sentit soudain la main de Hamish sur son épaule et se retourna.

— La voiture fonctionne. Je l'ai désactivée à distance tout à l'heure, pour pouvoir vous rattraper.

À son aveu, elle baissa le menton.

— Vous avez fait quoi ?

Hamish déplaça son poids sur l'autre pied.

— Je devais m'assurer que vous ne vous échappiez pas. Je ne savais pas si d'autres démons vous suivaient. Je devais vous atteindre en premier.

Lorsqu'il lui ouvrit la porte du passager, elle monta sans protester. Engourdie, stupéfaite. Quel que soit le nom qu'on lui donna. Hamish entra de l'autre côté et appuya sur un point du tableau de bord. Un panneau coulissa et révéla un petit pavé numérique. Il y inscrivit plusieurs chiffres, puis le referma et appuya sur le bouton de démarrage. Le moteur se mit à ronronner.

Tessa s'adossa au siège et essaya de se calmer. Peut-être que le fait de comprendre ce qui s'était passé ce soir lui permettrait de ne plus se soucier de son père, parce que c'était ce qui lui faisait le plus mal dans sa vie. Il était son roc. Elle ne pouvait pas le perdre.

— Nous arriverons dans vingt minutes, dit Hamish en lui jetant un regard de travers.

Elle acquiesça.

— Vous n'avez pas répondu à mes questions tout à l'heure.

— Non, je ne l'ai pas fait, vous avez raison.

— J'ai besoin de réponses maintenant.

Et lorsqu'elle les obtiendrait, elle les évaluerait calmement sous tous les angles, examinerait tout logiquement et déciderait ce qu'elle devait croire – et accepter ce qu'elle devait accepter.

— Pourquoi ne pas en parler après l'hôpital ?

— Pourquoi ne parlerions-nous pas maintenant ? rétorqua-t-elle en l'épinglant d'un regard noir. Ou bien avez-vous besoin de temps pour trouver une histoire d'abord ?

– Aucune histoire. La vérité, c'est tout.

— Alors laisse-moi l'avoir. Sans détour.

Elle croisa ses mains sur ses genoux pour faire cesser les tremblements.

– Expliquez-moi ce qui s'est passé ce soir.

Hamish dirigea de nouveau son regard vers la route, et pendant un instant, elle se demanda s'il allait l'ignorer, mais il se mit à parler.

— Le sang des deux hommes morts qui recouvre mes vêtements provenait de démons. Plus précisément, des Démons de la Peur. Leur seule mission dans la vie consiste à inciter à la violence et à la peur dans le monde. Ils s'en nourrissent et cela les rend plus forts. Et un jour, lorsqu'ils auront atteint une masse critique, ils se lèveront et tenteront de régner sur l'humanité.

— Comment ?

— Je pense que vous n'aimeriez pas le savoir.

— Si, j'aimerais.

— Une fois qu'on obtient la connaissance, on ne peut plus jamais la rendre. Voulez-vous vraiment savoir tout cela ?

Elle acquiesça. Plus elle en savait, mieux c'était.

— Je crains plus les choses inconnues que celles que je connais.

— C'est équitable.

Il se racla la gorge.

— Ils manipuleront l'humanité, videront son esprit de toute pensée indépendante et la transformeront en esclave. Le libre arbitre, les choix, le bonheur disparaîtront. Les humains n'existeront que pour servir leurs maîtres démons.

Tessa frissonna involontairement. Des images de films apocalyptiques sur des planètes étrangères lui venaient à l'esprit, où des humains peinaient dans des mines profondément enfouies. La perspective d'une telle situation lui faisait haleter.

— Je suis désolé, s'excusa Hamish. Ils se révèlent être aussi diaboliques que ça.

— Et où vous et vos collègues intervenez-vous ? Qui êtes-vous ?

— Il y a bien longtemps, nous étions des êtres humains. Tout comme les démons. Mais nous avons évolué. La nature nous a donné certaines compétences pour que nous puissions combattre les démons.

— Comme la façon dont vous avez fusionné avec le mur ?

Elle secoua la tête, toujours incapable de croire ce qu'elle avait vu.

— En fait, je n'ai pas fusionné avec lui ; je l'ai traversé. Nous possédons la capacité de désassembler nos molécules pour passer à travers des objets solides. Cela nous permet d'accéder à tous les endroits dont nous avons besoin. Personne ne peut nous enfermer.

— Vous avez réussi à vaincre le démon de cette manière-là. Il vous avait coincé contre le mur.

— Oui. Je n'avais pas d'autre moyen de m'échapper.

— Mais s'il vous avait suivi à travers le mur ?

— Il n'a pas pu. Les démons possèdent une compétence différente.

Elle rangea ce fait pour une utilisation future.

— Et tout à l'heure, quand vous vous battiez contre lui, vous avez disparu puis vous êtes réapparu à un autre endroit. Qu'est-ce que c'est ? De la téléportation ?

À sa grande surprise, il gloussa.

— Je suppose que ça doit ressembler à ça. Mais ce n'est pas le cas. Je me suis occulté.

— Occulté ? Vous n'arrêtez pas de dire ça.

Allait-il enfin expliquer ce que cela signifiait ?

— Je me suis rendu invisible. Et, pendant que je me tenais hors de vue, j'ai changé de position pour confondre le démon et prendre le dessus dans le combat.

Elle fronça le front.

— Ça n'a pas de sens. Si vous pouvez vous rendre invisible, alors pourquoi ne pas vous battre invisiblement tout le temps ?

— Je le ferais bien, mais l'occultation demande beaucoup d'énergie, et j'avais besoin de cette énergie pour me battre. Les démons possèdent une force incroyable. J'ai dû utiliser toute ma force pour le maîtriser. Je ne pouvais pas gaspiller de l'énergie pour m'occulter.

— Mais il vous a quand même eu.

Hamish soupira.

— Parce que j'ai utilisé une partie de mon énergie pour vous cacher d'eux.

Avait-elle bien entendu ?

— Quoi ?

Il la regarda alors.

— Quand les deux démons ont attaqué, je vous ai occulté avec mon esprit, pour qu'ils ne vous voient pas et que vous ayez une chance de vous échapper.

Son cœur battait à présent dans sa gorge.

— Mais ce démon m'a quand même attrapé.

Même maintenant, elle sentait encore ses mains sur elle.

— Vous rendre invisible ne vous fait pas disparaître. Les démons peuvent toujours vous entendre.

Elle plaqua sa main sur sa bouche.

— Oh mon Dieu. J'ai crié. Il m'a eue parce que j'ai crié.

— Je n'ai pas eu le temps de vous dire comment agir. Ce n'est pas de votre faute.

Non, ce n'était pas sa faute, mais ce n'était pas non plus celle de Hamish.

— Vous avez essayé de me protéger, tout en sachant que cela vous affaiblirait ?

Ses épaules se raidirent.

— Je suis chargé de votre sécurité.

Il le dit comme si cela expliquait tout. Pourtant, cela ne fit que soulever d'autres questions.

— Parce que je vous ai engagé ?

— Vous ne m'avez pas engagé. On m'a assigné à vous.

Elle tourna entièrement la tête vers lui, et il croisa son regard un instant, avant de reporter son attention sur la légère circulation nocturne.

— Mais je l'ai fait. Anton Faldo vous a recommandé. Et Poppy m'a pratiquement forcée à vous embaucher. Et elle a obtenu que le syndicat paie pour ça.

— Faldo est un agent de liaison entre les Gardiens de la Nuit et le monde des humains.

— Gardiens de la Nuit ? C'est ainsi qu'on vous appelle, Enya et vous ?

— Oui.

— Et Faldo, c'est l'un d'entre vous ? Faldo est un gangster.

Hamish soupira.

— Tout n'est pas noir ou blanc. Faldo est humain. Et il est possible que, à un moment donné, il ait manqué d'honnêteté. Ses méthodes étaient certainement louches. Mais disons qu'il a vu l'erreur et qu'en guise de pénitence, il travaille pour nous. Il nous signale lorsqu'il voit quelque chose qui ne va pas. Et sa réputation l'aide en fait. Il voit et entend des choses que les autres citoyens honnêtes ne voient pas. Il nous a informés de la menace de mort qui pesait sur vous. Et nous avons immédiatement compris que nous devions vous protéger. Nous avons donc fait en sorte que cela se produise.

— Mais pourquoi ? Je n'ai rien de spécial. J'aurais pu prendre un agent de sécurité de n'importe quelle entreprise...

— – qui auraient fait face à ce à quoi vous êtes confrontée avec un équipement insuffisant. Quant au fait de ne pas être spéciale. Vous avez tort. Vous avez beaucoup de valeur. Pour nous. Pour cette communauté. Vous portez un lourd fardeau sur vos épaules. Vous devez devenir maire et redresser cette ville, sinon elle tombera entre les mains des démons.

Il la regarda alors dans les yeux.

Son cœur battait comme une locomotive. Elle avait l'impression que quelqu'un avait déversé un sac de pommes de terre de vingt-cinq kilos sur sa poitrine.

— Mais si je ne gagne pas ?

— Le seul moyen pour que vous perdiez, c'est que les démons vous tuent en premier. Et je vais m'assurer que ça n'arrivera pas.

Il avait un air sinistre sur le visage. Elle remarqua que sa mâchoire se contractait et qu'il serait le volant plus fort, ses jointures devenant blanches.

Un étrange sentiment de pressentiment l'envahit.

— Ils essaieront encore, n'est-ce pas ?

Il ne répondit pas, mais il n'était pas obligé de le faire. Elle comprenait maintenant. Elle était sur le chemin des démons. Et la seule chose qui se tenait entre elle et la mort entre leurs mains, c'était Hamish.

Lorsqu'ils arrivèrent à l'hôpital, Tessa avait fini par accepter la nouvelle situation dans laquelle elle se trouvait. Elle courait un grave danger, car les démons ne voulaient pas qu'elle devienne mairesse et ramène la paix et la prospérité à Baltimore. Ce n'était pas vraiment différent de la situation dans laquelle elle s'était trouvée auparavant. Elle n'avait qu'à remplacer le mot « démons » par « opposants politiques », et elle se retrouvait dans le même pétrin. Mais si elle remplaçait garde du corps par gardien surnaturel, elle se sentait au moins un peu plus en sécurité. Aucun garde du corps ne possédait le genre de compétences hors du commun qu'elle avait vu Hamish utiliser.

Oh mon Dieu, c'était l'homme invisible qui pouvait traverser les murs ! Si elle avait une chance de survivre, alors c'était parce qu'il veillait sur elle.

Hamish ne se gara pas devant l'entrée principale. Au lieu de cela, il tourna au coin de la rue, même si plusieurs places étaient disponibles dans le parking bien éclairé.

— Pourquoi ne pas vous garer ici ?

Il pointa du doigt ses vêtements tachés.

— Je ne peux pas entrer là-dedans comme ça.

Il arrêta la Mercedes à côté d'une rangée de bennes à ordures. L'endroit était mal éclairé et éloigné de toute fenêtre.

— Je vais entrer sans vous.

Elle ouvrit la porte de la voiture et sortit, mais il l'imita et la rejoignit au niveau du coffre alors qu'elle contournait la voiture.

— Oh non, vous n'irez pas là-bas toute seule. Pas après ce qui s'est passé ce soir.

— Mais vous venez de dire que vous ne pouvez pas entrer là-dedans ainsi. Je dois voir mon père.

— J'en ai pour une seconde.

Il ouvrit le coffre, puis commença à enlever sa chemise.

Elle se retourna rapidement, ne voulant pas être surprise en train de le reluquer.

— Pourquoi ne m'avez-vous pas dit que vous aviez des vêtements de rechange dans la voiture ?

— Parce que je n'en ai pas.

Son cœur tambourina violemment.

— Alors qu'est-ce que vous faites ? Vous ne pouvez pas entrer là-dedans tout nu !

— Je peux et je vais le faire. Mais je serai aussi invisible.

Elle l'entendit jeter quelque chose dans le coffre et le refermer.

— Tournez-vous.

— Non ! Si c'est une sorte de mauvaise blague...

Elle sentit la main de Hamish sur son épaule, la faisant se retourner. Elle voulait détourner les yeux de sa nudité, mais elle n'eut pas à le faire. Il n'y avait rien à voir. Alors qu'elle sentait encore sa main sur son épaule, elle fixait le néant. Hamish était invisible.

Curieuse, elle tendit la main jusqu'à ce qu'elle rencontrât sa poitrine nue. Instantanément, elle se retira, aspirant une bouffée d'air. C'était vrai. Il était toujours là. Mais il restait invisible.

— Mais pourquoi avez-vous dû vous déshabiller pour cela ? Quand vous avez combattu les démons, vous n'aviez pas besoin de cela.

— Normalement, je n'aurais pas besoin de me déshabiller, car ce que je porte deviendra invisible avec moi, mais le sang de démon sur mes vêtements défie mon pouvoir. Avez-vous déjà regardé L'homme invisible ?

Elle hocha la tête.

— Alors vous vous souvenez sans doute que lorsqu'il mangeait de la nourriture colorée, celle-ci restait visible dans son corps. Cela fonctionne de la même façon avec le sang de démon. On ne peut pas le rendre invisible.

Il lui saisit le coude.

— Maintenant, allons à l'intérieur. Comportez-vous normalement. Ne vous inquiétez pas de me tenir les portes ouvertes ou de vous demander où je suis. Je ne vous perdrai pas de vue. D'accord ?

— D'accord.

— Et une autre chose : fais attention aux lumières vacillantes. Elles indiquent la présence de démons.

— Comment ?

— L'aura des démons réagit avec deux gaz : le néon et le mercure, qui se trouvent à l'intérieur des tubes fluorescents et des néons. S'ils s'approchent trop près, la lumière commence par vaciller, puis elle s'éteint. Les lumières vacillantes nous donneront un avertissement.

Elle secoua la tête, abasourdie par toutes les informations qu'elle venait d'apprendre.

— Alors faire attention aux lumières vacillantes et à tous ceux qui ont les yeux verts.

— Tous ceux qui ont les yeux verts ne sont pas des démons ; c'est un vert très spécial. Vous le reconnaîtrez quand vous le verrez.

Elle déglutit et acquiesça.

— Autre chose ?

— Beaucoup, mais pour l'instant nous n'avons pas le temps d'en faire plus.

21

———

Soulagé que Tessa se fût calmée et semblât avoir accepté les explications qu'il lui avait données, Hamish la suivit dans le hall principal de l'hôpital. Il n'était vêtu que de son caleçon et de ses chaussettes, ce qui n'était pas vraiment approprié, mais comme il était invisible, personne n'aurait à le voir ainsi. Et le fait de rester invisible lui procurait toutes sortes d'avantages. Il pourrait fouiner si nécessaire sans que personne ne s'en aperçût. Même si sa première priorité, bien sûr, était de rester avec Tessa et de s'assurer que tout allait bien pour elle.

Dans le hall, Tessa se dirigea directement vers le bureau d'information. Un téléviseur situé dans le coin salon tout proche diffusa le message suivant : « Des coups de feu ont éclaté lors d'une altercation à Carroll Park il y a quelques instants à peine. Plusieurs civils auraient été touchés. » La mort d'un policier est confirmée. »

Tessa s'adressa à la personne qui se trouvait derrière le bureau d'information :

— Mon père vient d'être admis. Où puis-je le trouver ?

L'employée la regarda.

— Son nom ?

— Philip Wallace.

La femme tapa quelque chose sur son clavier, puis releva la tête un instant plus tard, un sourire de regret sur les lèvres.

— Désolée, madame, mais je ne trouve pas ce nom. Êtes-vous sûre qu'il est venu dans cet hôpital ? Il est peut-être allé au...

— L'ambulance l'a amené ici il y a moins d'une heure, interrompit Tessa, qui s'agitait un peu plus chaque seconde.

— Oh, pourquoi ne l'avez-vous pas dit ? Alors il pourrait ne pas encore figurer dans le système.

Elle se pencha sur son bureau et pointa du doigt le bout d'un long couloir.

— Allez par-là, suivez le panneau pour les urgences, et vous verrez le bureau de triage. C'est là qu'ils ont dû l'enregistrer s'il est venu en ambulance.

Avec un Merci pressé, Tessa se précipita dans le couloir et franchit les doubles portes au bout, Hamish la suivant de près.

Au coin suivant, il y avait ce qui ressemblait à un poste d'infirmière. Triage, disait le panneau au-dessus. Tessa s'arrêta devant le bureau.

— Mon père, Philip Wallace, a été amené ici il y a moins d'une heure, dit-elle à bout de souffle.

L'infirmier regarda une planchette à pince sur le bureau et parcourut la liste des noms. Puis il secoua la tête.

— Désolé, il n'a pas été admis ici.

— Oh non !

Tessa semblait au bord des larmes.

— Quel est votre nom, mademoiselle ?

— Tessa Wallace.

L'infirmier regarda à nouveau le presse-papiers.

— J'ai une Diane Wallace ici.

Tessa se figea.

— Ma mère ?

— Chambre 3, mais vous ne pouvez pas y aller pour l'instant. Il y a une salle d'attente juste...

Mais Tessa était déjà en train de tourner sur elle-même et de foncer dans le court couloir, où de longs rideaux bleus allant du plafond au sol séparaient une grande salle en zones de traitement distinctes.

L'infirmier se précipita à sa suite.

— Mademoiselle, vous ne pouvez pas descendre !

Juste devant l'espace délimité par un rideau avec un grand chiffre trois blanc suspendu au plafond, il la rattrapa.

— Mademoiselle !

— S'il vous plaît ! J'ai besoin de savoir ce qui se passe.

Il lui attrapa le bras, et Hamish avait envie de le frapper, même s'il savait qu'il ne pouvait pas. Heureusement, à ce moment-là, un homme appela de derrière le rideau.

— Tessa ?

— Papa !

Le rideau s'écarta et le père de Tessa apparut. Elle vola pratiquement dans ses bras.

— Qu'est-ce que tu fais ici ? demanda-t-il.

L'infirmier répéta :

— Elle ne peut pas être ici.

Hamish passa le rideau, entrant dans la zone de soins, tandis que le médecin qui s'occupait de Diane Wallace sortit en disant à l'infirmière :

— C'est bon. Laissez-la entrer.

Tandis que Tessa et son père rentrèrent, Hamish se dirigea vers le brancard. Diane y était allongée, toute pâle. Elle était reliée à un moniteur et à une perfusion. Elle ne semblait pas avoir de blessures externes. Hamish s'approcha de plus près. Ses yeux ne semblaient pas percevoir ce qui se passait autour d'elle. Comme si elle était sous l'emprise de médicaments.

— Qu'est-ce qui s'est passé ? Tessa demanda à son père.

— Je la cherchais pour que nous puissions voir partir nos invités ensemble. Je l'ai trouvée à l'étage dans la chambre, effondrée. Elle semblait consciente, mais ne réagissait pas. J'ai donc appelé le 911, déclara son père.

— Elle ira bien, confirma le médecin.

Il regarda Tessa, lui adressant un hochement de tête rassurant.

— C'est probablement une faiblesse passagère. D'après le dossier médical de votre mère, elle a pris différents médicaments. C'est probablement une interaction. Son médecin généraliste devrait évaluer à nouveau ses médicaments. Elle est également déshydratée, alors je lui donne des liquides.

Il pointa du doigt le moniteur.

— Sa tension artérielle et son rythme cardiaque se sont stabilisés.

Hamish regarda le moniteur. Tout se passait comme le médecin l'avait dit.

— Dr Hartnell ! dit une voix venant de l'extérieur du rideau.

— Oui ?

— Deux victimes de coups de feu arrivent dans trente secondes.

Le médecin se frotta l'arête du nez pendant un moment.

— J'arrive. Prévenez Nellman et Booker.

— Oui, docteur.

Le docteur Hartnell fit un signe de tête à Wallace et Tessa et écarta le rideau.

— L'infirmière viendra vous voir dans une demi-heure environ, quand votre femme aura reçu tous les liquides. Je reviendrai ensuite pour voir si nous pouvons la libérer ou si nous devons la garder pour la nuit.

Puis il se précipita dans le couloir.

Tessa laissa échapper un souffle et jeta un coup d'œil à sa mère allongée sur le brancard. Diane murmura quelque chose et Tessa regarda par-dessus son épaule, s'adressant à son père :

— Qu'est-ce qu'elle dit ?

Il haussa les épaules et ils s'approchèrent tous les deux du brancard. Wallace prit la main de sa femme et la maintint.

— Elle bafouille de façon incohérente depuis l'ambulance.

Il lui caressa la main.

— Chérie, je suis là.

Hamish vit l'amour que Wallace portait à sa femme. Un amour vrai et inconditionnel. Mais il ne voyait pas le même amour chez Tessa, alors qu'elle regardait sa mère. Il avait senti un calme s'installer en elle dès qu'elle avait compris que son père allait bien. Elle n'avait pas reporté sur sa mère son inquiétude concernant la santé de son père. Comme si cette femme était une étrangère pour elle. Hamish étudia à nouveau le visage de Tessa. Non, pas une étrangère, mais quelqu'un qu'elle détestait.

— Je suis sûre qu'elle ira bientôt mieux, papa.

Les mots, manifestement destinés à calmer son père, sonnaient creux.

Philip Wallace tourna la tête vers sa fille.

— Tu dois lui pardonner, Tessa. Tu ne peux pas t'accrocher au passé pour toujours. Pardonne-lui avant qu'il ne soit trop tard.

Ses yeux suppliants débordaient de larmes.

Lui pardonner quoi ?

— Ce jour n'arrive pas aujourd'hui, papa.

Tessa se détourna.

À ce moment-là, Diane marmonna d'autres mots. Hamish se pencha pour approcher son oreille de sa bouche.

— L'autre enfant... aurait dû la prendre aussi... appartenir ensemble... n'a pas eu la force... n'a pas pu gérer les deux...

Puis elle s'interrompit.

Hamish regarda son visage. Ses yeux étaient fermés à présent. Il tourna la tête vers le moniteur, mais les signes vitaux restaient stables et le moniteur cardiaque continuait à émettre des bips au même rythme qu'auparavant. Diane Wallace dormait.

22

Tessa se réveilla tard. La nuit s'était avérée épuisante, et elle se réjouissait que ce soit samedi et qu'elle n'eût pas à aller au bureau. Mais elle avait tout de même des responsabilités, ce qui l'obligeait à se lever alors que tout ce qu'elle voulait, c'était se mettre en boule et se cacher.

Le médecin avait gardé sa mère à l'hôpital pour la nuit, et Tessa avait promis à son père de l'aider à ramener sa mère à la maison dans l'après-midi et à l'installer. Elle le faisait pour lui, pas pour elle. Il avait l'air terriblement pâle quand elle l'avait vu à l'hôpital, et elle craignait que le stress de devoir s'occuper de sa mère n'affectât sa santé. Et c'était quelque chose qu'elle voulait éviter à tout prix.

Tessa balança ses jambes hors du lit et se dirigea vers la douche. C'était bon de se tenir sous le jet chaud et de prétendre que tout allait bien. Mais trop de choses avaient changé la nuit dernière. Une nouvelle réalité s'était emparée de sa vie. Elle se souvint des paroles de Hamish : Une fois le savoir obtenu, il ne peut jamais être rendu. Il avait raison. Maintenant qu'elle connaissait la vérité sur le monde, elle ne pouvait plus retourner à son ancienne vie. Elle devait essayer d'accepter cette nouvelle vie.

Lorsqu'elle fut habillée, elle prit une grande inspiration et entra dans le salon. Elle regarda autour d'elle. Hamish était-il parti sans rien lui dire ? Le bruit de la porte d'entrée qui s'ouvrait lui fit tourner la tête dans cette direction. Hamish entra, tenant une boîte de pâtisseries.

Les battements de son cœur s'accélérèrent.

— Vous m'avez laissée seule pour aller chercher des pâtisseries ?

Il secoua immédiatement la tête.

— Je les ai fait livrer. Mais j'ai dû descendre pour rencontrer le livreur.

Soulagée, elle expira.

— Je ne vous laisserais jamais sans protection. Surtout pas après la nuit dernière, lui assura-t-il.

— Merci. Je suis désolée d'avoir réagi de façon excessive. C'est juste que... je suis encore un peu...

— Je sais.

Il sourit, la compréhension et la gentillesse dans ses yeux.

— Asseyez-vous, je vous ai fait du café.

Il posa la boîte de pâtisseries sur la table basse et se dirigea vers la cuisine. Un instant plus tard, il revint avec deux tasses fumantes, la sienne avec beaucoup de crème, celle de Hamish noire.

Elle s'assit dans un coin du canapé, buvant une gorgée de son café, tandis que Hamish prit l'autre coin.

— Après la nuit dernière, nous devons revoir certaines choses concernant votre sécurité, commença-t-il.

Elle acquiesça. C'était ce qu'elle s'était répété.

— Vous avez rencontré Enya. Elle est ma seconde, ma sauvegarde. Mais ce que vous ignorez, c'est qu'elle vous a toujours protégée pendant les moments où je m'absentais.

— Enya ? Elle se trouvait là ?

Elle se souvint soudain du jour où elle avait cru entendre quelque chose en sortant de son bureau.

— Dans mon bureau ?

— Oui. Nous ne pouvions pas vous laisser sans protection pendant la journée, même si le risque, lorsque vous êtes à l'hôtel de ville, est évidemment moins élevé. Tout le monde doit passer par les détecteurs de métaux et être enregistré. Cela limite quelque peu l'accès. Néanmoins, nous nous sommes assurés que vous n'étiez jamais seule.

— Et maintenant ?

Elle tendit la main vers la boîte posée sur la table basse et choisit une pâtisserie.

— Enya et moi continuerons à vous protéger. Si je ne peux pas vous accompagner, elle le fera. Mais maintenant que vous savez qui nous sommes, j'ai besoin que vous me promettiez de ne partager cette connaissance avec personne. Ni avec votre père. Ni avec Poppy ni avec personne d'autre. Nous avons travaillé de cette manière depuis des siècles, et nous ne pouvons pas prendre le risque d'être démasqués.

— Enya, est-elle aussi douée que vous ? Je veux dire quand il est question de combattre les démons.

— C'est l'une des meilleures. Je lui confie ma vie, et je vous demande de faire de même. Elle n'en a peut-être pas l'air, mais elle possède une grande force. Et elle le fait depuis des décennies.

Tessa fronça les sourcils.

— Des décennies ? Elle doit être plus jeune que moi.

Elle mordit dans son croissant et mâcha.

Elle remarqua que Hamish hésitait, passant une main dans son épaisse chevelure.

— Je crois que j'ai oublié de vous le dire hier.

— De dire quoi ?

— Les Gardiens de la Nuit sont immortels. Nous vivons pour toujours, à moins qu'un démon ne nous tue avant.

Tessa faillit s'étouffer avec sa viennoiserie et essaya rapidement de l'avaler, en prenant une gorgée de son café pour s'éclaircir la gorge.

— Immortels ?

Elle le regarda de haut en bas, à la recherche d'un quelconque signe indiquant qu'il se distinguait. Mais apparemment, l'immortalité ne se manifestait pas extérieurement.

— Quel âge a-t-elle ?

— Près de deux cents.

Il croisa alors son regard.

— Le même âge que moi.

Ses yeux s'écarquillaient. Des pensées se bousculaient soudain dans son esprit. Hamish vivait depuis deux siècles déjà. Il avait de l'expérience. Il avait vu l'histoire se dérouler. Et il avait couché avec Dieu sait combien de femmes. Pas étonnant que les baisers qu'ils avaient partagés n'aient rien signifié pour lui. De plus, il savait qu'une relation avec une humaine ne fonctionnerait jamais. Elle vieillirait et mourrait, et lui vivrait éternellement. Une humaine ne serait pour lui qu'un jouet temporaire, disparu en un clin d'œil. Maintenant, elle comprenait.

— Immortels, répéta-t-elle pour essayer de le graver dans son esprit. `

Donc, rien n'aurait pu exister entre eux, même si ses baisers avaient été ardents. Peu importe son attirance pour lui.

— Oui, mais pas invulnérable.

Elle leva les sourcils en signe d'interrogation.

— Les dagues que brandissaient les démons... On les a forgées à l'époque des Jours Sombres, l'époque où l'espèce des Gardiens de la Nuit et celle des démons sont nées. Seules les armes de cette époque possèdent le pouvoir de nous tuer.

— Et les armes à feu ?

Il secoua la tête.

— Les armes à feu n'existaient pas à l'époque. Les armes modernes ne peuvent que nous blesser. Ça fait toujours très mal, mais une balle ne nous tuera pas.

— Vous avez tué les démons avec un couteau. Est-ce que c'était...

— Oui.

Il posa sa tasse de café, se pencha et remonta la couture de son pantalon pour sortir quelque chose de sa botte. Il le lui présenta à plat. Une dague.

— C'est magnifique.

La lame scintillait et se révélait tranchante. Le manche semblait taillé dans une sorte de pierre d'obsidienne et était recouvert d'incrustations dorées complexes.

— Et mortel, murmura-t-il. C'est l'une des ironies de notre espèce que ce qui peut tuer un démon peut aussi tuer un gardien. Cela montre à quel point nos destins sont liés.

Elle leva les yeux.

— Combien de vos compagnons ont succombé aux démons ?

— Le nombre n'a pas d'importance, parce que chacun des disparus comptait.

— Vous avez dit hier soir que vous aviez perdu ton père. Est-ce que les démons...

Hamish rengaina sa dague, tandis qu'il répondait :

— Il est mort en combattant. C'est grâce à lui que l'humain qu'il protégeait a survécu et a pu accomplir son destin. Je suis très fier de lui.

Il se leva et ramassa sa tasse.

— Encore du café ?

— J'en ai encore plein, dit-elle, pendant que Hamish retournait à la cuisine. Je suis désolée pour votre père. Je ne sais pas comment je réagirais si je perdais le mien. Il est tout ce que j'ai.

— Et votre mère ?

— Nous ne nous entendons pas bien, comme vous l'avez peut-être deviné.

— C'est assez évident. Désolé, je ne veux pas être indiscret.

Tessa avala une nouvelle gorgée de son café.

— Peut-être que la nature refuse la maternité à certaines femmes pour une bonne raison.

— J'ai cru comprendre que ce n'était pas le genre de mère que vous vouliez, murmura Hamish en revenant vers le canapé.

— Non, elle ne l'était pas.

Elle s'empara d'une autre pâtisserie.

— Mais j'ai eu le père dont j'avais besoin.

Elle allait prendre une bouchée du beignet, quand elle entendit frapper à la porte.

— Enya ? cria Hamish en se levant.

— Oui, c'est moi.

— J'arrive, s'exclama-t-il en marchant vers la porte, mais avant qu'il ne l'atteigne, Enya l'avait déjà franchie et était entrée dans l'appartement.

— Ne te donne pas la peine, déclara Enya.

Le pouls de Tessa se mit à battre frénétiquement, encore peu habituée aux compétences surnaturelles de ses gardes du corps.

Enya fit un signe de tête à Hamish, puis regarda au-delà de lui.

— Bonjour, Tessa. Vous avez l'air mieux aujourd'hui.

— Bonjour, Enya, dit-elle.

Le regard d'Enya se posa sur le beignet dans la main de Tessa.

— Ils viennent de chez Mario ?

— Tu es en avance, répondit Hamish en ignorant sa question.

Enya haussa les épaules et se dirigea vers la table basse, se servant d'une pâtisserie.

— Manus veut te montrer quelque chose. Alors je me suis dit que je te relèverais plus tôt.

Instantanément, l'humeur détendue de Hamish s'évanouit, et il se concentra sur ses affaires.

— Où est-il ?

— Il m'a dit de le retrouver au centre.

Hamish posa sa tasse de café et se tourna vers Tessa.

— Est-ce que ça va aller ?

— Je devrai aller voir mes parents plus tard.

— Enya vous accompagnera.

— Mais comment vais-je t'expliquer qui elle est ?

— Vous n'aurez pas besoin d'expliquer quoi que ce soit. Enya sera invisible.

Tessa soupira. S'habituerait-elle un jour à cela ? Cela deviendrait un jour une seconde nature ?

— Allez-y. Mais je ne vois vraiment pas en quoi la façon dont ce conduit est tombé a de l'importance maintenant. Ce sont les démons qui ont dû s'en charger. Et comme ils n'ont pas réussi, ils sont revenus hier soir et ont réessayé.

Hamish secoua la tête.

— C'est toujours important. Les démons ne travaillent pas toujours seuls. Si nous découvrons qui les a aidés, nous aurons plus de chances de les retrouver.

— Qu'est-ce que vous dites ? demanda-t-elle, bien qu'elle commençât à comprendre sa logique.

— Tessa, les démons utilisent des humains pour faire une partie de leur sale boulot.

Cette révélation fit battre son cœur dans sa gorge, étouffant son air. Une peur irrationnelle s'emparait d'elle.

— Pourquoi quelqu'un aiderait-il ces viles créatures ?

— Les démons utilisent leurs méthodes : ils tentent les humains, leur proposent de réaliser leurs plus grands désirs. Ils les manipulent, ils les font chanter ; tout ce qui marche. La plupart des humains manquent de force pour résister.

Tessa déglutit difficilement. Peu importe la force ou la qualité d'Enya, c'était toujours avec Hamish qu'elle se sentait le plus en sécurité.

— Je peux venir avec vous ?

Hamish et Enya échangèrent un regard.

— S'il vous plaît, supplia Tessa. Pourquoi n'irions-nous pas tous ? Et si vous n'avez pas fini au moment où je dois voir mes parents, Enya et moi pourrons y aller, et vous pourrez rester avec Manus.

Elle le regarda dans les yeux.

— S'il vous plaît.

Hamish soupira, tandis qu'Enya haussa les épaules.

— Ça ne me dérange pas, déclara Enya.

Il fallut attendre quelques secondes avant que Hamish ne finisse par répondre :

— Très bien. Nous irons tous.

23

———

— Encore une mauvaise nouvelle, ô Grand Leader, s'exclama Vintoq, l'un des gardes démons personnels de Zoltan, en jetant un coup d'œil dans le long couloir, vérifiant, comme il avait l'habitude de le faire, qu'ils n'étaient pas entendus.

— Je suis en train de monter au sommet. Qu'est-ce qu'il y a encore ?

Zoltan grogna et continua à marcher vers l'un des endroits du vaste labyrinthe souterrain où il pouvait lancer un vortex pour entrer dans le monde des humains.

— Deux de vos sujets ont disparu la nuit dernière. Nous craignons qu'on les ait tués.

— Alors ?

Ce n'était pas vraiment une nouvelle. Et encore moins une mauvaise nouvelle. S'ils avaient effectivement assez peu d'intelligence pour se faire tuer, ils ne méritaient de toute façon pas de vivre. Bon débarras !

— J'ai des raisons de croire qu'ils perturbaient vos plans depuis là-haut.

Ils furent arrivés à un endroit où le couloir s'élargit en un grand cercle. Yannick, l'un de ses serviteurs les plus fidèles, se tenait en sentinelle et inclinait la tête. Zoltan le remercia d'un signe de tête, puis jeta un regard de travers à son garde personnel. Il avait choisi Vintoq parce que son intelligence surpassait celle des autres. Zoltan contempla ses paroles un instant, puis laissa son pouvoir monter en lui et ouvrit un tourbillon de vent et de brouillard dans le cercle.

— Viens avec moi au sommet.

Une fois à l'intérieur du vortex, il ajouta :

— Qu'as-tu entendu ?

— Quelqu'un veut te voir échouer pour pouvoir prendre ta place.

— Laisse-le essayer !

Zoltan éclata de rire. Aucun de ces idiots n'était capable de concevoir un plan susceptible de le faire dérailler.

– Quand il y arrivera, apporte-moi sa tête.

Il sortit du vortex, Vintoq sur ses talons, et regarda la ruelle déserte dans laquelle ils se trouvaient.

Vintoq jeta un coup d'œil autour de lui.

— Pourquoi sommes-nous ici ?

— Tu verras.

Zoltan lui fit signe de le suivre tandis qu'il se dirigeait vers une porte métallique et pénétrait dans un immeuble d'habitation délabré par l'entrée arrière.

Il monta les escaliers couverts de saleté depuis des mois. Les bottes de Vintoq faisaient un bruit métallique à chaque fois qu'il faisait un pas, tandis que les propres pas de Zoltan étaient presque silencieux. Heureusement, aujourd'hui, la furtivité était inutile. Les habitants de cette propriété étaient trop gâchés pour entendre quelqu'un arriver. Des proies faciles.

Arrivé au troisième étage, Zoltan ouvrit la porte et marcha dans le couloir, passant devant plusieurs appartements, jusqu'à ce qu'il trouvât le numéro qu'il cherchait. Le numéro sept, un numéro chanceux. Enfin, chanceux pour lui, pas pour l'occupant.

Sans plus attendre, il enfonça la porte fragile d'un coup de pied.

À l'intérieur, il faisait sombre malgré le soleil éclatant du matin à l'extérieur. Devant les fenêtres étaient suspendus de vieux draps de lit pour empêcher la lumière d'entrer. Le studio se trouvait dans un état de délabrement, des bouteilles d'alcool jonchaient le sol, des accessoires de drogue étaient exposés sur une table basse.

Sur le lit, une femme dormait. Ou plutôt, elle s'était évanouie dans une stupeur due à la drogue sur le dessus de la couette. Si jolie. Si vulnérable.

Vintoq se rapprocha de lui et inspira.

— Est-ce que...

— Bien sûr que non.

Zoltan sourit, satisfait de lui-même.

— Mais elle fera l'affaire.

En fait, elle était parfaite. Personne ne remarquerait la différence. Parce qu'il n'y en aurait pas.

— Maintenant, mettons-nous au travail.

HAMISH RÉPRIMA un ignoble juron et l'envie de donner un coup de poing à une certaine personne. Il n'aurait pas dû céder lorsque Tessa l'avait supplié de venir à sa réunion avec Manus. Mais un seul regard suppliant de ses yeux couleur lavande et il n'avait pas pu lui refuser quoi que ce fût. Maintenant, il devait regarder Manus serrer la main de Tessa plus longtemps que nécessaire et flirter avec elle, comme s'il pratiquait une discipline olympique. Et Enya n'était pas d'une grande aide non plus. Elle l'observait avec un sourire en coin.

Manus était entré dans le bâtiment par la voie habituelle – en marchant jusqu'à la porte – puis l'avait déverrouillée de l'intérieur à leur arrivée. Personne ne se trouvait dans le centre aujourd'hui. D'après un panneau sur la porte, on avait reporté l'ouverture, dans l'attente d'un examen des travaux de rénovation. Mais personne du service des bâtiments de la ville ne devait s'y trouver ce week-end. La police avait procédé à un examen superficiel la nuit de l'incident, mais n'avait rien fait de plus. Ils avaient tout laissé en place et bouclé les zones concernées.

— Alors, qu'est-ce que tu as pour moi ? interrompit Hamish d'un ton bourru.

Finalement, Manus lâcha la main de Tessa et se tourna vers lui.

— Mauvaise humeur ?

Hamish ne répondit pas, mais fixa son collègue gardien.

— Alors, laisse-moi te donner la version courte, dit Manus en sortant un pointeur laser de sa poche.

Il le pointa vers le haut et le point rouge dansait autour du plafond.

— Voilà !

— Qu'est-ce que je regarde ? demanda Hamish.

— La seule façon d'accéder au conduit, c'est par le bas. Personne d'autre qu'un petit enfant n'aurait pu ramper à l'intérieur. Donc, quelqu'un a dû toucher ce conduit de l'extérieur.

Il fit un mouvement correspondant avec son pointeur.

— Tu vois les bords droits, là où il manque une partie du conduit ? C'est la partie qui est tombée pendant le discours de Tessa. Et ces bords droits me disent que des explosifs n'ont pas soufflé le conduit du plafond, sinon les bords auraient été déchiquetés et inégaux.

Hamish se frotta le menton.

— Alors, qu'est-ce que tu dis ? C'était juste un dysfonctionnement ?

— C'est la question que je me suis posée. J'ai donc procédé à un test de résidus sur le conduit. Il s'est avéré négatif pour les explosifs. Mais ensuite, j'ai vu la colle.

— Quelle colle ? demanda Hamish.

Manus désigna le conduit qui se trouvait encore sur la scène et leur fit signe de le suivre. Lorsqu'il atteignit l'estrade, il pointa du doigt l'une des extrémités du conduit.

— Du ruban adhésif très résistant. Mais ce n'est pas ainsi qu'on raccorde normalement les conduits. Ils utilisent généralement un joint coulissant pour maintenir deux pièces ensemble.

Hamish se pencha plus près et examina l'une des extrémités du conduit. Des morceaux de ruban adhésif argenté mutilé semblaient brûlés dans le métal. Il releva la tête et croisa le regard de Manus.

— Admettons que quelqu'un ait truqué le système pour que la seule chose qui tienne le conduit ensemble soit ce ruban adhésif. Comment cette personne pourrait-elle s'assurer qu'il tombe au bon moment, pour qu'il touche la bonne personne ?

Immédiatement après avoir prononcé cette phrase, son regard se posa sur Tessa. Elle frissonna. Merde, il ne voulait pas dire ça. La bonne personne, il ne voulait pas dire ça.

Manus pointa du doigt le ruban adhésif brûlé.

— La colle a fondu sous l'effet de la chaleur extrême et le ruban adhésif a commencé à se détacher. Ce n'était qu'une question de temps. Une fois qu'une partie suffisante du ruban s'est détachée, la gravité a fait le reste.

Hamish secoua la tête.

— Mais le système de climatisation et le chauffage ne fonctionnaient pas le soir de la fête. Le conduit n'a pas pu devenir chaud à cause de l'air qui y soufflait.

— Tu as raison, en plus, ça aurait pris trop de temps à chauffer.

Il ralluma son pointeur laser et pointa un point, attirant le regard de Hamish dessus.

— D'autres choses créent aussi de la chaleur.

Hamish pointa du doigt le point rouge.

— Un pointeur laser ? C'est l'idée la plus saugrenue que tu aies eue jusqu'à présent.

— Ce n'est pas un pointeur laser ordinaire.

Manus secoua la tête.

— Mais si tu utilises un petit laser industriel, pas plus grand qu'un stylo ordinaire, et que tu pointes le faisceau à l'endroit où les conduits se rejoignent grâce au ruban adhésif, tu créeras suffisamment de chaleur pour détruire le ruban. Il faut juste être assez près.

— Tu dois te moquer de moi, répliqua Hamish.

– C'est facile. Fais simplement une recherche sur YouTube et tu trouveras plein de vidéos qui te montreront comment faire. Tu dois juste t'approcher suffisamment. Compte tenu de l'emplacement du conduit par rapport à la scène et au public, je dirais qu'une personne sur la scène seulement aurait pu pointer un rayon laser sur ce conduit avec suffisamment de précision.

Manus fit un signe vers les lumières de la pièce, puis vers la boule disco de mauvais goût qui pendait au-dessus de la zone qui avait été une piste de danse le jeudi soir.

— Je suppose que ce truc était allumé le soir de la fête ?

Tessa acquiesça.

— Je l'ai remarqué quand nous dansions. Et quand je parlais, ça m'aveuglait par intermittence.

Hamish laissa échapper un souffle. Bon sang, Manus avait peut-être raison.

— Cela aurait permis à n'importe qui sur scène d'utiliser facilement un laser. Avec toutes les autres lumières qui dansaient dans la pièce, personne n'aurait remarqué. Je ne l'ai pas remarqué. J'étais trop concentré sur la foule qui prenait des photos et des vidéos. Des flashs se sont déclenchés.

— Exactement, déclara Manus.

— Cela signifie que nous avons plusieurs suspects : VanSant, Mantle, Poppy, et bien sûr Gunn.

Et Hamish savait exactement où il mettrait son argent : sur la personne qui avait le plus à gagner de la mort de Tessa.

— Ça aurait-il pu être un démon ? demanda Tessa en regardant nerveusement autour d'elle.

— C'est toujours une possibilité, admit Hamish, mais comme ce bâtiment utilise des éclairages LED et halogènes partout, nous ne saurons jamais si un démon s'y trouvait. Je ne vois aucun néon ni aucune lumière fluorescente.

Il fit un signe à Manus.

— Et toi, Manus ?

Son collègue secoua la tête.

— Pas un seul. Je pense que notre meilleure chance consiste à vérifier les personnes sur scène.

— Je m'occupe de Gunn, dit immédiatement Hamish.

Enya grogna.

— Laisse-nous quelque chose à faire, veux-tu ?

— Tu as déjà assez à faire, répondit-il en désignant Tessa. Tu vas t'assurer que personne ne touche à un cheveu de la tête de Tessa, ou...

Enya releva la tête.

—Aucune menace n'est nécessaire. Je connais mes devoirs.

Puis elle tordit un côté de sa bouche vers le haut et regarda Tessa.

— Les hommes pensent qu'ils sont les seuls à posséder l'intelligence nécessaire pour exécuter un plan.

Hamish ignora le coup et regarda Manus.

— Manus, pourquoi n'appelles-tu pas le bastion pour qu'ils affectent quelqu'un à la vérification des autres personnes sur la scène ?

Tessa regarda sa montre.

— Je crois qu'il est temps d'aider mon père à ramener ma mère à la maison.

— Allons-y alors.

Enya se retournait déjà et se dirigeait vers la porte.

Tessa fit un geste pour la suivre, puis regarda directement Hamish par-dessus son épaule.

— Gunn a insisté ce soir-là pour que je parle en premier. Et ça ne lui ressemble pas. J'ai un mauvais pressentiment à son sujet. Soyez prudent.

Hamish sentit sa bouche se tordre en un sourire. Tessa s'inquiétait pour lui ? C'était une chose tout à fait inattendue, et il devait admettre que cela lui plaisait. Il aimait savoir qu'une femme se souciait suffisamment de lui pour s'en inquiéter. Étrangement, il n'avait jamais eu cette même sensation avec Olivia. Elle ne s'était jamais inquiétée pour lui. Peut-être parce qu'elle ne s'était jamais vraiment souciée de lui.

24

———

Hamish avait eu de la chance. Juste après son arrivée à la maison de Gunn, en banlieue, le garage s'ouvrit et un 4x4 sombre en sortit en marche arrière. Hamish resta au ralenti sur le trottoir à un demi pâté de maisons de là, attendant que la voiture le dépassât. Gunn conduisait. C'était parfait. Hamish fit demi-tour avec sa voiture et le suivit à distance.

Gunn parcourut plusieurs kilomètres avant de s'arrêter devant un étal floral à l'extérieur d'un petit supermarché. Il se gara en double file et sauta de la voiture. En quelques secondes, il choisit un bouquet de fleurs mélangées et fit signe au caissier, qui prit son argent et emballa les fleurs dans du plastique transparent. Fleurs en main, Gunn retourna à sa voiture, les jeta sur le siège passager et repartit.

— Qu'est-ce que tu mijotes ?

Hamish se murmura à lui-même.

D'après ses informations, Gunn était marié, et il semblait qu'il ne rentrait pas chez lui avec les fleurs. Il se dirigeait sans aucun doute dans une autre direction. Rendait-il visite à quelqu'un à l'hôpital ? Ou bien Gunn entretenait-il une liaison ? Les fleurs, étaient-elles pour elle ?

Curieux, Hamish continua sa poursuite. La circulation dense faisait en sorte que Gunn ne remarquât pas qu'il était suivi, mais lorsqu'ils entrèrent dans un quartier plus résidentiel, Hamish dut se rabattre davantage.

La douce musique provenant de l'autoradio de la voiture était soudainement interrompue. « *Dernières nouvelles* », annonça un présentateur. « *Après la fusillade survenue à Carroll Park la nuit dernière, des vidéos de téléphones portables ont fait surface, semblant indiquer que les jeunes tireurs noirs en état d'ébriété n'ont pas déclenché la fusillade. La police a suspendu les deux officiers survivants impliqués dans la fusillade.* » L'un des agents est mort sur les lieux hier soir, et l'un des adolescents est décédé au cours d'une opération chirurgicale hier soir. Le maire par intérim Gunn a publié une déclaration affirmant que ses forces de police sont bien formées et que les agents ont le droit de se défendre. Il a ensuite remis en question la validité de la séquence vidéo –

Hamish éteignit la radio. Il commençait à s'insensibiliser à la violence dans cette ville. Quelqu'un devait faire quelque chose contre l'escalade des tensions à Baltimore. Gunn ne faisait qu'attiser les flammes du mécontentement et des querelles, faisant ainsi le jeu des démons.

Enfin ! Après un autre quart d'heure de route, Gunn s'arrêta devant une grande maison de banlieue avec une cour avant soigneusement entretenue et sortit de la voiture, des fleurs à la main. Peu d'autres voitures circulaient dans la rue, ce qui obligea Hamish à passer devant la maison et à tourner à l'intersection suivante, puis à se garer à côté d'un arbre. Il jeta un coup d'œil autour de lui, s'assurant que personne ne le voyait, et se rendit invisible. Il sortit de sa voiture sans ouvrir la portière, de peur que les voisins qui l'observaient ne trouvassent suspect qu'une portière s'ouvrît et se fermât toute seule.

Il se précipita vers la maison où Gunn s'était arrêté. Sa voiture était garée là, mais Gunn lui-même semblait introuvable. Il devait être à l'intérieur.

— Eh bien, voyons ce que tu mijotes, murmura-t-il pour lui-même, et il s'approcha de la porte d'entrée.

Derrière elle, il entendit soudain un chien japper. Il se maudit en silence. Les chiens, avec leur odorat très fin, étaient une mauvaise nouvelle. En fait, les chiens pouvaient renifler les Gardiens de la Nuit, qui restaient invisibles. Néanmoins, il devait entrer là-dedans. Peut-être que le chien serait trop préoccupé par Gunn pour prêter attention à Hamish.

Il attendit quelques secondes de plus et écouta. Les aboiements aigus du chien s'éloignèrent de la porte. Hamish appuya sa main contre la porte, puis la franchit. Il se retrouva dans un foyer spacieux avec des escaliers menant au premier étage, un couloir au milieu, et une arche ouverte menant à un élégant salon sur la droite. Il entendit la voix de Gunn et celle d'une femme venant de l'arrière de la maison, où le chien jappait encore par intermittence.

Hamish longea le couloir, marchant d'un pas léger pour ne pas être entendu.

Il atteignit la cuisine, où Gunn jouait avec un bichon blanc – la source des jappements.

— Il ressemble à un chiot. Quand l'as-tu eu ? demanda Gunn en se levant.

Le chien aboya en signe de protestation.

La femme, qui avait arrangé les fleurs dans un vase, se détourna de l'évier et posa les fleurs sur l'îlot. Hamish la reconnut immédiatement. Il l'avait rencontrée à la fête des Wallace : Amanda Yardley, la veuve de l'ancien maire.

Gunn entretenait-il une liaison avec elle ?

— Seulement le mois dernier, répondit-elle à Gunn. Tu sais, après la mort de John, je me suis sentie très seule, alors ma sœur m'a suggéré d'adopter un chien.

Le chien quitta soudain Gunn, courut autour de l'îlot et aboya bruyamment dans la direction de Hamish, son aboiement prenant une tonalité de grognement vicieux.

— Bon sang, Diggi ! Arrête d'aboyer ! Il n'y a rien là, admonesta Amanda à l'intention du chien, avant de s'adresser à nouveau à Gunn. Mais il me rend folle. Il n'est pas encore dressé, tu sais. Et il aboie constamment. Je veux dire, regarde-le ! Maintenant, il aboie contre l'air.

Gunn gloussa.

— Tu aurais dû prendre un chien plus grand. Ils n'aboient pas autant, et ils constituent une bonne protection.

— Je ne peux pas le rendre maintenant.

Elle jeta un regard bienveillant à la créature.

— Il est gentil, tu sais.

Puis elle sourit à Gunn.

— Merci beaucoup pour ta visite. Merci beaucoup pour les fleurs. J'apprécie vraiment.

— Quand tu veux, dit Gunn d'un ton enjoué. Je voulais juste prendre de tes nouvelles et voir comment tu allais.

— Je m'en sors. Mais c'est difficile de tourner la page, tu sais ? soupira-t-elle.

— Parce qu'ils n'ont pas trouvé le conducteur ?

Elle acquiesça.

— La police a dit que c'était toujours une affaire en cours, mais j'ai l'impression qu'ils ont beaucoup à faire avec tout ce qui se passe dans la ville. Qu'est-ce qu'un délit de fuite, quand des émeutes et des meurtres éclatent ?

Gunn posa sa main sur son épaule et le serra.

— N'abandonne pas, Amanda. Je vais parler au chef de la police ; voir si je peux lui mettre le feu aux fesses.

Amanda sourit avec reconnaissance.

— Ce serait super.

— N'en parle pas.

Elle prit une inspiration et désigna la machine à café.

— Je peux te préparer un café ?

Gunn rejeta cette idée d'un mouvement de la main.

—Non, non, je dois y aller. J'ai beaucoup à faire. Mais pendant que je suis là, je voulais te demander quelque chose.

Amanda leva un sourcil.

— Oui ?

— On m'a dit que tu avais reçu du bureau une boîte contenant toutes les affaires personnelles de John.

— Oui, ils l'ont envoyé la semaine dernière.

— Tu n'aurais pas vu par hasard son agenda là-dedans ?

Elle acquiesça.

— Oh oui, c'était là-dedans. Je l'ai mis dans son bureau.

— Ça te dérange si je le prends avec moi ? sourit-il. C'est juste qu'avant sa mort, il avait fixé quelques rendez-vous. Pour une raison que j'ignore, je ne retrouve pas tous les détails, et je dois le remplacer. Et tu sais qu'il prenait toujours des notes dans son agenda. Je pense que ça pourrait m'être utile de ne pas arriver à ces réunions sans être préparée, non ?

— Eh bien, bien sûr. Tu peux l'avoir. Je ne sais pas pourquoi ils l'ont envoyé. Il n'a aucune valeur pour moi. Je vais aller le chercher.

— Merci.

Amanda quitta la cuisine, tandis que Gunn attendait impatiemment en tapant du pied sur le sol. Apparemment, le chien pensait que c'était un signe pour jouer. Diggi courut vers lui en jappant à nouveau.

— Tais-toi, espèce de chien idiot, siffla Gunn sous sa respiration et fixa le chiot.

Mais le chiot pencha la tête sur le côté, puis il sauta sur la jambe de Gunn et s'empara de son pantalon, y enfonçant ses dents.

— Je déteste les chiens !

Gunn grogna et donna un coup de pied au chien avec son autre pied, si bien que la pauvre créature glissa sur le carrelage poli en direction de Hamish.

Diggi gémit.

Crétin !

Hamish se pencha vers le chiot et caressa sa main sur son dos. Le pauvre chien tressaillit, mais Hamish porta son autre main sous sa tête et caressa son cou, apaisant ainsi la créature.

Quelques instants plus tard, Amanda réapparut dans la cuisine et tendit à Gunn un grand agenda usé par le temps.

— Voilà, Robert. J'espère que tu trouveras ce que tu cherches.

— Je l'espère aussi. Merci encore une fois. Et tu n'es pas une étrangère. La prochaine fois que tu te trouveras près de la mairie, appelle-moi et nous déjeunerons ensemble.

Il sourit et se dirigea vers le couloir.

— Je le ferai.

Hamish le suivit jusqu'à la sortie. Lorsque Gunn atteignit sa voiture et y monta, Hamish courut vers sa propre voiture, pour ne pas le perdre. Il devait jeter un coup d'œil à cet agenda et comprendre les intentions de Gunn.

De retour dans sa voiture, et suivant à nouveau Gunn dans la ville, Hamish sortit son téléphone portable et composa le numéro de Tessa.

Elle décrocha après la deuxième sonnerie.

— Hamish ?

— Pouvez-vous parler ?

— Oui, nous venons d'installer maman. Papa prépare le thé. Qu'est-ce qui se passe ?

— Pourquoi Gunn veut-il mettre la main sur le vieux carnet de rendez-vous de Yardley ?

— Son carnet de rendez-vous ?

— Oui, il est juste allé voir Amanda Yardley et lui a demandé le carnet. Elle le lui a donné. Il a dit quelque chose à propos de certaines réunions que Yardley avait organisées avant sa mort et auxquelles Gunn doit maintenant assister. Il a affirmé qu'il avait besoin de voir les notes que Yardley avait pu prendre.

— Ça me paraît louche, répondit Tessa.

— Je pensais la même chose.

Il marqua une pause, réfléchissant un instant.

— Écoutez, je vais rester sur ses talons et observer ce qu'il prépare.

Si je ne peux pas revenir pour soulager Enya, j'enverrai quelqu'un d'autre pour rester avec vous ce soir, d'accord ?

— Vous ne reviendrez pas ?

Sa voix exprimait de la panique et du désappointement.

— Ne vous inquiétez pas, vous ne vous débarrasserez pas de moi aussi facilement. Je reviendrai, mais je crains d'arriver en retard, et je ne vous laisserai pas sans protection. Si Enya a besoin de se reposer et que je ne suis pas de retour, dis-lui de demander à Aiden de venir vous surveiller.

— Pas Manus ?

— Non, certainement pas Manus ! grogna Hamish.

Il ne voulait pas que ce coureur de jupons s'approchât de Tessa.

— Aiden est mon meilleur ami. Je lui fais confiance plus qu'à n'importe qui.

De plus, Aiden aimait sa femme et n'en toucherait jamais une autre.

— Mais j'essaierai d'être de retour dès que j'aurai obtenu quelque chose de concret sur Gunn.

— D'accord.

Il y eut un déclic sur la ligne. Oui, il essaierait certainement d'être de retour le plus tôt possible.

25

———————

Malgré la promesse de Hamish de revenir plus tard dans la soirée pour relever Enya, il ne le fit pas. Au lieu de cela, Aiden se présenta à l'appartement de Tessa. Avant de partir Enya lui assura qu'Aiden veillerait à sa sécurité. Selon Aiden, Hamish s'introduisait dans le bureau de Gunn à la mairie pour fouiller dans ses affaires, et prévoyait de faire de même chez lui, à peine sa femme et lui étaient-ils endormis.

C'était étrange de voir à quelle vitesse elle s'était habituée à sa présence et à quel point elle se sentait seule en son absence. Elle ne devrait pas se sentir ainsi. Après tout, elle savait que tout n'était que temporaire. Une fois le danger écarté, une fois les démons vaincus, Hamish partirait lui aussi. Il n'y avait rien entre eux, juste deux baisers, tous deux volés dans des moments de désespoir et de peur. Des baisers qui – selon des mots de Hamish – ne signifiaient rien pour lui.

Elle essayait de se convaincre qu'ils ne comptaient pas pour elle, mais elle se mentait. Elle avait apprécié ces brefs moments d'intimité. Elle avait rêvé de ces baisers, les avait revécus encore et encore, même si elle savait que ça n'arriverait plus.

En soupirant, Tessa s'habilla avec ses vêtements de yoga. Une séance au studio pourrait l'aider à se détendre et à se débarrasser des soucis de ces derniers jours. Elle entra dans le salon, où Aiden se prélassait sur le canapé, une tasse de café à la main.

— Bonjour, Tessa, j'espère que vous avez bien dormi, lui dit-il. Vous voulez du café ?

Elle secoua la tête.

— Pas avant mon cours de yoga. Prendre un café avant de faire un chien tête en bas n'est pas une bonne idée.

— Je comprends, répliqua-t-il en mettant sa tasse de côté. À quelle heure commence votre cours ?

— Dans un quart d'heure.

— Eh bien, nous ferions mieux de partir alors ou vous serez en retard.

— C'est juste au coin de la rue, dit-elle en attrapant son tapis de yoga et son sac à main.

Elle sortit son téléphone portable et le regarda.

— Zut, la batterie s'est déchargée. Je ferais mieux de le recharger.

Elle le brancha sur la prise murale et le posa sur la petite table basse.

— Je suppose que vous ne voulez pas être vue avec moi, dit Aiden.

— Ce serait bien de se montrer avec un beau gosse, mais je préférerais éviter d'avoir à expliquer aux autres femmes qui vous êtes.

— Hé, je ne fais que vérifier. Je préfère rester incognito de toute façon.

Il fit un signe vers la porte.

— Ouvrez la voie. Je me tiendrai juste derrière vous.

Elle se dirigea vers la porte et l'ouvrit, puis regarda par-dessus son épaule, mais Aiden s'était déjà occulté.

— Je ne sais vraiment pas comment vous faites pour éviter que les portes vous soient constamment claquées au nez.

Il gloussa, mais ne dit rien.

Son tapis de yoga sous le bras, Tessa se dépêcha de descendre les escaliers, puis de sortir de son immeuble. Il faisait beau dehors, et elle apprécia la courte marche jusqu'au studio de yoga. Mais avant d'y arriver, elle se rendit compte qu'elle avait oublié sa bouteille d'eau.

— Je dois m'arrêter pour prendre de l'eau, murmura-t-elle à l'intention d'Aiden, et elle entra dans la supérette qui se trouvait à côté du studio.

Elle se dirigea vers le fond du magasin où se trouvaient les réfrigérateurs et sortit une bouteille d'eau plate de l'un d'entre eux.

Lorsqu'elle arriva à la caisse, elle posa la bouteille sur le comptoir et fouilla dans son sac à main pour trouver de la monnaie.

— C'est combien ? demanda-t-elle, mais le type avait les yeux rivés sur une télé, qui diffusait les informations du matin.

L'écran attira instinctivement les yeux de Tessa. Une barre rouge avec les mots Breaking News défilait en bas de l'écran.

Oh non, pas une autre fusillade ou une autre émeute, supplia-t-elle en silence. Elle avait vu trop de reportages de ce genre au cours des deux derniers mois.

« Ceci vient d'arriver : la course à la mairie a pris une nouvelle tournure », commença le présentateur.

Instantanément, elle était tout ouïe. Quel scandaleux propos Gunn avait-il tenu pour justifier une réaction aussi vive de la part des médias ?

« Des photos de la conseillère Wallace ont fait surface sur divers sites Internet ce matin, poursuivit le journaliste, tandis qu'une photo apparaît à côté de lui sur l'écran. « Elles semblent montrer Mme Wallace en train de s'injecter de la drogue. La conseillère municipale n'a pas pu être jointe pour un commentaire. Nous continuerons à surveiller... »

Mais Tessa en avait assez entendu. Toute sa capacité se limitait à fixer la photo. Une photo où elle porte un soutien-gorge et un short. Un garrot en caoutchouc était enroulé autour de son biceps et une aiguille hypodermique était posée à côté d'elle. Ses yeux étaient révulsés, elle avait l'air... défoncée. Ça ne pouvait pas être elle. C'était impossible. Mais lorsqu'elle regardait le visage de la femme sur la photo, c'était elle-même qu'elle regardait.

— Non, s'étouffa-t-elle. Non, non.

Le caissier tourna la tête vers elle, mais Tessa était déjà en train de tourner sur elle-même et de se précipiter vers la porte.

— Hé, vous voulez de l'eau ou pas ? lui cria-t-il.

Elle sortit en courant sur le trottoir lorsqu'elle entendit la voix d'Aiden derrière elle.

— Retournons à votre appartement, maintenant.

Les larmes lui montaient aux yeux et elle courut pratiquement jusqu'à son immeuble. Elle cherchait ses clés à tâtons lorsqu'elle arriva à la porte, tremblante. Mais elle sentit alors la main invisible d'Aiden sur la sienne et sa voix réconfortante dans son oreille.

— Doucement, Tessa, vous y êtes presque.

Les trente secondes qu'elle dut prendre pour aller de la porte d'entrée à son appartement lui semblaient s'étirer à l'infini. Elle s'appuya contre le mur une fois à l'intérieur. Aiden, à nouveau visible, était déjà en train de sortir son téléphone portable.

— Nous avons un problème, dit-il à la personne à l'autre bout du fil et se dirigea vers la cuisine en baissant la voix.

Un sanglot s'échappa de sa poitrine, juste au moment où son téléphone portable se mit à sonner, la faisant sursauter. Elle fixa l'écran. Poppy, sa directrice de campagne. Mais elle ne pouvait pas décrocher. Que dirait-elle ?

Puis son regard se posa sur son téléphone fixe. Deux messages. Automatiquement, elle appuya sur la touche pour les réécouter.

« Chérie, c'est ton père. Tu dois m'appeler. Je sais que cette photo n'est pas toi. On doit en parler. S'il te plaît. »

Un bip mit fin au message de son père.

Immédiatement, le message suivant diffusa. « Tessa, es-tu là ? »

C'était Poppy.

« Je viens de voir les nouvelles. C'est partout sur Internet. On doit prendre de l'avance sur tout ça. Nous devons travailler sur une déclaration, trouver

une explication. Quelque chose de plausible, ou ça va faire dérailler ta campagne. Bon sang, ma fille, pourquoi ne m'as-tu rien dit ? J'aurais pu t'aider. Rappelle-moi maintenant. Nous devons faire quelque chose avant que cela ne puisse plus être contenu. J'essaierai aussi ton portable. »

Un autre bip. Mais le téléphone ne restait pas silencieux. Il se mit immédiatement à sonner. L'identification de l'appelant permit de découvrir que c'était l'un des organes de presse de la ville. Les journalistes appelaient pour obtenir des commentaires. Mais elle n'en avait aucun. Elle ne pouvait pas leur parler, car elle devait leur dire la même chose :

— Ce n'est pas moi. Ce n'est pas moi sur cette photo.

Des larmes coulaient maintenant sur son visage. Aiden lui parut flou lorsqu'il revint dans le salon. Sans un mot, il débrancha la prise téléphonique de la prise murale, faisant taire la sonnerie. Puis il prit le téléphone portable de Tessa et l'éteignit.

Le silence s'abattit sur son appartement. Mais tout commençait à tourner. Sa vie devenait incontrôlable. Tout ce pour quoi elle avait travaillé lui glissait entre les doigts.

— Qui ferait une chose pareille ? s'écria-t-elle en fixant Aiden.

— Nous trouverons une solution.

Cependant, elle ne put s'empêcher de voir une lueur de doute dans ses yeux. Croyait-il que la femme sur la photo était elle ? Un éclair d'adrénaline l'assaillit soudain, faisant battre son cœur frénétiquement. Hamish ! Avait-il déjà vu la photo ? Pourquoi n'était-il pas encore revenu ? Parce qu'il la considérait comme une droguée dont la protection ne valait plus la peine ?

— Ce n'est pas moi, se répétait-elle. Ce n'est pas moi.

26

Hamish avait décidé de prendre quelques heures de repos au bastion après être rentré de chez Gunn au petit matin, sachant que Tessa serait de toute façon endormie. Lorsqu'il entendit quelqu'un frapper bruyamment à sa porte, il se redressa, encore étourdi.

— Hamish ! Lève-toi, tu dois absolument voir ça !

C'était Pearce.

Hamish sauta du lit, ne portant que son caleçon.

— Quoi ? Entre !

Instantanément, Pearce entra, tenant un ordinateur portable dans ses mains.

— C'est partout dans les nouvelles.

Il tourna l'ordinateur portable, et Hamish s'approcha.

Il cligna des yeux, regarda à nouveau l'image sur l'écran, puis à nouveau Pearce. L'adrénaline fusait dans ses veines, et son cœur se mit à tonner.

— Merde ! Dans quel hôpital se trouve-t-elle ? Où était Aiden, bordel ? Je vais le tuer !

— Arrête, Hamish !

Pearce pointa du doigt les lignes de texte sous l'image qui montrait une Tessa à moitié nue se shootant à ce qui ressemblait à de l'héroïne.

— Tessa est chez elle. J'ai vérifié avec Aiden. Elle va bien. Rien ne lui est arrivé.

Son pouls se mit à battre un peu plus lentement.

— Alors c'est quoi ce bordel ?

Parce que la femme sur la photo était clairement Tessa. On pouvait être sûr de ça.

— Les informations disent que quelqu'un aurait pu prendre la photo il y a un certain temps. Mais peu importe quand on l'a prise, cela va faire dérailler sa campagne. Personne ne veut d'une droguée comme maire.

Hamish attrapa Pearce par le col de sa chemise.

— Tessa n'est pas une droguée, bon sang !

Non, ça ne pouvait pas être vrai, même si les preuves se montraient accablantes.

— Il doit y avoir une explication à cela.

Il devait y en avoir une. S'était-il trompé à son sujet ? Tout comme il s'était trompé à propos d'Olivia ? Était-il condamné à tomber à nouveau amoureux de la mauvaise femme ?

Tomber amoureux d'elle ? Putain ! Était-il en train de tomber amoureux d'elle ? Avait-il perdu la boule ? N'avait-il pas essayé assez fort de rester loin d'elle et de ne pas la laisser entrer dans son cœur ? Apparemment, il avait encore échoué. Et maintenant, il en payait le prix. Elle l'avait trompé. Elle lui avait caché quelque chose.

— Appelle Aiden. Dis-lui de ne pas la quitter des yeux, même un instant, même pas pour aller aux toilettes. Je suis en route.

Hamish ne s'était jamais douché et habillé aussi rapidement de sa vie. Il n'avait jamais non plus ignoré le Code de la route de façon aussi flagrante que maintenant. Le temps qu'il atteignit l'immeuble de Tessa, deux caméras de circulation l'avaient surpris en train de griller des feux rouges. Mais il paierait volontiers ces contraventions.

Il se gara au coin de la rue, remarquant qu'une camionnette de presse s'était déjà arrêtée devant l'immeuble de Tessa. Les vautours tournaient autour de leur proie. Se rendant invisible, Hamish sauta de la voiture, entra par une entrée de service à l'arrière de l'immeuble et monta en courant les escaliers jusqu'à l'étage de Tessa. Arrivé à la porte, il respira un bon coup. Sans sonner, il entra dans l'appartement et se rendit visible.

Tessa, le visage taché de larmes, se leva du canapé en poussant un cri. Aiden, qui faisait les cent pas, se retourna, visiblement soulagé de l'apercevoir.

— Laisse-nous, ordonna Hamish à son collègue gardien.

Aiden acquiesça et quitta l'appartement de la même façon que Hamish y était entré.

Pendant un moment, un silence s'installa entre eux. Ses yeux s'éloignèrent du visage de Tessa pour se porter sur ses bras, dénudés. Il se rendit compte que c'était la première fois qu'il la voyait avec un haut à manches courtes. Il se concentra sur l'intérieur de ses coudes, vérifiant qu'aucune ecchymose révélatrice des toxicomanes qui utilisent des aiguilles ne se trouvait. Ses bras affichaient une pâleur immaculée, sans tache.

— Ce n'est pas moi sur cette photo, dit Tessa, la voix fêlée.

Il cherchait ses yeux. Disait-elle la vérité ou mentait-elle comme Olivia lui avait menti ? Pouvait-il vraiment faire confiance aux dires d'un humain ? Pouvait-il faire confiance à Tessa ?

— Je ne veux pas que vous me mentiez. Si c'était vous, je vous aiderais à surmonter cette épreuve. Mais vous devez me dire la vérité.

Il ne savait même pas pourquoi il proposait son aide. Pour quelle raison ? Pour qu'elle se désintoxique ? Pour quel résultat ? Maintenant que sa réputation était ternie aux yeux des citoyens de Baltimore, ses chances de devenir maire s'évanouissaient. Son travail ici était terminé. Les démons ne l'embêteraient plus maintenant qu'elle avait détruit sa propre carrière.

— Vous devez me croire.

Elle fit quelques pas de plus, les yeux suppliants.

— S'il vous plaît, Hamish. Je n'ai jamais pris de drogue. Jamais de ma vie.

Il laissa tomber ses paupières, évitant son regard, et fixa plutôt ses bottes.

— Êtes-vous en train de dire que nous avons tort, et que la femme sur la photo n'est pas vous ?

— Ce doit être du Photoshop. Ça ne peut pas être moi ! C'est impossible !

Sa voix prit un ton aigu.

— Admettez-le au moins, supplia-t-il. Pour que je puisse vous aider.

Parce que malgré tout, malgré sa tromperie, malgré le coup qu'elle venait de porter à l'humanité, malgré l'énorme avantage qu'elle venait de donner aux démons, il ressentait encore quelque chose pour elle.

D'autres larmes brillaient dans ses yeux. Elle pointa du doigt l'ordinateur portable qui trônait ouvert sur la table basse.

— Son visage ressemble peut-être au mien, mais pas son corps.

Tessa saisit soudain l'ourlet de son haut de yoga et le tira par-dessus sa tête, puis le jeta par terre.

— Tessa, qu'est-ce que...

Elle portait un simple soutien-gorge de sport en coton blanc en dessous. Mais ce n'était pas ce qui avait fait remonter ses mots dans sa gorge.

— Oh mon Dieu, s'étouffa-t-il et franchit la distance qui les séparait en deux pas, tendant la main vers elle.

Son ventre était couvert de cicatrices. De petites cicatrices rondes. Il avait vu suffisamment de cicatrices dans sa longue vie pour connaître leur nature : des traces de brûlures.

— La femme sur la photo présente une peau impeccable, poursuivit Tessa, les larmes coulant maintenant sur son visage. Elle est parfaite, et je ne le suis pas.

Hamish lui toucha le ventre, mais elle se recula.

— Non, arrêtez ! S'écria-t-elle dans un sanglot.

— Tessa, je suis vraiment désolé. Je n'aurais jamais dû douter de vous.

Il l'attrapa alors et la tira dans ses bras, caressant d'une main son dos, essayant de l'apaiser, mais ses sanglots continuaient à venir.

— S'il vous plaît, pardonnez-moi.

Il déposa un baiser sur le dessus de sa tête.

— S'il vous plaît, Tessa, j'aurais dû avoir davantage confiance en vous. Mais...

Il hésita, mais il devait lui dire ce qu'il ressentait, et pourquoi il avait réagi comme il venait de le faire.

— J'ai aimé une femme autrefois. Elle s'appelait Olivia, et je pensais qu'elle m'aimait aussi. Mais ce n'était qu'un mensonge... Et puis je vous ai rencontrée, et quand nous nous sommes embrassés, j'ai ressenti quelque chose de si fort...

Tessa souleva sa tête de sa poitrine et le regarda.

— Vous avez dit à Enya que ça ne signifiait rien pour vous.

— Parce que je refusais de l'admettre, à Enya et à moi-même. Mais cela signifiait tout. Ce baiser a réveillé quelque chose en moi que je croyais mort pour de bon avec Olivia. Je pensais qu'elle m'aimait, mais elle m'a trompé. Les démons, eux, se servaient d'elle pour m'atteindre. Et je ne l'ai pas vu, parce que l'amour me rendait aveugle.

Elle renifla. Aucun mot ne franchit ses lèvres, mais elle écoutait attentivement.

— Les démons avaient enfoncé leurs griffes en elle si profondément qu'on ne pouvait pas la ramener. Elle était déjà perdue. Je devais la tuer, Tessa, je devais tuer la femme que j'aimais.

Il sentit les larmes lui piquer les yeux.

— Quand j'ai vu la photo, quand j'ai pensé que tout ce que vous m'aviez montré de vous n'était qu'une couverture, un mensonge, j'ai cru que mon cœur se briserait une seconde fois.

Il prit son visage dans ses deux mains.

— Tessa, j'ai mis des chaînes autour de mon cœur pour que personne ne puisse plus jamais y pénétrer. Je voulais redevenir mon propre maître. Le maître de mon propre cœur, de mes propres émotions, de mon propre destin. Personne ne devait plus s'en approcher. Mais ensuite, je vous ai touchée. Et quand je vous ai embrassée, ces chaînes autour de mon cœur ont commencé à se desserrer. Mais quand j'ai vu cette photo, j'ai pensé que vous m'aviez trompé, vous aussi.

Il cherchait dans ses yeux le signe qu'elle comprenait.

— S'il vous plaît, pardonnez-moi.

27

Lui pardonner ? Tant d'autres choses l'attendaient, et ses paroles lui avaient donné le courage d'agir. D'afficher du courage pour une fois et d'exiger ce qu'elle désirait.

— Alors, s'il te plaît, embrasse-moi, Hamish.

Tessa leva sa main et la posa sur sa nuque.

Elle avait l'impression de rêver au ralenti lorsque Hamish plongea son visage vers le sien, que ses yeux se verrouillaient avec les siens et que ses lèvres s'écartaient. Son souffle effleura son visage, la faisant frissonner d'impatience, parce qu'elle savait que ce baiser ne se terminerait pas par des excuses sans queue ni tête ou par plus de maladresse. Elle le vit dans les yeux de Hamish : la faim, le besoin, le désir. Et elle savait qu'il verrait la même chose dans ses yeux.

Les lèvres de Hamish se montraient fermes et chaudes, et elles prenaient les siennes avec une exigence qu'elle n'avait jamais connue auparavant. C'était ainsi qu'un vrai homme embrassait. Un homme qui savait ce qu'il voulait ; un homme qui prenait ce qu'on lui offrait librement. Elle le goûta, goûta le mâle puissant, le guerrier, l'homme qui l'avait gardée en sécurité ces derniers jours.

Elle accueillit avec joie son invasion énergique, sa langue puissante qui l'explorait, ses lèvres qui touchaient les siennes, ses bras qui la retenaient, rendant toute fuite impossible. Elle voulait sentir son corps dur et musclé pressé contre ses courbes. Elle avait besoin de sentir sa domination physique, son pouvoir surnaturel. Elle était attirée par cela, par la façon dont il la faisait se sentir : faible, mais en sécurité, et, avant tout, désirée. Désirée par un immortel, un homme qui pouvait conquérir n'importe quelle femme. Un homme qui en avait eu beaucoup avant elle. Mais cela n'avait plus d'importance tant qu'il lui donnait ce qu'elle voulait. Un goût de luxure, de passion. Une chance d'oublier toutes les choses terribles qui s'étaient produites. Une chance de se laisser tomber et de savoir qu'il la rattraperait.

Son baiser passionné lui chauffait les entrailles, faisant couler du liquide à la jonction de ses cuisses. Instinctivement, elle ondula ses hanches pour se frotter contre lui et trouver un soulagement. Elle trouvait plus que cela : un contour dur qui s'incurvait contre son entre-jambe et se pressait contre son pantalon cargo. Involontairement, elle gémit. En réponse, Hamish laissa tomber ses mains sur ses fesses et la secoua contre lui, frottant sa queue encore plus fort contre elle.

Mais elle avait besoin de sentir plus. Elle avait besoin de lui plus près, de sentir sa peau, sa chaleur. Elle sortit son polo de son pantalon et le poussa vers le haut. Il l'aida et interrompit le baiser un instant pour passer son polo par-dessus sa tête. Pendant qu'il le jetait par terre, elle put apercevoir son torse. Une légère couche de poils sombres recouvrait des pectoraux toniques. Ils s'épaississaient de plus en plus vers le bas, traçant une piste sur son ventre et disparaissant dans son pantalon. Comme si elle avait besoin d'indications.

Ses mains étaient déjà sur sa braguette. Elle ouvrit le bouton, mais il l'arrêta en posant une main sur la sienne.

— Je n'ai pas fait ça depuis longtemps, râla-t-il, levant les yeux vers son visage.

— C'est comme faire du vélo, murmura-t-elle avec un sourire en coin.

Il gloussa.

— Fais-moi confiance, je sais comment on fait.

Il lâcha sa main et l'attira au ras de lui, sa poitrine écrasant ses seins.

— Mais, si tu continues ainsi, je ne vais pas faire long feu.

Puis il attrapa le fermoir de son soutien-gorge et le dégrafa.

— Alors pourquoi ne pas commencer par toi ?

Avant qu'elle n'eût pu protester, il l'avait débarrassée de son soutien-gorge et caressait ses seins nus, tandis qu'il replongeait sa bouche dans la sienne et continuait son assaut sensuel. Elle haleta et sentit des bouffées de chaleur l'envahir. Oh mon Dieu, comme elle avait besoin de son contact !

Elle se sentit soudain soulevée de ses pieds et sut qu'ils bougeaient, jusqu'à ce qu'elle sentît enfin un mur dans son dos et Hamish qui la pressait contre lui. Il arracha sa bouche à la sienne et plongea la tête, capturant un téton avec ses lèvres et le suçant.

Tessa gémit à haute voix, en cherchant de l'air.

Les mains de Hamish s'activaient aussi, les deux glissant maintenant sous son pantalon de yoga, le poussant ainsi que sa culotte jusqu'à mi-cuisse, puis les faisant glisser plus bas. Elle enleva ses chaussures d'un coup de pied et se libéra complètement des vêtements.

Lorsqu'il amena sa main entre ses jambes et toucha enfin ses plis trempés, elle perdit toute capacité à parler. Des doigts chauds jouaient avec elle, la caressaient, l'exploraient. Des frissons de plaisir la parcoururent, la faisant trembler de façon incontrôlable.

— Doucement, lass, murmura-t-il à son oreille, avant de se frayer un chemin dans son cou et de reprendre un sein avec sa bouche.

Mais comment pourrait-elle se laisser faire, alors qu'il la touchait ainsi, que ses doigts et sa bouche la rendaient folle de désir ?

— S'il te plaît !, supplia-t-elle.

Il comprit comme si elle lui avait dit ce qu'elle voulait, et enfonça un doigt en elle.

— Putain, Tessa, tu es bien serrée.

Il souleva sa tête de son sein et la dévisagea.

— Je ne vais pas tenir dix secondes en toi.

Ses paupières papillonnèrent lorsqu'il commença à faire entrer et sortir son doigt d'elle, tandis qu'il frotta son pouce sur son clito.

Ses joues étaient enflammées, tandis qu'elle fixait ses yeux qui ressemblaient maintenant à de la lave fondue, noire avec des mouchetures d'or.

— Tu vas me faire jouir, étouffa-t-elle.

Un côté de sa bouche se souleva.

— C'est l'idée, lass.

Elle adorait la façon dont il égrenait ce dernier mot. C'était comme une caresse.

— Maintenant, laisse-toi aller, exigea-t-il en l'épinglant du regard.

Ses lèvres s'écartèrent et l'air s'échappa de ses poumons. Elle sentit la terre tourner autour d'elle comme si elle flottait, quand la première vague la frappa. Comme un tsunami, elle s'écrasa sur elle, le plaisir et la luxure la noyant, la faisant haleter pour trouver de l'air. Elle enfonça ses doigts dans les épaules de Hamish, s'accrochant à sa vie, ses jambes tremblant, ses genoux se dérobant. Mais elle ne tombait pas. Hamish était là pour la rattraper.

Puis ses lèvres se posèrent sur les siennes, et il l'embrassa sans retenue. Plus fort qu'avant. Avec plus de passion, plus de détermination. Elle haletait, et malgré son orgasme quelques secondes plus tôt, elle sentait le besoin monter en elle. Mais cette fois, le besoin était différent. Elle voulait qu'il s'abandonnât à elle comme elle s'était abandonnée à lui.

Elle le poussa en arrière pour créer assez d'espace entre leurs corps pour atteindre sa fermeture éclair. Avant qu'il ne pût protester, elle l'abaissa et poussa son pantalon vers le bas. Son boxer gris s'étirait étroitement sur son érection, et une tache humide apparaissait là où son sexe avait laissé échapper du précum.

Elle accrocha ses mains sous la ceinture et baissa son slip. Sa verge se libéra.

— Putain ! siffla-t-il et tendit la main vers elle, mais elle était déjà en train de tomber à genoux, tirant son pantalon jusqu'au bout.

Il l'aida et enleva ses bottes d'un coup de pied. Un poignard tomba sur le sol, mais elle l'ignora et amena sa tête au niveau de son entre-jambe. Les mains de Hamish se trouvaient déjà sur ses biceps pour la soulever, mais elle protesta :

— Non !

Il répondit par une respiration saccadée. Elle leva les yeux pour le regarder et le vit la fixer avec incrédulité.

— Lass... gémit-il.

Mais il relâcha sa prise et attendit, le regard dans ses yeux confirmant qu'il en avait autant envie qu'elle.

Elle laissa alors tomber son regard sur sa queue et enroula sa main autour de l'épaisse racine. Elle la sentit pulser dans sa paume.

— Magnifique, murmura Tessa en se rapprochant.

Le gland, tellement gorgé de sang qu'il semblait prêt à éclater, avait pris une teinte presque violacée. Il était temps qu'elle prenne pitié de lui. Elle le lécha donc avec sa langue, goûtant son essence salée, avant d'enrouler ses lèvres autour de la pointe et de glisser sur lui, le prenant dans sa bouche.

Il était mort et était allé au paradis. Il n'existait pas d'autre façon de décrire ses émotions en ce moment. Tessa se trouvait à genoux devant lui, les lèvres serrées autour de sa queue avide, une main autour de sa racine, tandis qu'elle berçait ses bourses avec l'autre.

— Putain !

Hamish frissonna et s'arc-bouta contre le mur derrière elle, ses genoux commençant à trembler.

Combien de temps s'était-il écoulé depuis qu'une femme lui avait fait ça ? Qu'une femme ne l'avait pas sucé ainsi ? Avec une telle tendresse et une telle passion en même temps. Et ce n'était pas n'importe quelle femme. C'était Tessa, la femme qu'il avait désirée dès qu'il avait posé les yeux sur elle. Et maintenant, elle se trouvait à genoux, l'adorant comme s'il était son maître.

Il savait qu'il agissait mal. Mais il ne pouvait pas se résoudre à l'arrêter, parce que tout lui semblait si juste : sa langue glissant sur le dessous de sa queue tandis qu'elle montait et descendait sur lui, ses lèvres le suçant avec tant d'habileté, ses mains le caressant avec tendresse. Tout était parfait.

Il baissa les yeux sur elle, l'observant tandis qu'elle le suçait et le léchait les yeux fermés, ses doux gémissements et soupirs rebondissant sur sa peau sensible. Il regarda ses hanches bouger d'avant en arrière pour en demander plus, pour supplier pour plus de friction, pour demander qu'elle le suçe plus fort, plus vite. Il se regarda baiser sa bouche de la même façon qu'il voulait baiser sa chatte, avec de longs et profonds mouvements. Mais s'il continuait à la laisser le sucer, il n'arriverait pas à la prendre comme il le voulait, parce qu'elle le finirait avant qu'il n'en eût l'occasion.

Avec la dernière once de sa volonté, il se retira de sa bouche et fit un pas en arrière.

Tessa leva les yeux vers lui, stupéfaite.

— Est-ce que j'ai fait quelque chose de mal ?

Il lui attrapa les bras et la tira vers le haut.

— Tu as fait tout ce qu'il fallait.

Trop bien.

Il la fit tourner pour qu'elle se retrouve dos au mur et lui saisit les hanches, se surprenant lui-même de la rudesse avec laquelle il la manipulait. Mais il perdait rapidement le contrôle et il avait besoin d'être en elle maintenant. Il ne parviendrait pas à atteindre la chambre à coucher.

Il lui écarta les jambes, tira son cul vers lui et plia les genoux, amenant sa queue à son entrée. Il sentit les sucs chauds de sa chatte enrober son gland et poussa vers le haut et vers l'avant, s'asseyant lui-même.

Tessa gémit et s'arc-bouta contre le mur, tandis que sa mouille l'engloutit.

— C'est ça, lass, l'encouragea-t-il et il se retira, pour se replonger en elle avec plus de force. Comme ça, oui ?

— Ouais, lâcha-t-elle dans un souffle étranglé, ses hanches le rejoignant lors de sa prochaine poussée.

Elle tourna la tête sur le côté, regardant de nouveau vers lui.

— Prends-moi.

Il approcha son visage du sien et suça le lobe de son oreille entre ses lèvres, lui donnant une légère morsure. Il la sentit frissonner et s'enfonça plus fort en elle, la transpiration recouvrant déjà son torse.

— J'adore te baiser, Tessa ! J'aurais dû le faire le jour où je t'ai rencontrée dans ton bureau.

Il s'enfonça en elle, aimant la façon dont ses muscles le serraient comme un poing serré.

— J'aurais dû te jeter sur ce bureau et te prendre.

— Oh mon Dieu !, s'exclama-t-elle de manière rauque. Rends-toi juste la monnaie de ta pièce maintenant. Pour m'avoir fait attendre si longtemps.

Ses mots avaient l'effet d'un baume apaisant sur une plaie ouverte, éradiquant tout doute sur le fait qu'elle le désirait autant qu'il la désirait. Il repoussa ses cheveux de son visage et passa son doigt sur sa joue.

— Oh, lass...

Plus bas, ses hanches travaillaient frénétiquement, sa queue pistonnée entrant et sortant d'elle sans relâche, tandis qu'il essayait de retenir son orgasme imminent avec toutes les forces qui lui restaient. Il avait besoin d'elle davantage ; il avait besoin de rester en elle plus longtemps, de s'unir à elle.

— Putain ! gémit-il, car il savait qu'il était en train de perdre la bataille sur son corps.

Il mettait cela sur le compte de sa longue abstinence de femmes, même s'il savait que ce n'était que partiellement exact. Tout était de la faute de Tessa, la façon dont son corps l'accueillait, la façon dont elle lui répondait, la façon dont elle s'abandonnait à lui.

Lorsqu'il sentit ses couilles se tendre, il ramena une main sur le devant de Tessa et trouva son clitoris. Le petit organe était gonflé, et il savait exactement ce dont elle avait besoin maintenant. Il frotta son doigt dessus, en traçant des cercles rapides, tandis que sa queue continuait à pomper. Il ne pouvait plus arrêter l'approche de son orgasme. Son sperme jaillit de sa queue et explosa par le bout, remplissant le canal serré de Tessa. Finalement, il la sentit se contracter autour de lui et atteindre l'orgasme en même temps que lui.

Hamish laissa échapper un souffle rauque et laissa tomber sa tête contre le mur à côté de Tessa. Elle respirait tout aussi fort. Il passa un bras autour de sa taille, la tenant contre lui. Soudain, il se rendit compte de la façon dont il l'avait prise. Comme un sauvage. Il ne lui avait même pas offert le confort d'un bon lit. Mais il ne pouvait même pas regretter ce fait. Parce que leurs ébats avaient été parfaits.

28

———

Tessa perdit soudain le sol sous ses pieds lorsque Hamish la souleva dans ses bras et l'emmena dans la chambre à coucher, où il la déposa sur le lit. Souriant, il la rejoignit et l'attira sur lui, ses bras l'entourant, une main dans ses cheveux, caressant sa nuque.

— J'aimerais pouvoir te dire que je suis désolé d'avoir agi aussi brutalement et de t'avoir emmenée contre un mur...

Il plaça son doigt sous son menton et souleva son visage pour qu'elle fût obligée de le regarder.

— Mais je n'ai jamais rien connu de plus chaud que de te prendre ainsi.

Ses yeux flamboyaient à nouveau de convoitise, presque comme s'il voulait recommencer tout de suite.

Son cœur battit rapidement. Elle n'avait rien ressenti de plus excitant dans sa vie non plus.

— Je me réjouis que tu aies agi ainsi.

— Même si une première fois devrait être plus... civilisée ?

Elle gloussa, les joues encore chaudes et probablement rouges.

Mais elle n'éprouvait aucune honte pour ce qui s'était passé, aucune honte pour la sauvagerie dont elle avait fait preuve.

— Je ne peux pas t'imaginer civilisé.

Il bougea, les faisant rouler tous les deux pour qu'il soit maintenant au-dessus d'elle.

— Es-tu en train de dire que je suis une bête ?

Il utilisa son genou pour écarter ses jambes afin de se faire de la place en son centre.

Lorsque sa queue s'installa entre ses jambes, elle fredonna en appréciant.

— J'aime un peu de bête chez un homme.

Il sourit et balaya une mèche de cheveux de son visage.

— Eh bien, qui aurait pu penser que la conseillère guindée et convenable aimait la vie sauvage et brutale ?

— Tu penses que seuls les hommes possèdent un côté sauvage ? le défia-t-elle.

— Touché.

Il lui sourit.

— Je suppose que je suis un homme chanceux.

Il recula ses hanches, réajusta sa queue et la laissa glisser contre elle sans la pénétrer.

Son souffle se coupa et elle inclina son entrejambe en signe d'invitation, s'émerveillant du fait qu'il bandait de nouveau.

— Plutôt un homme très chanceux, se corrigea-t-il et l'embrassa doucement.

Mais à sa grande surprise, il ne suivit pas son invitation et plutôt roula sur le côté, l'entraînant avec lui.

— Tessa, je n'ai pas demandé avant, mais je dois savoir quelque chose.

Elle le fixa, son expression s'était soudainement assombric. Avait-il encore des doutes sur son innocence ?

— À propos de quoi ?

Il baissa sa main et la posa sur son ventre.

Elle déglutit difficilement.

— S'il te plaît, dis-moi comment tu les as eues.

Il passa ses doigts sur ses cicatrices.

— Je sais qu'elles datent. Raconte-moi.

Elle se roula sur le dos et fixa le plafond, ne voulant pas le regarder.

— Elles sont moches, n'est-ce pas ?

Il se redressa sur son coude.

— Il n'y a rien de laid chez toi, Tessa. Tu es parfaite.

Elle laissa échapper un rire amer, les blessures du passé se rouvrant à nouveau. Elle savait que cela arriverait. C'était toujours le cas lorsqu'un homme la voyait nue pour la première fois. Elle avait toujours éludé la question et inventé une histoire, mais elle savait qu'elle ne pouvait pas mentir à Hamish. Elle ne voulait pas le faire. Il avait été franc avec elle. Maintenant, il méritait la même honnêteté.

— J'étais parfaite autrefois. J'étais la petite fille parfaite. Et mon père m'aimait.

Elle inspira pour faire une pause.

— Il m'aimait trop.

Elle sentit Hamish se raidir.

— Est-ce qu'il...

Immédiatement, elle secoua la tête, réalisant qu'il avait mal interprété ses paroles.

— Mon père ne m'aurait jamais fait de mal. J'étais son petit ange. Et je l'aimais. Mais ma mère, elle ne supportait pas qu'il me prodigua de l'attention. Elle était jalouse. Tellement jalouse.

— Tu étais une enfant ! répliqua Hamish.

— J'étais en compétition pour l'amour de son mari. Elle ne comprenait pas la différence entre son amour pour moi et celui pour elle. Que les deux pouvaient coexister. Je pense qu'elle ne le comprendra jamais. Alors elle m'a punie.

Elle sentit soudain la main de Hamish caresser son ventre avec une tendresse dont elle ne l'avait pas cru capable.

— En te faisant du mal ?

Tessa acquiesça et ferma les yeux.

— Chaque fois qu'elle buvait et qu'elle se trouvait dans l'une de ses humeurs, elle se montrait cruelle envers moi. Mais elle était aussi brillante. Elle s'assurait toujours que mon père n'était pas là quand elle me faisait du mal.

— Oh mon Dieu.

— Elle fumait à l'époque. Je me souviens encore de ce que j'ai ressenti lorsque sa cigarette a touché ma peau. Aujourd'hui encore, l'odeur des cheveux et de la peau brûlés me rappelle ces souvenirs.

Des larmes montaient à ses yeux.

— Elle m'a toujours prévenue que si mon père l'apprenait, il ne m'aimerait plus. Je ne serais plus sa petite fille parfaite. Alors j'ai fait en sorte qu'il ne voie jamais les cicatrices.

Une larme coula sur sa joue.

— J'étais une enfant. Je ne savais pas. Je l'ai crue. Jusqu'à ce que je n'en puisse plus. Jusqu'à ce que ce soit si grave que je ne me souciais plus de perdre son amour.

Un sanglot s'échappa de sa poitrine.

—Je lui ai montré ce qu'elle m'avait fait. Et j'ai attendu qu'il me repousse.

Elle croisa le regard de Hamish et vit la rage se refléter sur elle.

— Mais il m'a prise dans ses bras et m'a dit qu'il ferait en sorte qu'elle ne me touche plus jamais. Elle renifla.

— Il a tenu parole.

— Et il est resté avec elle après tout ce qu'elle a fait ? martela Hamish. Il n'est pas allé voir la police ?

— Il l'aimait. Tout comme il m'aimait. Il ne pouvait pas choisir. Alors il a fait ce qu'il fallait. Il l'a menacée de divorcer en un clin d'œil si elle me faisait encore du mal. Après cela, elle est restée loin de moi. Elle n'a plus jamais levé le petit doigt sur moi.

Elle essuya ses larmes.

— Elle est malade. À l'époque, nous ne savions pas.

— J'ai compris que quelque chose n'allait pas entre elle et toi, mais je n'ai jamais pensé... Hamish cligna des yeux. Je ne peux même pas imaginer...

Elle toucha sa joue et se rapprocha de lui. Elle remarqua que les cordes de son cou se tendaient alors qu'il serrait la mâchoire.

— Je peux vivre avec ces cicatrices, parce que je sais que je suis en sécurité maintenant.

— Les cicatrices, murmura-t-il et laissa tomber son regard sur son ventre.

Soudain, il se redressa.

— C'est ça. C'est ainsi qu'on va prouver que la femme sur la photo n'est pas toi.

Tessa se redressa.

— Non ! On ne peut pas faire ça !

— Mais ça te disculpera complètement ! Cela sauvera ta campagne. Tout ce dont tu as besoin, c'est de réunir quelques journalistes réputés dans une pièce et de leur montrer tes cicatrices. Ils comprendront que celui qui a fait circuler cette photo a simplement collé ton visage sur le corps de quelqu'un d'autre.

La voix de Hamish s'enflamma un peu plus chaque seconde.

Tessa se leva d'un bond et se dirigea vers son placard, qu'elle ouvrit en grand.

— Je ne peux pas faire ça à mon père.

Elle entendit Hamish se lever du lit et s'approcher d'elle.

— Ton père ?

— Dès que les gens verront mes cicatrices, ils se rendront compte qu'elles sont anciennes. Ils sauront que j'ai subi des sévices dans mon enfance.

Elle sortit un tee-shirt du placard lorsqu'elle sentit les mains de Hamish sur ses épaules. Il la tourna vers lui.

— Tu ne t'es pas assez sacrifiée ? demanda-t-il, le regard pénétrant.

— Je lui ai promis, Hamish. Il a tenu sa part du marché ; je dois tenir ma parole. Si jamais on apprenait la vérité sur les agissements de ma mère, mon père serait aussi impliqué. Tu ne vois pas ça ? Peut-être que le délai de prescription est expiré, mais ça n'a pas d'importance, parce que les gens continueront à le juger et à le condamner pour ce qui s'est passé sous son toit. J'aime mon père. Je ne vais pas le voir détruit.

Elle essaya de se retourner vers le placard, mais Hamish l'attira contre sa poitrine et caressa sa main sur ses cheveux.

— Quelle dévotion !

Il déposa un baiser sur son front.

— Je suis désolé d'avoir suggéré cela. Nous devrons trouver un autre moyen.

Surprise par ses paroles, elle sourit.

— Merci de ta compréhension. Cela représente beaucoup pour moi.

Il lui lança un clin d'œil.

— Combien ?

Elle baissa le menton.

— Tu...

Mais son rire l'arrêta. Ses yeux pétillaient de l'espièglerie. Elle l'entoura de ses bras, reconnaissante qu'il trouvait de l'humour même dans les situations les plus graves, et l'embrassa. Puis il recula la tête et prit le tee-shirt qu'elle tenait encore à la main et le jeta sur une chaise voisine.

— Tu n'en auras pas besoin.

La chaleur dans ses yeux lui dit pourquoi.

— À moins que tu ne veuilles t'habiller avec quelque chose de sexy et me laisser te l'arracher...

La sonnerie de la porte l'interrompit. Lorsqu'elle se dégagea de son étreinte, il l'arrêta.

— Laisse-moi vérifier qui c'est, au cas où ce serait un journaliste.

Elle le regarda quitter la chambre, ses muscles fessiers toniques fléchissant à chaque pas. Quelques instants plus tard, elle l'entendit parler dans l'interphone.

— Oui ?

Il y eut un grésillement sur la ligne, puis

— C'est Poppy. Où est Tessa ? Je dois lui parler.

Tessa était déjà dans le salon. Hamish regarda par-dessus son épaule.

— "Elle a laissé des messages, dit Tessa.

— C'est urgent ! Je dois absolument la voir, répéta Poppy à travers le haut-parleur.

Tessa soupira.

— Très bien. Laisse-la entrer.

Le temps que Poppy atteigne la porte de l'appartement, Tessa et Hamish étaient de nouveau habillés. Hamish lui ouvrit la porte et la laissa entrer.

— Bon sang, Tessa, pourquoi ne m'as-tu pas rappelée ? J'ai laissé plusieurs messages, dit-elle en fonçant dans l'appartement sans un mot d'accueil. La presse est en train de se déchaîner sur cette affaire. On doit faire quelque chose.

— Les journalistes campent-ils toujours devant le bâtiment ? demanda Hamish.

Poppy acquiesça.

— C'est la foule là dehors.

— Ils ne me laisseront pas tranquille, n'est-ce pas ? demanda Tessa.

Poppy posa une main sur son avant-bras et la serra.

— Ils veulent une déclaration. Et nous allons leur donner une déclaration, d'accord ? Des excuses. D'autres politiciens l'ont fait tout le temps. Nous dirons que la photo date d'il y a quelques années, quand tu avais des problèmes personnels, et que tu es vraiment désolée, mais que tu as surmonté cette période sombre de ta vie, bla, bla, bla.

— Non ! l'interrompit Tessa. Je ne ferai pas ça ! Ce n'est pas moi sur la photo ! Je n'ai jamais pris de drogue, Poppy ! Tu ne me connais pas du tout ?

Poppy hésita.

— Eh bien, on doit dire quelque chose ! Comment vas-tu prouver que cette femme sur la photo n'est pas toi ? Personne ne te croira.

— C'est retouché ! Je sais que ça été retouché. C'est forcément le cas ! insista Tessa, agacée que Poppy l'eût un seul instant crue capable de cela.

— Même si c'est photoshopé, comment vas-tu le prouver ?

Poppy rejeta une mèche de ses cheveux roux derrière son épaule et soupira.

— Nous devons rédiger une déclaration.

— J'ai une idée, interrompit soudain Hamish.

Tessa tourna la tête vers lui, l'espoir fleurissant dans sa poitrine.

— Oui ?

— Si je peux mettre la main sur la photo originale, je pourrais peut-être trouver d'où elle vient. Et je pourrai l'examiner et déterminer si on l'a modifiée.

— Oui, mais comment sauriez-vous où se trouve l'original ? demanda Poppy avec une bonne dose de doute dans la voix.

Hamish contourna la table basse où se trouvait toujours l'ordinateur portable et ralluma l'écran. Tessa le suivit et regarda par-dessus son épaule.

— Crédit photo, ici !

Il pointa l'écran du doigt.

— Meredith Durant, lut Tessa. Je la connais. Elle travaille au Daily Republic.

Elle se tourna vers Poppy.

— Tu l'as vue en bas avec les autres journalistes ?

Poppy secoua la tête.

— Personne de son organe de presse n'était présent. Je suppose qu'ils se sont dit qu'ils avaient déjà eu le scoop.

— Alors, je vais essayer son bureau, dit Hamish.

— C'est à un quart d'heure d'ici, dit-elle.

— Elle ne vous remettra pas la photo originale ou ne divulguera pas sa source, interjeta Poppy.

— J'ai mes méthodes.

Tessa échangea un regard avec Hamish. Elle savait ce qu'il pensait. Il allait utiliser ses talents d'occulteur pour entrer dans le bureau de Meredith et fouiner un peu partout.

— Vas-y ! l'encouragea Tessa.

— Je dois d'abord faire venir Enya pour qu'elle puisse te protéger, protesta-t-il.

— Ce n'est pas nécessaire, Hamish. Je pense que celui qui m'a envoyé ces menaces de mort vient de changer de tactique et a décidé de détruire ma carrière politique à la place.

Pour le bien de Poppy, elle ne parlait pas de démons, même si elle savait que c'était eux.

— Ils ne vont pas faire une autre tentative. Ils ont déjà atteint leur objectif. Si je ne peux pas prouver que ce n'est pas moi sur la photo, je suis finie.

Elle voyait bien la réticence de Hamish à l'idée de partir.

— S'il te plaît, Hamish. En plus, Poppy est ici. Et il y a tellement de journalistes en bas. Personne ne pourra se faufiler entre eux et entrer ici.

Hamish inspira.

— Très bien. Mais tu ne quitteras pas l'appartement tant que je ne serai pas rentré. Tu m'entends ?

Elle acquiesça.

— Crois-moi, je n'ai pas l'intention de passer devant ces journalistes et de me faire bombarder de questions.

Hamish lança un regard sérieux à Poppy, qui acquiesça.

— Je veillerai sur elle, dit Poppy.

Finalement, Hamish acquiesça d'un signe de tête.

— Je serai de retour dans l'heure, d'accord ?

Tessa sourit, quand Hamish se pencha soudain vers elle et l'embrassa sur les lèvres. Puis il tourna les talons et partit.

Lorsque la porte se referma derrière lui, Tessa sentit les yeux de Poppy posés sur elle.

— Quoi ?

— Prétendu petit ami, mon cul ! Ça semblait vrai pour moi.

Elle soupira.

— Certaines filles ont de la chance !

29

Trouver le bureau de Meredith Durant dans la grande salle de rédaction ouverte ne posa aucun problème à Hamish, tout comme entrer dans le bâtiment sans être vu et se faufiler devant le personnel de sécurité avait été un jeu d'enfant. Et il eut de la chance : Meredith n'était pas à son bureau. Toujours invisible, Hamish se mit au travail, feuilletant les dossiers posés sur le bureau. Meredith lui avait facilité la tâche. Elle était organisée : elle avait étiqueté chaque dossier de façon claire avec des sujets tels que la brutalité policière ou des noms tels que Yardley.

Il prit le dossier de Yardley, curieux, et l'ouvrit. Il contenait une copie du rapport de police du délit de fuite, ainsi que des notes manuscrites de Meredith. Il s'apprêtait à fermer le dossier, lorsqu'il remarqua une question griffonnée sur la dernière page. Accident ou acte délibéré ? Meredith soupçonnait-elle que la mort de Yardley était un meurtre ? Il haussa un sourcil. Ou s'agissait-il simplement d'un autre journaliste à la recherche d'une meilleure histoire, plus sensationnelle ?

Il reposa le dossier et parcourut les suivants. Plusieurs portaient sur les émeutes et les manifestations en cours, puis un sur la course à la mairie. Ce devait être celui-là. Il ouvrit la chemise en papier et en examina soigneusement le contenu. Il s'agissait de feuilles de sondage, de calendriers de campagne (ceux de Gunn et de Tessa) et des notes d'entretien. Il remarqua même une note portant son propre nom. En dessous, Meredith avait écrit quelques questions, notamment pour savoir s'ils pouvaient s'attendre à un mariage de conte de fées après l'élection.

Hamish secoua la tête. Les journalistes ! Ils avaient découvert que Tessa fréquentait quelqu'un et ils voulaient déjà avoir l'exclusivité sur le prochain «it-couple», comme s'il était JFK et que Tessa était Jackie. Tout pour une bonne histoire ; tout pour vendre des journaux ou augmenter le nombre de clics.

Ce qu'il ne trouvait pas dans le dossier, c'étaient des photos, plus précisément la photo de Tessa que Meredith avait publiée dans l'édition en ligne d'aujourd'hui. Où était-elle, putain ?

Il feuilleta à nouveau le dossier, examinant cette fois chaque bout de papier, lorsqu'entre les feuilles de sondage, il trouva une liste qui n'avait pas sa place là. C'était un journal. Un journal d'emails écrit à la main, avec des dates et les noms des expéditeurs, ainsi que les sujets. Il passa son doigt sur la liste jusqu'à ce qu'il le vît : un e-mail d'un certain ZoelMonnadt – un nom bizarre – que Meredith avait reçu tard la nuit précédente. Le sujet disait «photo»; ce devait être ça.

Il reposa le dossier sur la pile et se tourna vers l'ordinateur de Meredith.

Merde ! Elle avait verrouillé son écran. Il allait devoir demander à Pearce de pirater ses courriels, ce qui prendrait du temps. Hamish était sur le point de foncer hors du bureau, frustré, lorsque le téléphone fixe de Meredith se mit à sonner.

— C'est pour toi, Meredith ! cria dans l'autre sens une femme qui se trouvait dans le bureau voisin.

Hamish jeta un coup d'œil par-dessus les parois du bureau et aperçut soudain Meredith qui se précipitait vers son bureau.

— Bon sang ! s'écria-t-elle. Le téléphone reste silencieux toute la journée, puis je quitte mon bureau pendant deux minutes, et il sonne. Comment ces gens font-ils pour chronométrer ça ?

Elle entra en trombe dans son bureau et faillit tomber sur ses propres pieds en attrapant le téléphone.

— Meredith Durant, répondit-elle à bout de souffle.

Un instant de pause, elle s'affaissa sur sa chaise.

— Oh, merci, oui. Je me réjouis que vous m'ayez attrapée. Oui, je l'ai juste là.

Elle posa ses mains sur le clavier et déverrouilla l'écran, puis navigua rapidement jusqu'à un dossier et en sortit un rapport. Elle le fit défiler.

— Je l'ai.

Elle tapota du doigt sur l'écran.

— L'officier qui a procédé à l'arrestation s'appelle Schultz.

Elle écouta son interlocuteur, puis hocha la tête.

— Oui, allons-y. Je peux vous retrouver là-bas.

Elle se levait déjà de sa chaise.

— Dans dix minutes ? C'est à peine suffisant pour...

Un soupir de frustration.

— Très bien ! J'y serai.

Elle se précipita hors du bureau, attrapant son sac à main au passage – et oubliant de verrouiller l'écran de son ordinateur dans sa précipitation.

Bingo !

Dès que Meredith eut disparu, Hamish passa à l'action. Il naviгua jusqu'au client de messagerie de Meredith et fit défiler la boîte de réception. Le courriel de ZoelMonnadt se trouvait là. Il contenait une pièce jointe. Il cliqua dessus et l'écran se remplit de la photo qu'il avait vue en ligne un peu plus tôt. Meredith l'avait recadrée, coupant la partie inférieure des cuisses et des jambes de Tessa, très probablement pour que la taille de la photo corresponde aux souhaits de son éditeur. Les propriétés de la photo lui indiquaient qu'on l'avait prise avec un téléphone portable, et non avec un appareil photo ordinaire. C'était tout ce qu'il put dire à ce stade. À première vue, elle ne semblait pas avoir subi de modifications, mais peut-être que Pearce serait en mesure d'en savoir plus.

Regardant autour de lui pour s'assurer que personne ne pouvait voir ce qui se passait dans le bureau de Meredith, il sortit une clé USB de l'une de ses poches et l'inséra. Puis il copia l'intégralité de l'e-mail, y compris la photo, sur cette clé. Dès qu'il eut terminé de sauvegarder l'élément, il retira la clé et ferma le programme de messagerie. Il aurait aimé transférer le courriel à Pearce directement depuis l'ordinateur de Meredith, mais cela laisserait une trace qui pourrait remonter jusqu'à lui et à ses compagnons du bastion. C'était une chose qu'il ne voulait pas risquer.

Dès qu'il se retrouva dehors, il courut jusqu'à sa voiture, où il sortit un petit ordinateur portable d'un compartiment fermé à clé. Il procéda ensuite à l'envoi du fichier à Pearce. Pendant qu'il le téléchargeait, il composa le numéro du téléphone portable de Pearce.

— Oui, quoi de neuf ? le salua Pearce.

— Je te fais suivre un mail avec une photo en ce moment même.

— Je suis devant mon ordinateur. Ça vient juste d'arriver.

— Bien. J'ai besoin que tu examines la photo et que tu trouves si quelqu'un l'a modifiée. Peux-tu le faire ?

— Bien sûr. C'est tout ?

— J'ai aussi besoin que tu essaies de retrouver l'expéditeur.

— Zoel Monnadt. Drôle de nom.

— Oui, probablement inventé, convint Hamish. Vois si tu peux obtenir quelque chose sur le nom ou l'adresse électronique.

— Je le ferai.

Puis il ajouta :

— Waouh, cette femme est le portrait craché de Tessa.

— Tu n'as jamais rencontré Tessa.

— J'ai vu la photo de son dossier.

Hamish hocha la tête pour lui-même. La procédure habituelle

voulait que tous les membres du bastion connaissent les protégés de leurs collègues. Il soupira.

— Mais cette photo dans les journaux n'est pas elle. Je le sais avec 100 % de certitude.

— Je me demande comment ils ont fait. Je veux dire, elles pourraient être des jumelles.

Eh bien merde.

Soudain, les paroles marmonnées de Diane Wallace commençaient à prendre un sens.

Hamish laissa échapper un juron.

— Putain !

— Quoi ? demanda Pearce.

— Trouve-moi le dossier d'adoption de Tessa.

— Pourquoi ?

— J'ai une intuition.

Et il espérait qu'il avait raison.

— D'accord, je m'en occupe.

— Merci. Je retourne chez Tessa maintenant.

Hamish jeta un coup d'œil à sa montre. Quarante-cinq minutes s'étaient écoulées depuis qu'il l'avait quittée. Encore quelques minutes et il serait de retour auprès d'elle pour lui assurer que lui et ses collègues s'affairaient à la disculper – et qu'avec un peu de chance, ils avaient déjà une piste.

30

Poppy expulsa un autre souffle exaspéré, l'un des nombreux que Tessa avait entendus au cours des quinze dernières minutes – à chaque fois que Tessa rejetait une autre des suggestions de Poppy sur ce qui devrait figurer dans la déclaration.

— Bon sang, Tessa, j'essaie juste de t'aider, s'exclama Poppy.

— Je sais, mais je refuse d'admettre quelque chose de faux.

— Mais nous devons donner quelque chose à la presse, sinon elle inventera ses propres conneries. Tu sais comment se comporte la presse. Ils sont comme des piranhas. Donne-leur quelque chose ! On pourra toujours modifier les choses plus tard quand tu pourras prouver que ce n'est pas toi sur la photo, supplia Poppy, son stylo planant au-dessus de son bloc-notes.

— Et pourquoi me croiraient-ils alors si je mens maintenant ? Non, Poppy ! Je pensais que tu me comprenais. Je t'ai engagée parce que tu me comprends.

Elle jeta un regard implorant à sa vieille amie d'université.

— Je te comprends. Mais parfois, nous devons faire des choses qui nous rebutent pour survivre. Ça ne nous plaît peut-être pas, mais nous n'avons pas le choix.

Elle pointa son doigt vers Tessa.

— Tu n'aimes peut-être pas ça, mais ma fille, quel choix as-tu ? Essaie au moins de sauver quelque chose. Si tu présentes tes excuses sincèrement, ça pourrait même aider ta campagne.

Tessa poussa un soupir.

— En quoi le fait de prétendre que j'ai pris de la drogue aiderait-il ma campagne ?

— Cela te rendra plus humaine. Cela montre que tu te débats avec les mêmes problèmes que tes électeurs, expliqua Poppy.

— Mais ce n'est pas vrai. Je ne suis pas une droguée et je ne l'admettrai pas.

— Tessa, réfléchis bien...

La sonnerie d'un téléphone portable l'interrompit. Poppy fouilla dans son sac à main et en sortit son téléphone. Elle appuya sur une touche.

— Oui ?

Alors qu'elle écoutait, son expression changea.

— Oh, mon Dieu, non !

Elle fixa Tessa, ses yeux s'élargissant tout à coup.

— Non, où ? C'est grave à quel point ? Où l'ont-ils emmenée ?

Elle acquiesça.

— D'accord, je serai là dès que possible.

Elle déconnecta l'appel.

— Qu'est-ce qui ne va pas, Poppy ? demanda aussitôt Tessa, pleine d'inquiétude pour elle.

Poppy se leva du canapé.

— Ma mère. Elle est tombée dans les escaliers.

— Oh mon Dieu ! À quel point est-elle blessée ?

Poppy secoua la tête.

— Je ne sais pas. Ils n'ont pas pu me le dire. Elle se trouve à l'hôpital maintenant. J'y vais.

Puis elle hésita.

— Mais Hamish n'est pas rentré. Je lui ai promis que je...

Tessa se leva et posa sa main sur le bras de son amie, l'arrêtant.

— Tu dois y aller. Il sera bientôt de retour. Je te promets de rester dans l'appartement.

— Est-ce que tu en es sure ?

— Positif. Maintenant, va-t'en. Ta mère a besoin de toi."

Elle fit un signe vers la porte.

Poppy rassembla ses affaires et se précipita vers la porte, en jetant un coup d'œil à Tessa par-dessus son épaule.

— Je vais me laisser sortir. Va te reposer jusqu'à ce que Hamish soit de retour. Je t'appellerai quand j'en saurai plus.

Une seconde plus tard, Poppy était partie, la porte se refermant derrière elle. Tessa soupira, espérant que la mère de Poppy allait bien. Fille unique, Poppy n'avait plus que sa mère. Son père était mort d'un cancer quelques années plus tôt.

Tessa se tourna vers la cuisine. Peut-être qu'une tasse de thé lui ferait du bien. Un coup frénétique frappé à la porte la fit tourner en rond. Poppy avait-elle oublié quelque chose dans sa précipitation ? Elle se précipita vers la porte et l'ouvrit d'un coup sec.

— Poppy, qu'est-ce que...

Les mots restèrent coincés dans sa gorge.

Hamish avait prétendu qu'elle reconnaîtrait des yeux de démon quand elle les verrait. Il avait raison, car en ce moment même, des yeux verts de démon la fixaient droit dans les yeux. Ils appartenaient à un homme grand et musclé. Mais c'était tout ce qu'elle perçut, avant que son instinct de survie ne se mette en marche et qu'elle ne tente de lui claquer la porte au nez. Elle n'y parvint pas.

L'une des jambes du démon était déjà coincée entre la porte et le cadre, l'empêchant de la fermer. Elle s'arc-bouta contre la porte de tout son poids, mais elle sut immédiatement que c'était vain. Le démon donna un coup de pied contre la porte, l'ouvrant complètement et la plaquant contre le mur. L'impact l'étourdit un court instant, mais ce fut assez long pour que le démon entre et refermât la porte derrière lui. Elle hurla. Peut-être que quelqu'un l'entendrait ; peut-être que Poppy se trouvait encore dans la cage d'escalier, mais, si elle avait pris l'ascenseur, elle n'entendrait probablement rien. Ou pire, peut-être que le démon avait tué Poppy en entrant.

Oh mon Dieu, quelqu'un devait l'entendre. N'importe qui, s'il vous plaît !

Son cri fut interrompu lorsque la main du démon s'enroula autour de sa gorge et la serra. Elle commença à s'étouffer et à chercher de l'air. Était-ce ainsi qu'elle allait mourir ? Elle essayait de se défendre, en lui donnant des coups de pied dans les jambes, en le frappant avec ses mains, mais il ne la libérait pas de son étouffement. Toutes ses forces commençaient à la quitter, mais soudain, il relâcha sa prise, laissant entrer un peu d'air dans ses poumons.

— Ne crie plus, espèce de salope stupide, grogna-t-il en sortant quelque chose de sa poche.

Un instant plus tard, il lui colla un large ruban adhésif sur la bouche, l'empêchant d'émettre un autre son. Enfin, il relâcha son cou, mais elle savait que son calvaire n'était pas terminé. Il l'attrapa, la souleva et la porta jusqu'à la chambre à coucher.

Oh, mon Dieu ! Ce monstre allait la violer. Les larmes lui piquaient les yeux. Mais elle devait se montrer forte maintenant. Elle devait s'en sortir. Elle avait déjà subi un autre type de torture, et elle avait survécu. Elle survivrait aussi à cette épreuve. Et si elle parvenait à le retarder suffisamment longtemps, Hamish reviendrait. Et il la sauverait. Elle s'accrocha à cet espoir, tandis que le démon la jetait sur le lit.

— Je n'aurais jamais pensé qu'une telle opportunité me serait offerte, s'exclama-t-il en sortant quelque chose de l'intérieur de sa veste.

Son cœur se presque arrêta quand elle vit ce que c'était : un garrot en caoutchouc et une aiguille hypodermique.

— Noooon ! essaya-t-elle de crier, mais le son se perdait dans le ruban adhésif.

Elle roula jusqu'à l'autre côté du lit, mais il l'avait anticipée et se tenait déjà là. Elle le poussa avec ses mains, lui donna des coups de pied sans relâche, mais il se contenta d'attraper ses jambes et de la tordre pour qu'elle atterrît sur le ventre.

Il lui sauta sur le dos et la plaqua au sol.

— Un véritable chat sauvage. Qui aurait pensé que la conseillère Wallace possédait autant de combativité ? Si différente de toutes les autres.

Elle ne savait pas de qui il parlait, et elle ne perdit pas son énergie à essayer de comprendre, car le démon enroulait maintenant le garrot autour de son biceps droit. Elle essaya de retirer son bras, mais sa force dépassait la sienne. Plus fort que n'importe quel humain. Lorsque le garrot fut fermement noué autour de son bras, le démon se détacha à moitié d'elle, mais seulement pour la faire rouler afin qu'elle lui fît face.

Il lui coinça les bras avec ses genoux, la rendant immobile. Ses yeux verts de démon la fixaient, et un rire diabolique roula sur ses lèvres.

— Tu te laisses difficilement tuer. Deux fois déjà, tu as échappé à ton destin.

Il leva l'aiguille qu'il tenait dans sa main, attirant son regard dessus.

— Pas aujourd'hui.

Il sourit.

— Ta mort cimentera ma supériorité sur le Grand Leader. On ne l'a jamais considéré comme le chef. C'est moi !

Le dernier mot s'apparentait presque à un cri.

La peur et la panique de Tessa montèrent d'un cran. Non seulement c'était un démon, mais il souffrait aussi de troubles mentaux.

— Mais assez parlé.

Il se pencha plus près d'elle et enfonça son bras plus profondément dans le matelas pendant qu'il abaissait l'aiguille.

— Ils te trouveront morte d'une overdose, et personne ne sourcillera. Pas après cette jolie petite photo dans les journaux.

Elle cria contre le ruban adhésif sur sa bouche. Puis elle sentit la piqûre de l'aiguille hypodermique lorsqu'elle brisa sa peau et pénétra dans sa veine.

— Ils penseront que tu t'es suicidée parce qu'on t'a démasquée...

Alors que la drogue pénétrait dans son sang, elle sentit une légèreté l'envahir. Tout commença à se brouiller et la voix du démon devint lointaine.

— Je ne laisse pas de détails en suspens, pas comme ce gringalet de Zoltan... qui pensait pouvoir résoudre le problème sans te tuer...

Elle ne voulait plus rien entendre. Elle voulait seulement dormir. Oublier. S'éloigner. Dans un endroit où elle se sentait en sécurité.

Hamish...

L'obscurité s'emparait d'elle, et toute douleur et toute peur s'évanouiraient. Elle s'y abandonnait. Le combat avait cessé en elle. Le moment était venu.

<h1 style="text-align:center">31</h1>

À son arrivée à l'immeuble d'habitation de Tessa, Hamish remarqua que plusieurs journalistes campaient encore devant dans l'espoir d'attraper Tessa et de lui demander de commenter sa prétendue consommation de drogue. Sachant qu'ils connaissaient probablement son visage depuis l'incident survenu au Centre de réhabilitation des toxicomanes, il se rangea à l'arrière et se gara près de la sortie de secours. Après s'être assuré que personne ne l'avait vu, il se camoufla et sortit de la voiture.

Il entra dans le bâtiment en passant par la porte de sortie de secours. Le couloir était plongé dans l'obscurité. Il se dirigea vers les escaliers plutôt que vers l'ascenseur et monta rapidement. Sur le palier menant au deuxième étage, il s'arrêta brièvement, puis regarda par-dessus son épaule. Ici aussi, il faisait sombre. Un sentiment d'inquiétude l'incita à lever les yeux vers le plafond. Un éclairage fluorescent. Il tendit la main vers l'interrupteur, priant pour que son intuition se trompe. Il l'actionna, mais rien ne se passait.

Merde !

Il monta à toute allure la dernière volée de marches et fonça vers la porte de l'appartement de Tessa. Elle était fermée. Ici aussi, la lumière s'était éteinte. Toujours invisible, il passa la porte et entra dans l'appartement. Il resta silencieux, ne prononça pas le nom de Tessa. Le salon et la cuisine étaient vides. Ni Poppy ni Tessa n'étaient là où il les avait laissées. La porte de la chambre était ouverte. D'un pas léger mais rapide, il s'approcha et jeta un coup d'œil à l'intérieur.

Son cœur s'arrêta. Tessa était allongée sur le lit, un garrot autour de son biceps droit, une aiguille hypodermique à côté de son bras. Ses yeux étaient fermés. Elle ne bougeait pas.

— Tessa ! Oh mon Dieu non ! s'écria-t-il et courut vers elle.

Il lui tâta le pouls, tout en laissant son regard vagabonder. Elle était seule. Aucun signe de Poppy ou du démon qui s'était introduit d'une manière ou d'une autre. Parce que c'était forcément l'œuvre de démons. Tessa ne se serait jamais infligé une telle chose.

Enfin, un pouls, mais il était lent. Il la secoua.

— Tessa, tu m'entends ?

Mais elle resta muette. La panique l'envahit, mais il savait qu'il ne pouvait pas la laisser s'emparer de lui. Il devait rester calme pour sauver Tessa.

— Ça va aller, ma belle, je te le promets.

Parce qu'il ne pouvait pas permettre qu'elle le quittât.

Il sortit son téléphone de sa poche et appuya sur le numéro d'Aiden, prenant la main de Tessa en attendant que son ami décroche. Sa main était moite. Combien de temps lui restait-il ?

Oh mon Dieu, il ne faut pas que ce soit trop tard !

— Hamish ? Qu'est-ce qui se passe ? demanda Aiden.

— Où est Leila ?

— Ici avec moi, pourquoi ?

— Mets-moi sur haut-parleur.

— C'est fait.

Puis Leila dit :

— Salut, Hamish !

— Tessa est inconsciente. Quelqu'un lui a injecté de la drogue.

— Merde ! jura Aiden.

— Sais-tu quel type de drogue ? demanda Leila de sa voix calme de médecin.

— Je ne suis pas sûr. Un opioïde, probablement de l'héroïne ou quelque chose d'autre. Que dois-je faire ?

— Est-ce qu'elle a un pouls ?

— Oui.

— Est-ce qu'elle respire ?

— Très superficiellement.

— D'accord, écoute attentivement. Elle n'a pas beaucoup de temps. Tu n'arriveras pas à l'hôpital – dans le meilleur des cas, il se trouve à une bonne demi-heure de là où tu es.

Hamish avait envie de crier.

— Tu dois l'emmener dans le bastion. J'ai de la naloxone ici. C'est un bloqueur de morphine ; il agit sur n'importe quel opioïde. Si je peux le lui injecter dans les quinze prochaines minutes, elle a une chance, dit Leila.

— Hamish, interrompit Aiden, un portail se trouve à seulement cinq minutes de l'immeuble de Tessa. Je l'ai utilisé quand j'ai quitté son appartement tout à l'heure.

— Je sais duquel tu parles. Je serai au bastion dans dix minutes. Prépare tout.

Hamish déconnecta l'appel, remit son téléphone dans sa poche et rangea l'aiguille hypodermique dans une autre poche au cas où Leila aurait besoin d'analyser ce qu'on avait injecté à Tessa.

Puis il souleva Tessa dans ses bras et l'entraîna hors de l'appartement, la rendant invisible elle aussi.

— Tiens bon, Tessa, s'il te plaît, tiens bon.

Encore quelques minutes.

Il dévala les escaliers avec elle et se dirigea vers la sortie de secours, poussant la porte lorsqu'il l'atteignit. Dès qu'il eut déposé Tessa sur la banquette arrière de sa Mercedes, il courut jusqu'à l'emplacement du portail dont Aiden avait parlé. Il se trouvait au sous-sol d'un vieil entrepôt que les enfants du quartier utilisaient maintenant pour faire du skateboard. Plusieurs jeunes s'y entraînaient. Il arrêta la voiture derrière une pile de vieilles palettes et en sortit. Dès que Tessa fut de nouveau dans ses bras, il la porta vers l'entrée, toujours invisible. Il trouva les escaliers qui menaient au sous-sol et les emprunta.

— J'y suis presque, mon amour, j'y suis presque, lui murmura-t-il lorsqu'il atteignit enfin le portail.

Pour un humain, cela ressemblait à un mur, mais Hamish reconnut la gravure dans la pierre : une dague. Il pressa sa main contre elle et sentit l'endroit chauffer sous son toucher. Une seconde plus tard, le mur avait disparu. Il fonça dans la grotte sombre qui s'était ouverte. Avec son esprit, il voulut que le portail se refermât et se concentra sur sa destination. Il serra Tessa contre sa poitrine ; tout semblait tourner autour de lui, mais il savait que ce n'était qu'une illusion. En réalité, il ne bougeait pas. Quelques secondes plus tard, c'était fini. Ils étaient arrivés. Le portail s'ouvrit. Hamish en sortit.

Aiden et Leila l'attendaient avec un brancard.

— Mets-la ici, ordonna Leila.

Doucement, il déposa Tessa sur le lit d'hôpital. Leila était déjà en train de vérifier son pouls. Hamish scruta son visage. Lorsque Leila hocha la tête, il laissa échapper le souffle qu'il avait retenu. Leila sortit une aiguille hypodermique de sa blouse et enleva le capuchon. Tout en tamponnant la peau de Tessa et en enfonçant l'aiguille dans sa veine, elle dit :

— La naloxone agit très rapidement. Si elle a des opioïdes dans le sang, cela les bloquera.

Elle poussa lentement le liquide de l'aiguille dans le bras de Tessa, puis la retira.

— Nous le saurons dans les quinze prochaines minutes. Maintenant, emmenons-la dans la salle médicale. Je dois la brancher au moniteur pour obtenir ses signes vitaux.

Hamish s'accrocha à la main de Tessa, tandis qu'ils poussaient le brancard dans le long couloir et franchissaient les doubles portes qui menaient à la pièce que Leila avait aménagée en mini centre médical.

Plusieurs moniteurs, un chariot de réanimation et d'autres équipements que Hamish ne reconnaissait pas s'alignaient le long d'un mur, tandis qu'une table d'opération et des armoires en acier occupaient l'autre côté de la pièce. Un grand évier se trouvait dans un coin, une douche de décontamination à côté. L'hôpital du centre médical universitaire n'était pas mieux équipé que leur bastion.

L'espoir s'épanouit enfin dans la poitrine de Hamish. Tessa avait une chance maintenant. Grâce à Leila. Hamish leva les yeux et regarda la compagne d'Aiden, qui plaçait maintenant des capteurs sur la poitrine de Tessa et un moniteur d'oxygène sur son index. Puis elle posa un masque à oxygène sur le nez et la bouche de Tessa.

— Je ne sais pas comment te remercier, Leila.

Il sentit des larmes non versées piquer ses yeux.

Leila sourit.

— Je ferai tout mon possible. Mais elle n'est pas encore sortie d'affaire.

Hamish serra la main de Tessa et baissa les yeux sur son visage pâle.

— Je ne peux pas la perdre.

Il en était convaincu maintenant. Son cœur n'y survivrait pas. Elle représentait trop de choses pour lui.

Il sentit la main d'Aiden sur son épaule et tourna la tête vers son meilleur ami. Ils échangèrent un regard sans mot, et il se rendit compte qu'Aiden comprenait ce qui se passait en lui.

Soudain, un bruit fort et aigu retentit dans l'enceinte, accompagné de lumières stroboscopiques clignotantes au-dessus de la tête. Dans les haut-parleurs du plafond, une voix d'ordinateur annonça :

— Intrus détecté. Portail franchi. Intrus détecté. Portail franchi.

— Merde !

Hamish poussa un juron. Un démon l'avait-il suivi parce qu'il avait manqué de prudence, uniquement préoccupé par le fait d'amener Tessa au bastion le plus rapidement possible ?

— Des démons ! grogna Aiden. Putain !

— Ils ont dû me suivre.

Il jeta un regard en arrière vers Tessa, tiraillé entre rester avec elle et répondre à l'alarme anti-intrusion, alors qu'Aiden courait déjà vers la porte.

— Vas-y ! cria Leila. Tu ne peux rien faire ici de toute façon.

Lorsque Aiden poussa les doubles portes, Hamish fonça à sa suite en dégainant sa dague.

— Attrapons ces enfoirés ! martela-t-il et courut pour rattraper Aiden.

32

———

Désorienté, Wesley sentit ses pieds toucher la terre ferme. Il expira brusquement et appuya une main sur son cœur. Il battait comme un marteau-piqueur. Il avait l'impression d'avoir été ballotté dans un séchoir de taille industrielle. Au moins, l'accélération de son cœur signifiait qu'il vivait encore. Cependant, ses oreilles bourdonnaient maintenant comme si une ambulance le poursuivait.

Merde, si c'était ce que les Gardiens de la Nuit enduraient à chaque fois qu'ils utilisaient un de leurs portails, alors il n'enviait pas du tout leur sort. Il prendrait un vol en première classe sur une compagnie aérienne commerciale n'importe quand. Ou le jet privé des Scanguards.

Soudain, une faible lumière éclaira l'espace sombre dans lequel on l'avait projeté, et il se rendit compte que le portail s'était ouvert à peu près de la même façon que lorsqu'il y était entré. Pendant un instant, il ne put rien voir. Merde, ce fichu truc avait-il seulement fonctionné, ou était-il toujours dans les bois de Sonoma ? Ses amis vampires de Scanguards, la société de sécurité pour laquelle il travaillait à San Francisco, allaient-ils bien se moquer de lui à son retour, en devant admettre qu'il n'avait pas réussi à localiser les Gardiens de la Nuit ?

Son patron, Samson, un vampire vieux de plus de deux cent cinquante ans, avait exprimé ses réserves quand il lui avait dit qu'il voulait enquêter sur ces créatures surnaturelles après en avoir rencontré une dans les bois du nord de la Californie. Mais Samson avait cédé après que Wesley eut plaidé sa cause, arguant que, dans le monde instable d'aujourd'hui, il valait mieux compter sur des alliés. Il voulait que ces Gardiens de la Nuit et les vampires de Scanguards travaillent ensemble pour vaincre le mal.

Et il n'avait pas l'intention de décevoir Samson.

Wesley faisait maintenant un pas en avant et laissait son regard vagabonder. En souriant, il brandit son poing en l'air.

— Oui, je l'ai fait !

Parce qu'il se trouvait non plus dans la forêt, mais dans un bâtiment. Des murs épais en pierre, un sol en pierre, des appliques sur les murs qui fournissaient de la lumière. À l'extérieur du portail, le son s'amplifia, indiquant que ce n'était pas ses oreilles qui sifflaient, mais une sorte d'alarme qui s'était déclenchée.

Il n'avait pas besoin de spéculer pour savoir si elle était destinée à alerter les occupants de l'immeuble de son arrivée. Deux hommes se dirigeaient déjà vers lui à toute allure dans le long couloir.

Merde, plutôt des hommes armés, car à moins que sa vue ne lui fît défaut, ils tenaient tous les deux une arme à la main, une sorte de poignard ou de machette. Lorsqu'ils l'aperçurent, ils semblèrent courir encore plus vite.

— Merde ! siffla Wesley sous sa respiration.

Aucun de ces types n'avait l'air d'avoir l'intention de lui laisser le temps d'expliquer sa présence. Ils avaient l'air du genre à tuer d'abord et à poser des questions ensuite. Ce n'était pas un bon scénario. Mais Scanguards lui avait appris à jouer les cartes qu'on lui donnait, alors il se prépara à son comité d'accueil pas si amical que ça.

Il rassembla ses forces et appela l'air à lui, dans l'intention de dresser un bouclier, mais rien ne se produisit. Il essaya encore, mais l'air ne remua pas, n'écouta pas son ordre.

— Changement de plan, marmonna-t-il.

Il chercha frénétiquement une échappatoire et vit la raison pour laquelle sa sorcellerie ne fonctionnait pas : le long des murs, d'anciennes runes étaient gravées dans la pierre. Bien qu'il ne pût pas les déchiffrer, il savait qu'elles étaient destinées à éteindre le pouvoir d'un sorcier. Tant qu'il se trouvait entre ces murs, il restait, en fait, impuissant.

— Putain ! jura-t-il, mais ce fut tout ce que son esprit put concevoir, car l'un des hommes, manifestement un surnaturel identifié par son aura, l'avait atteint et le plaquait maintenant au sol avec deux cents kilos de muscles et de rage.

— Putain de démon ! cria l'homme.

Une dague se dirigea vers le cou de Wesley, mais il parvint à la détourner avec son bras. Une douleur fulgurante le traversa, et il réalisa que la lame l'avait attrapé.

— Argh ! s'écria-t-il, mais le couteau s'approcha déjà à nouveau de lui.

— Meurs, putain de démon !

— Putain ! Je ne suis pas un démon !

Mais son agresseur n'écoutait pas, son visage était un masque de rage et de haine. Il donna un autre coup de lame, mais avant que Wes ne pût le repousser, le deuxième type arracha l'agresseur de lui.

— Merde, Hamish, lâche-le ! C'est un sorcier !

Wesley respira bruyamment, fixant les deux hommes et profitant de la trêve momentanée (ou quoi que ce fût d'autre) pour se précipiter en arrière, hors de portée de la lame.

L'homme qui l'avait attaqué, celui qui s'appelait Hamish, le dévisagea.

— Un sorcier ?

Il laissa ses yeux errer sur Wesley, puis passa une main dans ses cheveux noirs.

— Merde !

Mais si Wes avait pensé que cela signifiait que leur rencontre allait maintenant devenir civile, il se trompait. Hamish lui sauta à nouveau dessus et le plaqua contre le mur.

— Et comment une putain de sorcier est entré dans notre enceinte ?

Wesley réussit à faire bouger son pouce vers la gauche.

— Le portail ?

— Sans déconner ! siffla Hamish, tandis qu'on entendit d'autres bruits de pas résonner dans le couloir.

— Aiden ? Tu les as ?, demanda quelqu'un.

L'homme auquel on s'adressa sous le nom d'Aiden regarda par-dessus son épaule les deux hommes qui venaient vers eux.

— Nous avons un sorcier.

— Que je sois damné ! répondit l'un d'entre eux.

Soudain, ils s'étaient tous attroupés autour de lui. Celui qu'ils appelaient Hamish appuyait toujours son avant-bras sur la gorge de Wesley.

— Maintenant, dis-moi qui tu es et comment tu es entré ici, putain, exigea-t-il.

— Comme je l'ai dit, grogna Wesley, j'ai utilisé ce portail. Tu ne peux pas te mettre ça dans le crâne, espèce d'abruti ?

Lorsque Hamish montra les dents, l'un des autres hommes posa une main sur son épaule.

— N'utilise pas ta machette avec lui maintenant. Nous ne faisons pas de mal aux sorciers.

Cette petite information remonta un peu le moral de Wesley, même si Hamish ne semblait pas d'accord.

— Ça n'explique toujours pas comment il a pu utiliser le portail et franchir nos défenses, grogna Hamish.

— Nous trouverons la vérité, dit Aiden d'un ton calme. Mais tu es déjà assez stressé, mon pote.

Quel que soit le stress auquel Aiden faisait référence, il semblait avoir brouillé la capacité du Gardien de la Nuit à reconnaître l'aura de Wesley comme celle d'un sorcier.

L'un des autres dit :

— Ouais, mec, je viens d'apprendre pour Tessa. J'espère qu'elle s'en sortira.

Finalement, Hamish le relâcha, et Wesley inspira profondément. Au moins, ils n'essayaient plus de le tuer. C'était déjà un progrès.

— Alors, les gars, commença Wesley, je suppose que vous voulez savoir pourquoi je suis ici, hein ?

— Préparez-vous, les gars, dit Aiden à ses amis, on dirait qu'on a affaire à un petit malin.

Puis il rétrécit les yeux en direction de Wes.

— Tu ferais mieux de donner une explication rapide et précise. Comme tu l'as peut-être remarqué, certains d'entre nous se sentent un peu sur les nerfs.

On pouvait facilement deviner de qui Aiden parlait.

— Je m'appelle Wesley Montgomery et je viens de San Francisco. Et si mes recherches se révèlent exactes, alors vous êtes tous des Gardiens de la Nuit, dit-il en observant les quatre gars pour connaître leur réaction.

Mais ils gardaient tous leur visage impassible.

— D'accord, et aucun d'entre vous n'est du genre bavard non plus.

Lorsque plusieurs d'entre eux grognèrent de mécontentement, il leva les mains.

— Pas de souci, j'ai compris. Vous êtes un peu énervés que je n'aie pas sonné à la porte. C'est ma faute.

Toujours pas de réaction de la part des quatre.

— Je suis ici pour négocier une alliance entre vous et Scanguards.

— Qui sont les Scanguards ? Mâcha Hamish.

— Une société de sécurité dont le siège se trouve à San Francisco.

— Tous sorciers ? demanda Hamish.

Wesley secoua la tête et s'arc-bouta.

— Je suis le seul sorcier à leur service. La plupart d'entre eux sont des vampires.

Wes aurait pu entendre une aiguille tomber dans le silence qui régnait maintenant. Il se rendit soudain compte que l'alarme s'était arrêtée, bien qu'il n'eût pas remarqué quand.

Aiden secoua la tête et les autres hommes firent de même.

— Ne nous traite pas comme des imbéciles. Nous savons aussi bien que n'importe quel surnaturel que les sorciers et les vampires se considèrent comme des ennemis jurés. Alors, que veux-tu vraiment ?

— Mec, je te dis la vérité. Tu peux vérifier...

Un cri venant du bout du couloir l'interrompit.

— Hamish ! cria un homme. Tu dois venir. Tessa est en train de s'effondrer.

— Oh mon Dieu, non !

Tout le sang se vidait du visage de Hamish qui tourna sur lui-même et courut hors de vue.

— Alors, que faire de lui ? demanda l'un des autres en faisant un geste vers Wes.

— Mène-le à la cellule pour l'instant, ordonna Aiden.

— Hé, écoutez-moi ! protesta Wes. Je dis la vérité !

— Nous nous occuperons de toi plus tard. On a mieux à faire pour l'instant, clama Aiden en l'attrapant par le bras.

— Hé, fais attention !

Wes montra du doigt la blessure qu'il avait sur le bras.

— Tu ne vois pas que je suis blessé ? Un peu de courtoisie professionnelle serait la bienvenue !

— Allons-y, sorcier ! J'ai réservé une jolie petite cellule à ton nom.

33

Hamish ouvrit d'un coup de pied les doubles portes de la salle médicale et se précipita à l'intérieur. Les moniteurs émettaient des bips. Son regard se porta sur le brancard où Tessa était allongée – pas immobile comme avant. Son corps entier était agité de spasmes violents. Leila essayait frénétiquement de la maintenir immobile. Ses yeux fixèrent sur les siens alors qu'il s'approchait du lit.

— Elle fait une crise d'épilepsie, s'écria-t-elle.

— Oh mon Dieu ! Non ! s'exclame Hamish, la panique saturant chacune de ses cellules. Pourquoi est-ce que cela arrive ? Tu ne peux rien faire ?

— Elle réagit à la Naloxone.

— Quoi ?

Il prit la tête de Tessa entre ses mains pour la maintenir immobile afin qu'elle ne donnât pas un coup de poing dans son masque à oxygène.

— C'est un effet secondaire du bloqueur d'opioïdes. Cela arrive.

— Putain ! maudit-il. Qu'est-ce qu'il y a encore ? Bon sang, Leila, qu'est-ce qu'on fait maintenant ?

Des larmes jaillirent dans les yeux de Leila.

— Je ne sais pas, Hamish ! Je ne sais pas ! Je ne suis pas chirurgienne traumatologue.

Elle regarda autour de la pièce, semblant tout aussi paniquée que lui.

— Je n'ai rien d'autre...

Les mots se resserraient autour de son cœur et le serraient douloureusement.

— Je ne peux pas la perdre, Leila ! Je ne peux pas la perdre.

Il regarda le visage de Tessa.

— Je ne peux pas supporter de la voir souffrir.

Les portes s'ouvrirent derrière lui, mais il ne regardait pas par-dessus son épaule.

— Elle manque de force, Hamish !

Les mots de Leila sortirent sous forme de sanglot.

— Pas assez forte...

— Alors rends-la forte !

Les mots étaient venus de Pearce, qui s'était approché du lit derrière lui. Hamish le regarda. Et au moment où Pearce ouvrait à nouveau la bouche pour continuer, Hamish comprit.

— La virta, dit Hamish.

Pearce acquiesça d'un signe de tête.

— Ça vaut le coup d'essayer.

Hamish échangea un regard avec Leila. Une expression d'espoir se répandit sur son visage.

— Ça a contribué à me rendre forte quand j'ai combattu Zoltan dans cette ferme. Tu t'en souviens, Hamish, n'est-ce pas ?

Trop bien. Leila avait démontré une force similaire à celle d'un Gardien de la Nuit, malgré des circonstances différentes.

— Fais-le ! L'exhorta Leila.

Hamish retira le masque à oxygène du visage de Tessa.

— Leila, Pearce, tenez-la pour qu'elle ne se fasse pas mal.

Parce qu'il allait devoir se concentrer sur une chose et une seule : rassembler sa virta – son pouvoir surnaturel – et le déverser en elle.

Il sentit son corps se durcir et ses muscles se tendre alors qu'il faisait appel à ses pouvoirs et leur ordonnait de s'élever. Pendant un bref instant, il réalisa qu'il avait voulu partager sa virta avec elle depuis qu'il l'avait rencontrée, même s'il n'avait jamais imaginé que cela se passerait ainsi.

En se penchant sur elle et en approchant son visage du sien, il pria pour pouvoir la sauver.

— Je t'aime, Tessa.

Il coula ses lèvres sur les siennes et voulut que sa virta quittât son corps pour entrer dans le sien, tenant son visage avec ses mains pour qu'elle ne pût pas bouger, tandis que Leila et Pearce immobilisaient ses bras et ses jambes. Il ne pensait plus qu'à Tessa, à tout ce qu'elle représentait pour lui, à leur avenir si seulement elle s'en sortait. Il déversa de plus en plus de sa force vitale en elle, la poussant à imprégner chaque cellule du corps de Tessa et à combattre l'effet des médicaments dans son système. Il donnerait tout, même sa vie, pour guérir Tessa à ce moment précis.

— Elle a cessé de convulser.

La voix de Leila flotta jusqu'à ses oreilles, mais Hamish ne lâchait pas Tessa. Il continua à déverser sa force, sa virta, en elle.

Il entendit les bips des moniteurs revenir à un rythme moins effréné. Et il le sentait lui-même : son rythme cardiaque se calmait, s'équilibrait, son corps se calmait sous lui.

Il sentit la main de Pearce sur son épaule.

— C'est bon maintenant, Hamish.

Pourtant, il ne pouvait pas s'arrêter. Il avait besoin de continuer, besoin de savoir qu'il lui donnait tout son possible pour qu'elle survive.

— Ses constantes sont bonnes, dit Leila depuis l'autre côté du brancard. Elle va s'en sortir.

Soudain, il sentit son corps s'affaiblir, ses genoux se dérobent.

— Oh merde ! entendit-il Pearce jurer.

Son collègue Gardien de la Nuit l'arracha à Tessa. Hamish dégringola en arrière et serait tombé si Pearce ne l'avait pas rattrapé.

— Leila, une chaise. Vite ! ordonna Pearce.

Un instant plus tard, Leila avait poussé une chaise à côté du brancard, et Pearce le descendait avec précaution dessus. Mais Hamish ne se préoccupait pas de lui-même pour l'instant. Au lieu de cela, il leva les yeux et regarda Tessa. Sa peau brillait d'un éclat doré, séquelle du virta qu'il avait partagé avec elle. Elle était plus belle que jamais.

— Merde, Hamish, dit Pearce, tu as failli te retrouver au bord du gouffre.

— Elle en avait besoin, dit-il, bien qu'il se sentît vidé à présent, sa virta à un niveau dangereusement bas. Ça va aller.

Son pouvoir serait entièrement régénéré dans quelques heures. Le fait de se trouver au bastion, parmi ses camarades Gardiens de la Nuit, lui permettrait de s'en assurer. Il pourrait puiser dans leur virta collective et dans la puissance qui se trouvait dans les murs de pierre du bâtiment.

— Tu as besoin de te reposer, exigea Pearce. Allez !

Hamish repoussa la main de Pearce en la secouant.

— Non ! Je reste avec Tessa. Elle a besoin de moi.

— Tu ne peux rien faire pour le moment, dit doucement Leila. Elle dort.

Il tendit la main vers Tessa, mais Leila l'arrêta.

— Non, Hamish. Tu ne peux pas la toucher maintenant. Elle a besoin de se reposer.

Il comprit tout de suite à quoi Leila faisait allusion. Alors que Tessa brillait d'or, sa virta forte en elle, un contact de sa part l'exciterait instantanément et la ferait jouir.

— Je sais. Mais j'ai besoin d'être là quand elle se réveillera. Elle aura peur.

Il leva les yeux vers Leila.

— Elle ne te connaît pas.

Leila acquiesça, un doux sourire aux lèvres.

— Alors reste.

Il soupira de soulagement, et à côté de lui, Pearce fit de même.

— Tu t'es bien débrouillé, Hamish, déclara Pearce.

Hamish lui jeta un coup d'œil.

— Elle ne peut pas mourir.

Au regard que lui lança son ami, il sut que Pearce avait compris.

— Elle ne le fera pas. Et nous allons attraper le salaud qui lui a fait ça.

Hamish hocha la tête en signe d'assentiment.

— J'ai vérifié le courriel que tu m'as envoyé, dit soudain Pearce.

Hamish lui lança un regard, son corps se lovant dans l'anticipation.

— Oui ?

— Ce nom qui sonnait si bizarrement ? Zoel Monnadt ?

— Qu'en est-il ?

— C'est une anagramme. Si tu réarranges les lettres, ça s'écrit Démon Zoltan.

— Ce fils de pute malade ! grogna Hamish, ses mains se recroquevillaient automatiquement en poings.

— Il aime jouer à des jeux. J'ai aussi examiné la photo, et elle est authentique. La photo est réelle. Personne ne l'a retouchée. Désolé.

Hamish acquiesça, laissant l'information s'imprégner dans son esprit. Cela donnait plus de poids à son intuition.

— Tu as reçu le dossier d'adoption que je t'ai demandé ? Je crois que je sais comment Zoltan s'y est pris. J'ai juste besoin d'une confirmation.

— J'ai piraté les archives du comté, mais il y a trente-cinq ans, ils conservaient des archives papier. Ils ne les ont pas encore numérisées. J'étais sur le point de descendre au palais de justice du comté et de me laisser entrer pour les chercher, quand...

Il jeta un coup d'œil à Tessa, puis de nouveau à Hamish.

— Je vais y aller maintenant.

— Merci, Pearce, dit-il d'un ton hésitant. Pour tout.

Pearce sourit.

— À quoi servent les amis ?

Puis il se retourna et marcha hors de la pièce.

Hamish rapprocha sa chaise du brancard, se sentant encore physiquement faible. Mais il accepterait cela n'importe quand si cela signifiait que Tessa vivrait.

— Et maintenant ? demanda-t-il en levant les yeux vers Leila.

— Maintenant nous attendons.

— Pourquoi ne fais-tu pas une pause, Leila ; va voir Aiden. Je t'appellerai si son état change, promit Hamish.

— Tu es sûr ?

Il acquiesça.

— Et tu devrais prendre quelques pansements avec toi. L'intrus est blessé.

Le menton de Leila s'abaissa.

— Tu n'as pas tué le démon qui s'est introduit ?

— Ce n'était pas un démon.

— Alors qui a franchi nos défenses ?

— Un sorcier.

— Mais... comment est-ce possible ?

Hamish haussa les épaules.

— Nous ne savons pas encore. Nous trouverons bien.

Il jeta un coup d'œil en arrière à Tessa.

— Plus tard.

Quand il pourrait à nouveau penser correctement.

Leila attrapa un sac contenant des fournitures et se dirigea vers la porte où elle jeta un coup d'œil par-dessus son épaule.

— Si quelque chose change, si elle se réveille, appuie sur ce bouton.

Elle pointa du doigt un endroit sur le mur.

— Cela enverra une alarme silencieuse au centre de commandement et à mon portable.

Hamish acquiesça. Un instant plus tard, il se retrouva seul avec Tessa.

Son visage avait l'air paisible maintenant, et non plus le masque contorsionné de douleur et d'angoisse qui avait orné son visage pendant sa crise. La lueur dorée qui recouvrait tout son corps lui donnait l'air d'un ange. Et pour lui, elle était un ange.

— Je t'aime, Tessa, murmura-t-il. Et si tu te réveilles, non... quand tu te réveilleras, je te montrerai à quel point.

Il renifla.

— Je vais tuer le démon qui t'a fait ça. Je vais détruire Zoltan. Je vais lui faire regretter d'être né.

34

Wesley jura. Ils l'avaient dépouillé de son sac à dos et fouillé ses poches, les vidant, avant de le jeter dans une cellule sombre tapissée de plomb. Sans aucune arme, ni son téléphone portable, ni son pouvoir de sorcier, il ne pouvait pas faire grand-chose. Il n'avait plus qu'à attendre que ses hôtes réticents reviennent et le laissent expliquer sa présence et son utilisation du portail.

Il ignorait depuis combien de temps il se trouvait dans la cellule faiblement éclairée, mais cela ne devait pas faire longtemps, lorsqu'il entendit des pas s'approcher. Plus d'une personne, d'après ce qu'il perçut. Il se leva d'un bond et regarda la porte, qui semblait appartenir à un vieux château. Une clé tourna dans la serrure et la porte s'ouvrit, laissant entrer plus de lumière dans la cellule.

Un homme se silhouettait à contre-jour derrière lui.

— Nous allons nous occuper de ta blessure.

Il reconnut la voix. C'était Aiden. Il s'écarta, révélant une silhouette plus petite. Une femme. Wes haussa un sourcil et s'approcha de la porte pour la regarder de plus près. À sa grande surprise, la femme était humaine.

— Un seul faux mouvement et je te tiens par les couilles, sorcier, menaça Aiden.

La femme posa une main sur son avant-bras pour tenter de le calmer. Ils échangèrent un regard.

— Il est blessé et impuissant, Aiden, je ne pense pas qu'il va tenter quoi que ce soit.

Elle jeta un coup d'œil à Wesley.

— N'est-ce pas ?

Automatiquement, Wes secoua la tête.

— Je ne vais faire de mal à personne.

Lorsque la femme fit un pas dans la cellule, Wes resta immobile, sachant qu'Aiden l'observait comme un faucon. S'il devait deviner, il dirait que Aiden et cette femme formaient un couple, vu la façon dont il la protégeait.

— Leila, fais attention.

Elle ne répondit pas et s'approcha. Puis ses yeux se fixèrent sur le bras blessé de Wesley.

— Il fait trop sombre ici, dit-elle en regardant par-dessus son épaule. Emmenons-le à l'étage.

— Il reste ici ! rétorqua Aiden.

Elle se retourna lentement.

— Aiden, je t'en prie, sois raisonnable. Emmenons-le à la cuisine. J'ai besoin d'eau chaude pour nettoyer sa blessure de toute façon. Il ne pourra pas s'échapper, qu'il se trouve dans la cellule ou à l'étage.

Aiden grommela quelque chose, avant de finalement répondre :

— Très bien.

Puis il pointa son index vers Wesley et ajouta :

— Mais un seul faux pas...

— Je t'ai entendu la première fois, interrompit Wes. Et le nom, c'est Wesley. C'est vexant la façon dont tu dis sorcier comme si c'était un mot de cinq lettres.

À sa grande surprise, Leila se mit à glousser.

— Viens, Wesley, on va te rafistoler.

Elle se dirigea vers la sortie, lui faisant signe de la suivre.

— Et j'ai bien entendu cuisine ? Tu n'aurais pas, par hasard, quelque chose à manger là-bas ? Je suis un peu affamé, dit Wes en quittant la cellule.

Quand Aiden plissa les yeux sur lui, il montra son bras blessé, où du sang s'était incrusté sur l'incision.

— Un bon verre ne me dérangerait pas non plus. Tu sais, pour atténuer la douleur.

Un côté de la bouche d'Aiden se retroussa légèrement.

— Nous buvons du scotch ici.

— J'aime un bon verre de scotch à tout moment, affirma Wes.

Tout ce dont il avait besoin pour établir un lien avec son hôte hostile.

En traversant plusieurs couloirs et en montant quelques volées de marches, Aiden et Leila le guidèrent à un étage plus élevé. Là, les murs ressemblaient à ceux du sous-sol, mais les sols présentaient une surface beaucoup plus lisse, et l'endroit était bien éclairé. L'endroit ressemblait même à maison. D'après ce qu'il apercevait, un bâtiment massif, haut de plusieurs étages et plusieurs lots de la ville à la largeur, se dressait devant lui. Sa propre maison à San Francisco pourrait tenir dans cet endroit au moins cinq fois.

Finalement, Leila ouvrit une porte et lui fit signe d'entrer, Aiden le suivant. Ils avaient pénétré dans une immense cuisine ouverte, qui comprenait un énorme îlot de cuisine avec des tabourets de bar, et un salon avec un écran plasma de quatre-vingts pouces sur le mur et de nombreux canapés devant.

— Pas mal murmura Wesley sous son souffle et fit un signe à la télévision. Vous savez comment vivre.

La télévision diffusait en sourdine sa chaîne préférée. Attiré par le match de basket sur l'écran, il se dirigea vers lui.

— Allez les Warriors !

— Alors, tu viens vraiment de San Francisco, dit Aiden à côté de lui.

Wes faillit sursauter. Il n'avait pas entendu ni vu Aiden s'approcher.

— Merde ! Ne fais pas ça, s'il te plaît !

— Je reste juste sur mes gardes.

Il marqua une pause, puis ajouta :

— Wesley.

Derrière eux, Leila se racla la gorge, ce qui leur fit tourner la tête à tous les deux vers elle.

— Une fois que vous en aurez tous les deux terminé avec ça, je pourrais peut-être commencer à bander la plaie ? J'ai un autre patient. Tu sais.

Elle désigna le tabouret de bar, tout en faisant le tour de l'îlot et en prenant un bol dans un meuble.

Wesley sauta sur le tabouret de bar et la regarda remplir le bol d'eau chaude.

— Alors, Leila, commença-t-il lorsqu'elle revint poser le bol sur l'îlot. Puis il fouilla dans la sacoche noire du médecin à côté d'elle. Tu n'es pas une Gardienne de la Nuit.

Elle leva brièvement les yeux.

— Non, je ne le suis pas.

Elle sortit une gaze blanche du sac et la plongea dans l'eau chaude.

— Mais je suis mariée à l'un d'entre eux.

Avant qu'il ne pût réagir, elle ordonna :

— Enlève ta chemise pour que je puisse nettoyer la plaie.

Il s'exécuta et elle se mit au travail. Pendant qu'elle se concentrait sur le nettoyage de l'incision, Wes tourna la tête pour regarder Aiden, qui les observait, les bras croisés sur sa poitrine.

— Alors, vous êtes ensemble, vous deux. Je m'en doutais.

Quand Aiden se contenta de grogner, Wes dut grimacer.

— Je suppose que tu es un peu comme mes amis vampires Scan-guards. Ils sont tout aussi protecteurs envers leurs femmes.

Aiden fit quelques pas de plus, laissant tomber ses bras sur les côtés.

— Oui, tu n'arrêtes pas de dire que tu es ami avec des vampires. Comment est-ce arrivé ?

Enfin, quelqu'un écoutait.

— C'est drôle que tu demandes ça.

Aiden pencha la tête sur le côté.

Wes leva une main en signe d'excuse.

— D'accord, ce n'est pas drôle. Mon frère est un vampire.

— Ton frère ?

Aiden fronça les sourcils.

— Mais si c'est ton frère, il aurait été un sorcier. Pourquoi un sorcier...

— Pour nous sauver tous. Tu as déjà entendu parler du Pouvoir des Trois ?

— Oui. Qu'en est-il ?

Wes sentit sa poitrine se remplir de fierté.

— Mon frère Haven, ma sœur Katie et moi-même, nous étions destinés à devenir le Pouvoir des Trois. Mais on nous a trahis.

— Trahi par qui ?

— Par notre mère. Et plus tard, par une autre sorcière, Francine. Elle essayait d'exploiter le pouvoir pour elle-même, et le seul moyen de l'arrêter était que l'un d'entre nous meure.

Aiden contempla les paroles de Wesley.

— Le pouvoir d'un sorcier ne peut pas résider dans le corps d'un vampire.

Ravi de voir qu'Aiden avait compris, Wesley poursuivit :

— Mon frère le savait. C'est pourquoi il a sacrifié sa vie humaine.

— Mais, quel est le rôle des vampires dans tout ça ?

— Longue histoire.

— Donne-moi la version courte.

— Un vampire a tué notre mère et enlevé notre petite sœur Katie alors que nous n'étions encore que des enfants. À l'époque, nous ne savions pas qui nous étions, ni que notre mère avait volé nos pouvoirs. Haven est devenu chasseur de vampires pour la venger. Il a cherché

Katie pendant plus de vingt ans, tuant tous les vampires qu'il rencontrait. Mais ensuite, une autre sorcière l'a piégé.

Il haussa les épaules.

— C'était ma faute. Mais cette sorcière avait trouvé Katie. Elle était actrice à l'époque. La sorcière a réussi à mettre la main sur nous aussi. Et c'est ainsi que Scanguards s'est impliqué, parce que Yvette avait été désignée comme garde du corps de Katie. Nous nous sommes tous retrouvés emprisonnés par la sorcière. Nous avons dû travailler ensemble.

Il sourit.

— Et Haven, il est tombé amoureux d'elle. D'Yvette. C'est ainsi que nous sommes tous devenus une famille. Je confierais ma vie à chacun des vampires Scanguards. Et je donnerais la mienne pour eux s'il le fallait. Ce sont mes frères et mes sœurs.

Il remarqua soudain que Leila avait cessé de s'occuper de sa blessure, et la regarda.

— Merci.

Il jeta un coup d'œil à son bras. Il était soigneusement bandé.

— Tu te considères vraiment comme l'ami des vampires ? demanda maintenant Aiden, la voix toujours incrédule, mais beaucoup plus amicale qu'auparavant. Un espoir de paix entre vos deux espèces existe donc.

— Ce sont des gens bien. Ils protègent les innocents : les humains, les sorcières, les vampires. Peu importe. Ils se fichent de savoir à quoi ressemble le mal et qui court un danger ; ils ne discriminent pas. Ils protégeront ceux qui méritent la protection.

Et Wes s'enorgueillissait d'en faire partie.

Leila échangea un regard avec son mari.

— Tout comme nous.

Aiden acquiesça lentement, puis reporta son regard sur Wesley.

— Comment nous as-tu trouvés ?

— J'aimerais pouvoir te le dire. Je n'en suis pas tout à fait sûr moi-même. Mais j'ai vu une créature surnaturelle, un homme invisible. Il a disparu dans un portail dans les bois de Sonoma et...

— L'un des portails perdus, murmura Aiden.

Ne sachant pas ce qu'il voulait dire par là, Wes poursuivit :

— J'ai trouvé une dague gravée dans la pierre à l'endroit où je l'avais vu pour la dernière fois. J'ai fait des recherches et j'ai eu de la chance. J'ai compris qui était cet homme : un Gardien de la Nuit. Alors, j'ai parlé à mon patron à Scanguards et je lui ai demandé la permission de vous trouver, les gars.

— Dans quel but ?

— Pour que nous puissions nous aider les uns les autres ; tu sais, travailler ensemble.

— Hmm.

Wes leva les mains.

— Je sais. Ce n'était pas gagné d'avance. Mais j'ai pu utiliser la sorcellerie pour donner au portail l'illusion que j'étais un Gardien de la Nuit, afin qu'il s'ouvre pour moi. Il s'est ouvert. Mais une fois à l'intérieur, je ne savais pas trop quoi faire. Je n'ai pas trouvé de boutons ou quoi que ce soit d'autre.

Leila gloussa.

— Parce qu'il n'y en a pas, dit Aiden en pointant son doigt sur sa tempe. Tu ne peux le faire fonctionner qu'avec ce qu'il y a là-haut.

— Avec ton esprit ?

L'excitation s'empara de Wes.

— C'est incroyable. Putain ! Mais...

Il fronça le front.

— Alors comment j'ai atterri ici ? Je ne savais pas comment faire fonctionner le portail. Il a juste commencé à tourner et à me projeter comme une balle de ping-pong dans un séchoir.

— Oui, je suppose que c'est ce que tu ressens. Pour n'importe qui d'autre qu'un Gardien de la Nuit ou un démon, le voyage dans le portail s'avère désorientant, admit Aiden.

— Tu veux dire que tu n'as pas l'impression que c'est ainsi ?

Il regarda Aiden passer ses yeux sur lui, l'évaluant à présent.

— Je pense que tu en sais déjà assez.

Puis il fit un geste vers le bras de Wesley.

— Et tu as tous tes bandages. Le moment est venu de retourner dans ta cellule.

Wes sauta de son tabouret de bar. Il n'avait pas l'intention d'y retourner. Il allait devoir faire patienter le gars aussi longtemps que nécessaire pour gagner sa confiance.

— Je n'ai encore rien mangé.

Aiden pointa du doigt le réfrigérateur.

— Ne t'attends pas à ce que je te le prépare. Sers-toi.

Wes n'attendit pas une seconde invitation et se dirigea vers le réfrigérateur de taille industrielle, le déchirant pour l'ouvrir. Il était plein à craquer.

— Excellent.

Il se mit au travail, sortant divers articles, avant de dire par-dessus son épaule :

— Tu sais, Aiden, le verre de scotch que tu m'as promis me ferait du bien à l'instant même.

Aiden grogna :

— Ne te mets pas trop à l'aise. Tu ne resteras pas ici.

Wes se sourit à lui-même. Quelques verres de whisky avec Aiden, et le gars chanterait peut-être un autre air. Après tout, Wes pouvait charmer n'importe quel vampire. À quel point cela pourrait-il être difficile de mettre un Gardien de Nuit de son côté ?

35

L'apesanteur avait disparu. Tessa redevenait consciente de son corps, en fait, elle en était consciente jusqu'à chacune de ses cellules. Elle se sentit forte et pleine d'énergie. Elle entendit un bip quelque part à proximité, ainsi qu'un bourdonnement qui rappelait celui d'une unité d'air conditionné. Seulement, elle n'avait pas d'air conditionné dans son appartement.

Elle ouvrit les yeux en clignant des paupières. La lumière autour d'elle éblouissait, l'obligeant à plisser les yeux. Des lampes fluorescentes au-dessus d'elle, des armoires en acier dans sa périphérie, des murs blancs et brillants tout autour. Une chambre d'hôpital. Immédiatement, les souvenirs se bousculaient : le démon qui l'avait attaquée, l'aiguille hypodermique, le médicament qu'il lui avait injecté. S'en était-elle sortie ? Avait-elle survécu contre toute attente ?

Elle inspira brusquement lorsqu'elle sentit un mouvement à côté d'elle. Elle tourna la tête sur le côté. Hamish ! Il souleva sa chevelure sombre du bord du brancard où il la reposait.

— Tessa.

Sa voix se brisa.

— Enfin

— Hamish, murmura-t-elle, la gorge aussi sèche que le Sahara.

Il se pencha sur le côté et attrapa quelque chose.

— Tiens, bois, dit-il en amenant un verre d'eau avec une paille à ses lèvres.

Elle introduisit la paille dans sa bouche, souleva sa tête de l'oreiller et avala goulûment le liquide frais jusqu'à ce qu'il ne reste plus une goutte.

— Je savais que tu viendrais, murmura-t-elle.

Il sourit, et ce n'était que maintenant qu'elle remarqua que ses yeux étaient rouges et gonflés... comme s'il avait versé des larmes. Automatiquement, elle tendit la main vers lui, mais il recula et se leva.

— Tessa, même si j'ai envie de te prendre dans mes bras tout de suite, on ne peut pas se toucher tout de suite.

Elle sentit la confusion se répandre à ses étranges paroles et chercha sur son visage une explication possible.

— Pour –

— J'ai failli te perdre, ma belle. Tu étais en train de t'échapper. Je ne voyais qu'une seule manière de te sauver la vie.

Elle déglutit difficilement, la peur s'emparant d'elle une fois de plus.

— J'ai dû verser de la virta en toi.

— Virta ?

Elle ne savait pas ce qu'il voulait dire. Elle n'avait jamais entendu ce mot.

— Ma force vitale. La force qui me donne mes pouvoirs surnaturels. J'avais besoin de te rendre forte.

Elle expira, son pouls battant frénétiquement.

— Je suis une Gardienne de la Nuit maintenant ?

Il gloussa.

— Non, mon amour, mais tu possèdes une force similaire à celle de l'un d'entre eux pendant quelques heures. Regarde tes bras.

Elle les souleva et poussa un cri en voyant la couleur de sa peau.

— Je brille.

— Ça va bientôt s'estomper.

Elle remarqua comment il parcourut ses yeux sur elle, le désir et la tendresse s'entrechoquant en eux.

— Mais si je te touche alors que tu brilles d'un éclat doré, tu auras un orgasme en quelques instants. Et même si j'ai envie de te donner ce plaisir et de te sentir jouir sous mon toucher, on doit d'abord en parler.

Incrédule, elle continuait à regarder ses bras.

— Oh mon Dieu, je n'arrive pas à y croire. Mais pourquoi ? Comment ? Je ne comprends pas.

Elle avait cru tout savoir sur Hamish et les gens de son espèce, mais il semblait y avoir tellement plus.

— Les Gardiens de la Nuit veulent s'assurer que leurs amants sont toujours entièrement satisfaits. Nous pouvons faire en sorte que notre virta entre dans le corps de notre amant pendant l'acte sexuel et...

Choquée, elle se redressa.

— Tu as fait l'amour avec moi pendant que j'étais inconsciente ?

Immédiatement, il secoua la tête.

— Non !

— Mais tu viens de dire...

— Lorsque tu as mal réagi au bloqueur d'opioïdes que Leila t'a injecté et que tu t'es effondrée, je t'ai embrassée et j'ai déversé ma force vitale en toi de cette façon. Cela t'a donné la force dont tu avais besoin pour te battre pour ta vie. Je ne pouvais pas te laisser mourir, Tessa.

Des larmes perlèrent dans ses yeux.

— Tu comptes trop pour moi.

Ses mots lui firent tourner la tête et le cœur. Sans réfléchir, elle tendit la main vers lui et caressa sa joue. Une sensation de picotement se répandait sur son corps et voyageait jusqu'à son cœur. Une flamme de désir chauffait ses entrailles et se propageait jusqu'à sa chatte. Son clitoris se mit à palpiter de façon incontrôlable.

— Oh mon Dieu ! S'écria-t-elle, mais il était trop tard pour retirer sa main du visage de Hamish.

Une vague de plaisir la submergea alors qu'elle atteignait son paroxysme, plus fort que jamais, la puissance de cet orgasme la faisant retomber sur le brancard, tandis que ses spasmes la réduisaient à un gémissement de femme en manque.

— Tessa, gronda Hamish en se plaçant au-dessus d'elle. Bon sang, quand tu agis ainsi, j'ai du mal à me maîtriser et à ne pas te prendre ici même.

Il jeta un coup d'œil autour de lui.

— Mais, ce n'est ni le lieu ni le moment.

Il se passa une main dans les cheveux et se cabra à nouveau.

— Je suis désolée, murmura-t-elle, sentant ses joues s'enflammer.

— Ne le sois pas, dit-il, tu viens de me donner quelque chose à attendre avec impatience.

Dans ses yeux, elle vit une promesse, et elle avait l'intention de la tenir.

— Moi aussi.

Il sourit, puis il tira de nouveau la chaise près du brancard et s'assit.

— Raconte-moi ce qui s'est passé, dit-il d'une voix douce. Tout ce dont tu peux te souvenir.

— C'était un démon. Ses yeux verts... je les ai reconnus immédiatement. Je n'oublierai jamais cette couleur. J'ai essayé de lui claquer la porte au nez, mais sa force...

— Tu lui as ouvert la porte ?

Tessa sentit son cœur battre dans sa gorge alors qu'elle revivait les moments les plus effrayants de sa vie.

— Je pensais que Poppy avait oublié quelque chose.

— Poppy t'a laissée seule, après sa promesse ? s'époumona Hamish.

— Ne te mets pas en colère contre elle. Elle a reçu un appel. Sa mère est tombée dans les escaliers et elle devait se rendre à l'hôpital. Elle ne voulait pas me laisser seule, mais je l'ai forcée à y aller.

Hamish acquiesça.

— Cela explique pourquoi elle n'était pas chez toi. Au moins, elle va bien.

— Nous n'en savons rien, dit Tessa en secouant la tête. Même pas une minute après son départ, on a frappé à la porte. J'ai pensé que c'était elle. J'ai pensé qu'elle avait peut-être laissé quelque chose dans sa hâte d'arriver à l'hôpital. Alors j'ai ouvert la porte sans regarder par le judas.

C'était de l'insouciance.

— Et s'il l'avait attrapée en entrant ? Et qu'il l'avait blessée ?

— L'escalier ne présentait aucune trace de lutte. Le démon a probablement attendu que Poppy parte et se soit faufilé dans le bâtiment après elle – avant que la porte d'entrée ne puisse s'enclencher.

— Je m'inquiète pour elle. On doit aller la voir. S'il te plaît.

Elle lui lança un regard suppliant.

Hamish soupira, puis acquiesça.

— Je vais envoyer Enya à son appartement.

Il regarda sa montre-bracelet.

— Il est presque cinq heures du matin. Elle devrait être chez elle si rien ne lui est arrivé.

— Merci.

— Je sais que c'est difficile pour toi, mais j'ai besoin de savoir ce qui s'est passé d'autre. Tout ce dont tu te souviens au sujet du démon, à son apparence, ses gestes et ses paroles.

— Il a ouvert la porte à coups de pied et m'a plaquée contre le mur. Quand j'ai essayé de crier à l'aide, il m'a étranglée, jusqu'à ce que je m'évanouisse presque.

Aujourd'hui encore, elle sentait ses voies respiratoires se rétrécir et devait aspirer de l'air.

— Doucement, mon amour, il ne peut plus te faire de mal, murmura Hamish.

C'était encore le cas : il l'appelait mon amour. Comme si c'était la chose la plus naturelle au monde. Comme s'il le pensait vraiment.

Elle hocha la tête, se remémorant à nouveau l'horreur.

— Il m'a alors mis du ruban adhésif sur la bouche, pour que je ne puisse plus crier. Puis il m'a jetée sur son épaule et m'a transportée dans la chambre. J'ai cru qu'il allait me violer...

Elle s'arrêta, se regarda et poussa un soupir de soulagement. Elle portait toujours les mêmes vêtements que tout à l'heure. La seule différence consistait en des capteurs placés sous son haut. Ses yeux se dirigèrent vers le moniteur, d'où elle entendit un bip régulier. Puis elle regarda Hamish.

— Leila, la femme d'Aiden, s'est occupée de toi. Elle est médecin, enfin, chercheuse. Mais elle a fait tout son possible. Je t'ai amené ici...

— Où est-ce qu'on est ?

— Dans notre bastion. Tous les Gardiens de la Nuit affectés à Baltimore vivent ici.

— Comme dans une communauté ?

Il sourit.

— En quelque sorte. Nous sommes protégés ici.

— Et les démons ?

— Personne, pas même un démon ou un humain, ne peut trouver cet endroit. Il est invisible pour tous, sauf pour nous. Il est sûr.

Elle laissa échapper un soupir en hochant la tête.

— Le démon, quand j'ai vu ce qu'il a sorti de sa poche – une aiguille hypodermique – j'ai essayé de le combattre, mais il était si fort. Tellement fort.

— Aucun humain n'a jamais réussi à maîtriser un démon. Physiquement, ils sont trop forts. Le seul moyen pour un humain de les combattre, c'est d'être plus malin qu'eux.

— Et les Gardiens de la Nuit ? Sont-ils plus forts que les démons ?

— Nous nous retrouvons à peu près à égalité. Mais, comme tu le sais, nous possédons quelques atouts dans nos manches.

Elle se souvint immédiatement de la bagarre devant son immeuble.

— Oui.

Elle déglutit et poursuivit :

— Il m'a plaquée au sol, puis il a commencé à m'injecter la drogue.

— Peux-tu le décrire ?

Elle haussa les épaules.

— Grand, cheveux noirs, l'air effrayant.

Elle secoua la tête.

— Je ne sais pas. Tout ce que j'ai vu, ce sont ses yeux de démon.

Les larmes lui montaient à nouveau aux yeux.

— Ça va aller, Tessa.

Il lui sourit d'un air rassurant.

— A-t-il dit quelque chose avant que tu ne t'évanouisses ?

Elle fronça les sourcils. Les mots se bousculaient dans son esprit.

— Beaucoup de choses. Je me demande si elles ont un sens.

– Essaie de te rappeler ses propos.

Elle ferma les yeux un instant.

— Il a dit qu'ils me trouveraient morte d'une overdose de drogue. Et personne ne se poserait de questions. Ils penseraient tous que je me suis suicidée à cause du scandale.

Elle croisa le regard de Hamish. La compréhension lui revint.

— Il a dit que j'étais difficile à tuer. Que je m'étais déjà échappée deux fois.

— Il a donc commis les deux attaques : la chute du conduit et les démons qui nous ont attaqués la nuit après la fête de tes parents.

— Je pense que c'est ce qu'il voulait dire. Il a dit que cette fois je ne m'échapperais pas et que ma mort le rendrait enfin supérieur.

— Supérieur ?

Les sourcils de Hamish se froncèrent.

— A-t-il dit autre chose ?

— Quelque chose à propos du Grand Leader, dit-elle, mais elle ne se souvenait pas des mots exacts.

Hamish tapa du poing sur le brancard.

— Zoltan en personne. Ce putain de bâtard !

— Zoltan ?

Pourquoi ce nom lui semblait-il familier ?

— Oui. J'ai trouvé qui a envoyé cette photo à la presse. Quelqu'un a envoyé un e-mail sous le nom de Zoel Monnadt. Seulement, le nom s'est avéré être une anagramme. Quand tu déplaces les lettres, tu obtiens Démon Zoltan. Il a envoyé la photo à Meredith Durant pour te discréditer et détruire ta campagne.

L'excitation l'envahit lorsqu'elle réalisa quelque chose.

— Alors, tu peux prouver que quelqu'un a modifié la photo, c'est ça ?

À sa grande surprise, Hamish secoua la tête.

— La photo est réelle. J'ai demandé à Pearce de la vérifier. Elle n'a subi aucune modification.

— Mais...

Les portes du centre médical s'ouvrirent soudain, et elle tourna la tête vers elles. Un homme d'une trentaine d'années entra, un dossier à la main. Elle ne l'avait jamais vu auparavant et se crispa automatiquement.

— C'est Pearce. C'est l'un des nôtres, dit rapidement Hamish pour apaiser ses inquiétudes.

— Hé, elle est réveillée, hein ? dit Pearce en s'approchant. C'est une excellente nouvelle. Puis il tendit le dossier à Hamish. Du palais de justice du comté.

— Merci, répondit Hamish. Et Manus a apporté les affaires de Tessa ?

— Mes affaires ?

Pearce acquiesça.

— Manus est allé à ton appartement et a préparé quelques vêtements et objets personnels pour toi.

Il regarda Hamish.

— Nous les avons mis dans tes quartiers. On s'est dit...

Il ne termina pas sa phrase, mais plutôt fouilla dans sa poche et en sortit un téléphone portable.

— Nous avons apporté ton téléphone portable. Ton père a appelé plusieurs fois. Il est inquiet.

— Tu lui as parlé ? demanda-t-elle, surprise.

— Non. Nous avons piraté ta boîte vocale.

Il haussa les épaules.

— Désolé, mais nous devions savoir s'il y avait quelque chose dont nous devions nous occuper pendant ton absence...

Elle hocha lentement la tête et attrapa le téléphone. Lorsqu'elle sentit les doigts de Pearce effleurer les siens alors qu'elle le lui prenait, elle recula d'un coup, ne voulant pas atteindre l'orgasme devant un inconnu.

Un froncement de sourcils traversa le visage de Pearce, puis il gloussa soudain.

— Oh, je vois. Tu lui as dit, hein ?

Il jeta un regard de travers à Hamish, puis sourit à Tessa.

— Juste pour que tu saches, ce euh... truc qui arrive quand tu brilles d'un éclat doré... ça n'arrive que si la personne qui te touche est la même que celle qui t'a donné son virta.

La chaleur lui montait aux joues. Elle se sentait exposée, dénudée.

— Euh...

— Ce n'est pas grave, Tessa, dit Hamish. Il n'y a pas de quoi avoir honte.

Elle évita son regard et regarda plutôt le téléphone portable qu'elle tenait dans sa main.

— Est-ce que je peux appeler mon père ? Il va s'inquiéter.

— Vas-y, dit Hamish. Ne lui parle pas de l'overdose de drogue. Dis simplement que tu avais besoin de temps pour réfléchir.

Tessa acquiesça et composa le numéro.

36

___

—P apa ?

Pendant que Tessa parlait à son père, Hamish fit signe à Pearce et ils s'éloignèrent de quelques mètres. Hamish ouvrit le dossier. Il garda la voix basse lorsqu'il demanda à son collègue gardien :

— As-tu déjà jeté un coup d'œil à ce dossier ?

Pearce secoua la tête. `

— Non. Je l'ai juste pris et je suis revenu aussi vite que j'ai pu. Ça m'a pris assez longtemps – le système de classement du palais de justice est désuet.

— Hmm.

Hamish parcourait déjà les pages : une demande de Monsieur et Madame Wallace, des références de moralité, des états financiers, l'acte de naissance de Tessa. Il feuilleta le dossier, jusqu'à ce qu'il tombât sur une note d'une assistante sociale. Il y planta son doigt.

— Ça y est, dit-il tout excité en échangeant un regard avec Pearce, qui expira en soufflant.

— Merde ! Comment l'as-tu su ?

— Une intuition. Puis il relut les quelques lignes que l'assistante sociale avait écrites. « ... laissant derrière elle des jumelles identiques âgées de treize mois. Les parents les plus proches ne sont pas en mesure de s'occuper des filles... Après que Philip et Diane Wallace aient initialement envisagé l'adoption des deux filles, ils ont décidé de n'en prendre qu'une seule. La fratrie restera en famille d'accueil jusqu'à ce que des parents adoptifs adéquats soient trouvés. » Puis un numéro de référence en dessous, écrit à l'encre différente – il avait été ajouté plus tard.

— C'est comme ça que les démons ont fait, déclara Pearce.

Un sursaut de Tessa poussa Hamish à se précipiter sur le brancard. Tessa avait les yeux écarquillés par le choc. Elle tenait le téléphone portable à l'oreille, les larmes aux yeux.

Quelque chose était-il arrivé à ses parents ?

— Tessa, qu'est-ce qui ne va pas ? demanda Hamish.

Elle le regarda fixement, puis dit au téléphone :

— Papa, j'ai besoin de... je dois juste laisser tout cela se faire.

Elle fit une courte pause, puis ajouta :

— Oui, je t'aime aussi.

Elle coupa l'appel et laissa le téléphone tomber sur ses genoux. Lorsqu'elle souleva ses paupières pour regarder Hamish, de l'espoir et de l'incrédulité brillaient dans son regard.

— Mon père. Il m'a dit que j'avais une sœur.

Hamish acquiesça d'un signe de tête.

— Une vraie jumelle.

Il souleva le dossier qu'il tenait toujours.

— Je viens de le découvrir moi-même. C'est ainsi que les démons ont pu mettre en scène la photo et faire croire que c'était toi.

— Hamish, et s'ils lui font du mal ?

— Nous allons la trouver. Je te le promets.

Et une fois qu'ils l'auraient trouvée, ils pourraient laver le nom de Tessa. Il marcha jusqu'au mur et appuya sur un bouton pour appeler Leila.

Lorsqu'il se retournait, Tessa était déjà en train de sauter du brancard, arrachant les capteurs de sa poitrine.

— Que fais-tu ? demanda Hamish en s'approchant d'elle.

— Nous devons partir à sa recherche. Je dois m'assurer de sa sécurité.

— Nous nous occuperons de cela. Ne t'inquiète pas. Une fois que nous l'aurons trouvée, nous pourrons prouver que ce n'était pas toi sur la photo.

Tessa se figea.

— Voilà pourquoi tu penses que je veux la retrouver ?

— Eh bien, pourquoi...

Elle secoua la tête.

— C'est ma sœur, ma chair et mon sang. Et c'est à cause de moi qu'ils lui ont fait ça. Je porte la responsabilité. J'ai besoin de savoir qu'elle se trouve en sécurité.

Hamish la regarda fixement. Cinead et son émissaire avaient eu raison. Tessa se révélait être une bonne personne jusqu'au bout des ongles. Sa première préoccupation était sa sœur, une femme qu'elle ne connaissait même pas, mais à qui elle était liée par le sang. Elle n'avait pas du tout pensé à sa campagne ou à la façon de faire disparaître les allégations contre elle.

À cet instant, il ne souhaitait rien de plus que de prendre Tessa dans ses bras, car son amour pour elle venait de doubler, si c'était même possible. Mais même si l'éclat doré s'estompait déjà, sa réaction à son contact resterait toujours une excitation instantanée et un orgasme subséquent. Ce n'était pas quelque chose qu'il voulait partager devant Pearce.

— Je ferai tout mon possible pour retrouver ta sœur, promit-il en verrouillant les yeux avec elle. Mais tu dois faire quelque chose pour moi.

Elle acquiesça sans hésiter.

— Leila arrive dans un instant. Elle va t'examiner et s'assurer que tu vas bien. Elle t'emmènera dans mes quartiers. Fais comme chez toi.

Prends une douche, change-toi, repose-toi. Je reviendrai dès que nous aurons mis au point un plan d'action."

— Mais je dois t'aider.

—Tu m'aides tant que je sais que tu vas bien et que tu te portes bien. S'il te plaît, je serai avec toi dès que je le pourrai.

Les doubles portes s'ouvrirent à ce moment-là, et Leila entra.

— C'est Leila. Tu peux lui faire confiance.

Puis il fit un signe à Pearce.

— Allons-y.

Quelques minutes plus tard, ils étaient tous réunis dans le centre de commandement : Manus, Logan, Pearce et Enya. Sean et Jay étaient partis en mission.

Aiden était le dernier à arriver.

—Désolé les gars, j'ai encore dû enfermer le sorcier.

Hamish haussa un sourcil.

— Qu'est-ce que tu veux dire par encore ? Il est sorti ?

— Non. Bien sûr que non. Leila lui a appliqué un bandage, puis nous avons mangé quelque chose et nous avons discuté. C'est un type intéressant. Je crois qu'il est sincère.

— Nous parlerons de lui plus tard.

Hamish regarda ses collègues.

— Chaque chose en son temps. Nous avons repéré une piste, et nous devons agir rapidement.

Avec le moins de mots possible, Hamish transmit à ses amis ce qu'il avait retenu de Tessa et de son dossier d'adoption.

— Pourquoi n'avons-nous pas vu ça ? demanda Enya, en secouant la tête. C'est tellement évident maintenant.

— Nous ne le cherchions pas, déclara Hamish. Ça n'a plus d'importance maintenant. Ce qui compte davantage, c'est que nous trouvions la jumelle de Tessa – à la fois pour nous assurer qu'elle va bien et, avant tout, pour laver le nom de Tessa et lui redonner une chance dans la course à la mairie.

Logan grogna.

— Ils la mettent en pièces dans les journaux parce qu'elle n'a pas encore déclaré quoi que ce soit. Elle doit dire quelque chose pour les tenir à distance.

Hamish acquiesça. Cela lui rappelait quelque chose.

— Nous mettrons sa directrice de campagne sur le coup. Mais avant tout, nous devons nous assurer qu'elle va bien. Poppy est partie juste avant que le démon ne pénètre dans l'appartement de Tessa. Tessa craint qu'il ne lui ait fait du mal. Enya, va voir Poppy. Essaie d'abord son appartement. Si elle n'est pas là, essaie les hôpitaux pour savoir où on a admis sa mère et trouve-la de cette façon.

— Pourquoi ne pas l'appeler ? demanda Enya.

— Je veux d'abord m'assurer que les démons de Zoltan ne la retiennent pas. Une fois que nous saurons qu'elle se trouve en sécurité, Tessa l'appellera et lui demandera de faire une déclaration pour gagner du temps.

— Très bien.

Hamish inclina son menton dans la direction de Pearce.

— Retourne au palais de justice du comté. Cherche le dossier d'adoption de la jumelle de Tessa. Le dossier de Tessa contient un numéro de référence. Je pense qu'il peut te mener à elle. Une fois que tu l'auras, nous saurons qui l'a adoptée et son nom. Nous pourrons la retrouver grâce à ces informations.

Il désigna Manus du doigt.

— Emmène Manus avec toi. Vous pourrez vous répartir le travail.

— Et nous autres ? demanda Logan en désignant Aiden et lui-même.

— Je dois prendre Gunn en filature, dit Hamish. Même si nous savons maintenant avec certitude que les démons ont fait tomber le conduit sur la scène, ils devaient quand même avoir des complices. Je parie sur Gunn. C'est lui qui a le plus à gagner avec la mort de Tessa.

— D'accord, dit Logan, mais je vais surveiller Gunn. Tu n'es pas prêt à quitter le bastion et...

— Je me sens prêt.

Logan fit un pas vers lui.

— D'après les informations fournies par Pearce, tu as versé tellement de virta dans Tessa que tu as failli t'effondrer. C'était il y a moins de douze heures. Tu n'as pas encore reconstitué tous tes pouvoirs.

— C'est des conneries, protesta Hamish.

— Si tu sors maintenant et que tu tombes sur un démon, il te tiendra par les couilles, rétorqua Logan. Et qu'est-ce qu'on va dire à Tessa à ce moment-là, hein ? Tu veux qu'elle fasse ton deuil ?

Hamish aspira une vive inspiration.

— Merde !

Son collègue avait raison. Il avait besoin de quelques heures de plus dans le bastion pour restaurer sa virta et devenir aussi fort qu'avant. Il soupira.

— Très bien, tu t'occupes de Gunn. Aiden, tu resteras au centre de commandement en tant que renfort. Si l'un d'entre eux a besoin d'aide, tu interviendras. En attendant, garde un œil sur le sorcier.

Tout le monde hocha la tête en signe d'accord, les missions étant claires. Alors que tous, à l'exception d'Aiden, quittaient le centre de commandement, Hamish se frotta la nuque. Soudain, il ressentit l'effet du stress des dernières heures. Il était vidé. Lorsqu'il regarda dans la direction d'Aiden, il surprit le regard de son ami posé sur lui.

— Pourquoi ne verrais-tu pas si Tessa a besoin de quelque chose ? Je suis sûr qu'elle n'a pas envie d'être seule en ce moment.

— Tu es sûr que tu n'as pas besoin que je reste ? demanda-t-il même s'il ne souhaitait rien de plus que d'être avec Tessa.

Aiden pointa du doigt la porte.

— Vas-y ! Je n'ai pas besoin d'une baby-sitter. Tessa a davantage besoin de toi. Je t'appelle dès que l'un d'entre eux donne des nouvelles, d'accord ?

— Merci, mon frère.

37

Tessa s'adossa à la grande baignoire à remous et laissa l'eau chaude l'apaiser. Contre toute attente, elle vivait encore. Et en sécurité dans un bâtiment invisible. Pourtant, trop de choses lui passaient par la tête. Elle avait une sœur. Une jumelle. Pourquoi ses parents le lui avaient-ils caché ? Et pourquoi ne les avaient-ils pas adoptées toutes les deux ? Ils en auraient eu les moyens. Elle aurait pu compter sur une sœur avec qui grandir, une meilleure amie, quelqu'un avec qui elle aurait pu partager tous ses secrets, les bons comme les mauvais.

Mais elle ne devait pas s'attarder sur ce qui aurait pu être. Elle devait se tourner vers l'avenir. Hamish lui avait promis qu'il retrouverait sa jumelle. Et elle lui faisait confiance pour qu'il tînt sa promesse.

Des bruits de pas la firent se redresser dans la baignoire. Elle n'avait pas entendu de porte s'ouvrir.

— Qui est-ce ? s'écria-t-elle en remarquant à quel point elle semblait encore sur les nerfs.

Hamish entra dans la salle de bains.

— Je ne voulais pas te faire peur. Je suis désolé. Je n'ai pas l'habitude d'ouvrir la porte de mes quartiers.

Elle se détendit en arrière sous la mousse.

— Tu ne devrais pas avoir à t'excuser. Je suis juste nerveuse. Je ne m'attendais pas à ce que tu reviennes si vite.

— C'est parce que je ne suis pas parti.

— Mais je pensais que…

— L'équipe m'a puni pour les prochaines heures, pour ainsi dire.

— Pourquoi ?

— À cause de la quantité de virta que j'ai versée en toi.

Elle comprit soudain ce qu'il essayait de dire.

— Ça t'a affaibli, n'est-ce pas ?

Il acquiesça.

— Je serai complètement rétabli dans quelques heures, il n'y a pas lieu de s'inquiéter. Pendant ce temps, les autres commencent les recherches pour retrouver ta sœur. Et Enya s'occupe de Poppy. Nous devrions obtenir une piste pour ta sœur dans quelques heures ; quant à Poppy, nous saurons peut-être beaucoup plus tôt si elle va bien. Avec un peu de chance, elle se trouve chez elle.

Soulagée, Tessa acquiesça d'un signe de tête.

— Merci… Pour tout… tu fais tellement de choses. Et j'ai l'impression de ne rien faire.

Leila lui avait dit de se contenter de se reposer.

Hamish sourit.

— Tu pourrais faire quelque chose pour moi, si tu veux.

— Oui ? demanda-t-elle avec impatience.

— Fais de la place dans cette baignoire et laisse-moi te rejoindre.

Instinctivement, elle regarda sa peau. L'éclat doré s'était presque complètement dissipé. Seul un léger résidu demeurait visible.

Elle entendit Hamish glousser et le surprit en train de la regarder.

— Je vais juste devoir travailler un peu plus dur pour te faire jouir, maintenant que la lueur a presque disparu.

Il sourit.

— Enfin, si c'est ce que tu veux… Nous n'avons pas eu l'occasion de parler après avoir fait l'amour.

Le souvenir de la férocité avec laquelle il l'avait prise faisait s'enflammer ses entrailles comme du petit bois dans une fournaise.

— Non, nous avons été interrompus...

— Peut-être devrions-nous parler maintenant.

Lorsqu'elle acquiesça, Hamish commença à se déshabiller. Ses mouvements respiraient la confiance et la masculinité. Il savait qu'elle ne lui dirait pas non. Il pouvait le voir dans ses yeux, qui restaient fixés sur elle pendant qu'il se débarrassait de ses vêtements. Oui, elle avait envie de lui, maintenant encore plus qu'avant. Que ce soit sa virilité qui l'ait attirée vers lui, ou le fait qu'elle venait d'échapper à une mort certaine, elle ne voulait rien d'autre que s'abandonner au guerrier immortel qui marchait maintenant vers elle, nu et sûr de lui.

Tessa s'avança dans la grande baignoire pour lui faire de la place, et il se glissa dans l'eau derrière elle, les jambes écartées de part et d'autre d'elle. Lorsqu'elle sentit enfin ses bras l'entourer et la tirer contre sa poitrine, elle soupira de contentement.

Sa respiration souffla contre son oreille comme une caresse.

— Je dois te dire quelque chose.

Les battements de son cœur s'accélèrent. Quand quelqu'un entamait la conversation ainsi, c'était rarement une bonne nouvelle. Elle sentit sa poitrine se contracter.

— Oui ? s'étouffa-t-elle.

Hamish déposa un baiser sur sa tempe. Essayait-il d'adoucir le coup de la mauvaise nouvelle qu'il avait à lui annoncer ?

— Les choses entre toi et moi sont arrivées si vite, et tout est encore nouveau, mais je veux que tu m'écoutes.

Ne sachant toujours pas où il voulait en venir, elle déglutit difficilement et réussit à hocher la tête.

— Je t'ai dit que je suis un immortel, mais ce que je ne t'ai pas dit, c'est que j'ai atteint un âge où les membres de notre espèce atteignent une certaine étape de leur vie. Nous appelons cela le rasen. La saison des amours. C'est à ce moment-là que nous trouvons une partenaire pour la vie. Pour l'éternité. Après qu'Olivia m'a trahi, je me suis juré de ne jamais m'impliquer émotionnellement avec une autre humaine.

Elle ferma les yeux. C'était donc là qu'il allait lui dire que, parce qu'elle était humaine, ce qu'ils vivaient n'était qu'une aventure. Juste du sexe. Rien d'autre.

— Je sais que l'éternité s'avère un concept difficile pour quiconque. Dans le monde des humains, de nombreux mariages se terminent par un divorce. Chez nous, le divorce n'existe pas. Lorsque nous nous accouplons, c'est pour l'éternité. Le genre d'amour qui dure plus d'une vie ne se rencontre pas très souvent. C'est pourquoi nous devons le saisir à deux mains quand nous le voyons. Je l'ai ressenti une fois. Et j'ai été trahi. Cela m'a fait peur...

Elle sentit les larmes lui monter aux yeux.

— Tu n'as pas besoin d'en dire plus. Je comprends, dit-elle doucement.

— Vraiment ?

Elle hocha la tête, en essayant de se montrer courageuse.

— Tu refuses tout engagement sérieux parce que tu ne peux plus faire confiance aux femmes.

— Tessa...

— Je suis d'accord avec ça. Je crois que je sais depuis le moment où tu m'as embrassée pour la première fois que ce ne serait que temporaire.

Elle renifla.

— Tu n'as pas à te sentir mal. J'ai apprécié coucher avec toi, et ça ne me dérange pas si c'est tout ce que tu as à m'offrir.

— Menteuse, murmura-t-il à son oreille.

— Ce n'est pas la peine de te moquer de moi. Et si tu m'attires ?

— Juste attirer ?

Elle sentit qu'il l'attirait plus près, ses bras se refermant maintenant presque comme un étau. Elle haussa les épaules.

— Et reconnaissante que tu m'aies sauvé la vie.

— Alors, tu ne tombes pas amoureuse de moi ?

— Je ne t'encombrerai pas, je ne serai pas l'une de ces conquêtes dont tu ne peux pas te débarrasser quand c'est fini.

Il se décala derrière elle, la faisant légèrement pivoter pour qu'elle fût obligée de le regarder.

— Tu veux dire qu'il n'y a aucun espoir que tu puisses un jour me rendre mes sentiments ?

Elle se leva d'un coup, faisant éclabousser les parois de la baignoire avec de l'eau.

— Quoi ?

Hamish s'approcha d'elle, glissant sa main derrière sa nuque.

— Tessa, as-tu mal compris ce que j'ai tenté de t'expliquer ? Je ne veux pas d'une aventure. Je ne veux pas seulement du sexe. Je t'aime. Je sais que c'est arrivé vite, mais c'est ainsi chez les gens de notre espèce. On sait juste quand ça nous frappe.

Son menton s'affaissa. Elle avait des hallucinations. Tout se mit à tourner autour d'elle. Elle s'était peut-être endormie dans la baignoire. Peut-être qu'Hamish n'était pas là.

— Je sais que c'est beaucoup te demander, surtout après ce que tu as vécu, poursuivit Hamish. Mais je voulais que tu saches ce que je ressens. Je n'attends pas de réponse de ta part maintenant. J'attendrai aussi longtemps que nécessaire.

Il la fixa du regard.

— Dis-moi simplement que j'ai une chance de gagner ton cœur.

Sa gorge était aussi sèche que du papier de verre. Était-ce la réalité ? Avait-il vraiment dit qu'il l'aimait ? Que cet homme immortel la voulait ?

— Oh, Hamish...

La tentation de lui avouer ses sentiments lui tiraillait l'esprit, mais elle devait rester réaliste. Même s'il l'aimait et même si elle l'aimait en retour, comment un avenir heureux pourrait-il exister alors qu'elle vieillirait et s'étiolerait, tandis que lui continuerait à vivre ? Elle ferma les yeux, mais ne put retenir ses larmes.

Hamish prit la tête de Tessa entre ses deux mains.

— Tessa, qu'ai-je donc fait de mal ? S'il te plaît, quoi que j'aie fait ou dit, dis-moi comment je peux arranger les choses.

Elle souleva ses paupières, le regardant à travers ses larmes.

— Peu importe ce que nous ressentons l'un pour l'autre, comment pourrons-nous être ensemble ? As-tu oublié que je suis différente de toi ? Je suis mortelle, Hamish. Je ne possède pas l'éternité. Tu es le seul à la détenir.

Un sanglot se délogea de sa poitrine, mais il n'eut pas l'occasion de s'échapper, car les lèvres de Hamish l'embrassaient tendrement. Trop rapidement, il la relâcha et appuya son front sur le sien.

— Je suis un idiot, lass, murmura-t-il. Pardonne-moi. J'aurais dû t'expliquer. Je pensais que lorsque je t'avais parlé d'Olivia, tu avais compris. Et tu as rencontré Leila. Je pensais que tu savais.

Elle tira la tête en arrière.

— Savoir quoi ? Et qu'est-ce que Leila a à voir là-dedans ?

Il balaya une mèche de cheveux mouillés sur sa joue.

— Leila est la compagne d'Aiden. Elle est humaine.

Ses sourcils se froncèrent.

— Mais si elle est humaine, comment... Je veux dire, comment peut-il être heureux en sachant qu'elle va mourir ?

Hamish passa son pouce sous son œil, essuyant une larme.

— Parce qu'elle ne le fera pas. En se liant à elle, il partage son immortalité avec elle. C'est son cadeau en échange de son amour.

Cette fois, elle ne put pas arrêter le sanglot qui s'échappa de sa poitrine. Elle jeta ses bras autour de lui.

— Ça veut dire que tu nous donnes une chance ? demanda-t-il doucement.

Incapable de parler, elle hocha simplement la tête.

Le cœur de Hamish battant un tatouage excité contre sa poitrine, il captura les lèvres de Tessa pour les embrasser. Il savait qu'elle ne lui avait pas dit qu'elle l'aimait, mais il ne pouvait pas en attendre autant si tôt. Savoir que Tessa avait envie de lui et qu'elle pensait à l'avenir était suffisant pour l'instant. Le temps dirait s'ils se convenaient réellement – pour sa part, il savait qu'elle était la bonne.

Ses lèvres avaient le goût du sel de ses larmes, et il se promit sur le champ qu'elle n'aurait plus jamais à pleurer.

— Laisse-moi te faire l'amour, murmura-t-il contre ses lèvres.

— Oui.

Il se leva et la souleva hors de la baignoire, l'installant sur l'épais tapis devant celle-ci tandis qu'il attrapait une serviette. Tout en séchant Tessa, puis lui-même, il ne la quitta pas des yeux. Elle était splendide. La dernière fois qu'ils avaient fait l'amour, il avait précipité les choses, parce qu'il brûlait d'envie de l'avoir, mais maintenant, il se délectait de ses yeux, mémorisant chaque centimètre carré de son corps.

Il se pencha sur ses genoux en lui séchant les jambes, puis laissa tomber la serviette. Il se trouvait à hauteur de son ventre, mais les cicatrices ne le rebutaient pas. Elles faisaient partie de Tessa, de ce qui l'avait obligée à devenir forte. Il appuya ses lèvres sur elles et l'embrassa à cet endroit, lui montrant que, pour lui, elle était belle en tout point. Elle ne reculait pas, elle ne se cachait pas. Lorsqu'il releva la tête, elle le regarda, les yeux pleins de tendresse.

Sans mot dire, il la tira à lui et l'allongea sur le tapis blanc et s'installa dans l'espace entre ses jambes.

— J'aurais dû le faire la dernière fois, avoue-t-il, mais quand tu m'as sucé, tu as oblitéré ma maîtrise de soi.

Ses lèvres se courbèrent en un sourire.

— Tu t'es senti bien dans ma bouche.

— Voyons à quel point c'est bon.

Il abaissa son visage sur sa chatte et inhala son arôme.

— Humm.

Lorsqu'il déposa un baiser dans le petit triangle de poils à l'aplomb de ses cuisses, elle frémit sous lui. Il posa ses mains sur ses cuisses et les écarta davantage, les soulevant au-dessus de ses épaules de chaque côté de sa tête. Une chair rose belle comme une fleur l'accueillit. Bien qu'il l'eût séchée avec la serviette, elle était maintenant mouillée, ses lèvres inférieures enduites de son excitation.

Avec avidité, il glissa sa langue sur sa fente, recueillant ses jus et les goûtant, la goûtant. Un éclair de pure luxure le traversa. Elle correspondait à tous ses rêves, et plus encore. Et lécher Tessa lui procurerait autant de plaisir qu'à elle. Avec impatience, il l'explora, lécha et suça la chair tendre qu'elle lui offrait si ouvertement maintenant. Ses soupirs et ses gémissements rebondissaient sur les murs carrelés de sa salle de bains et se répercutaient dans la grande pièce.

Tessa enfonçait maintenant ses mains dans ses cheveux. Le contact fit frissonner sa colonne vertébrale et son coccyx. Automatiquement, ses hanches se mirent à bouger et il sentit sa queue en pleine érection se frotter contre le carrelage, cherchant à se soulager. Grâce à la fraîcheur du carrelage, il n'explosait pas immédiatement, mais put garder le contrôle, car ce qui importait le plus pour lui en ce moment, c'était de satisfaire la femme qu'il avait dans ses bras. Compenser l'horreur qu'elle avait vécue.

Et il adorait s'y adonner. Il aimait lécher sa chatte, jouer avec sa chair sensible et la sentir se tordre sous lui. Parce que cela signifiait qu'elle vivait. Et lui aussi.

Il remonta plus loin, l'écarta avec ses doigts, révélant ainsi son clitoris. Le petit organe était gonflé et brillait d'un éclat doré. C'était le dernier endroit de son corps qui présentait encore des traces de sa virta. Incapable de résister, il le lécha avec sa langue.

— Oh mon Dieu ! Hamish ! s'écria Tessa. Arrête-toi, s'il te plait ! C'est trop... oh mon Dieu, c'est trop...

Des spasmes faisaient se tordre son corps, mais il la serrait contre lui et passait sa langue sur son centre de plaisir une fois de plus. Elle était déjà en train d'atteindre l'apogée. Il entoura son clitoris de sa bouche et laissa les vagues de son orgasme parcourir ses lèvres.

Un frisson lui parcourut.

— Putain ! s'écria-t-il.

De longues secondes s'écoulèrent, jusqu'à ce que Tessa s'immobilisât enfin, se détendit et laissa échapper un dernier soupir.

— Hamish, marmonna-t-elle en lui caressant le cuir chevelu.

Il détacha sa tête d'elle et se redressa. Lorsqu'il regarda son visage, elle croisa ses yeux.

— Tu penses que c'est cupide de ma part de vouloir te mettre en moi maintenant ? demanda-t-elle.

Il l'attira dans ses bras et se leva, l'entraînant dans la chambre à coucher attenante.

— Tu ne peux pas te montrer aussi gourmande que moi.

Il la déposa sur le lit et roula sur elle. La regardant profondément dans les yeux, il s'ajusta à son centre et la pénétra d'un seul coup.

— Tellement avide, répéta-t-il, que je n'ai même pas la décence de te laisser te reposer après tout ce que tu as vécu.

Mais ses yeux lui dirent qu'elle ne voulait pas se reposer. Qu'elle le voulait à la place. Cette connaissance remplit son cœur de chaleur, et sa queue d'encore plus de sang.

— Je suis les ordres du médecin, murmura-t-elle.

— Comment cela ?

— Leila a dit que je devrais m'allonger.

Tessa tapota la couette à côté d'elle.

— Je suis allongée, n'est-ce pas ?

— Eh bien, si tu le dis ainsi, nous devrions certainement continuer à suivre les ordres du médecin.

Il se retira presque complètement de son fourreau accueillant, puis trancha à nouveau en elle.

Tessa enfonça sa tête dans l'oreiller en cambrant le dos.

— Oui !

Devant son enthousiasme, il grogna :

— Oui ? Comme ça ?

Il commença à s'enfoncer en elle avec plus de vigueur, ses hanches se déplaçant plus rapidement maintenant, sa queue exigeant qu'il la prît plus fort et qu'il la possédât. Il n'opposa aucune résistance, sachant qu'elle le tenait sans défense dans ses bras. Dépouillé. Dévoué à elle.

Sentir ses mains sur lui, sentir comment elle le caressait et l'explorait faisait gonfler sa poitrine de fierté. Et quand elle bloqua ses cuisses sous ses fesses pour le forcer à entrer plus profondément en elle, il voulut rugir comme un lion qui venait d'échapper à sa cage. Parce que Tessa l'avait libéré de sa cage. Les maillons de la chaîne qui entourait son cœur tombaient à chaque caresse et à chaque baiser qu'elle lui accordait.

Ce n'était pas seulement du sexe. Peut-être qu'à l'appartement de Tessa, ils avaient fait l'amour, mais ici, dans son lit, c'était des ébats amoureux. Chaque fois que leurs corps se rapprochaient et leurs regards se rencontraient, ils se connectaient d'une manière encore plus intime que leurs corps.

Lorsque les paupières de Tessa commencèrent à papillonner, il savait qu'elle était à nouveau proche.

— Je suis juste là avec toi, mon amour, murmura-t-il et captura ses lèvres, l'embrassant avec tout l'amour qu'il ressentait dans son cœur.

Elle lui répondit avec la même passion et le même désir, ses hanches s'élevant pour le rejoindre alors qu'il délivra poussée après poussée dans sa chatte humide. Incapable de supporter une seconde de plus de cette douce torture, il se laissa aller et laissa son sperme jaillir à travers sa queue, explosant par la pointe.

Il gémit dans sa bouche et lapa goulûment sa langue, ne voulant pas que cela se termine. Quand il sentit les muscles intérieurs de Tessa le presser et lui arracher le reste de sa semence, alors qu'elle atteignait l'orgasme avec lui, il gémit.

Ce n'était que lorsque ses spasmes se calmèrent qu'il se laissât tomber. Il s'appuya sur ses coudes et regarda son visage. Une couche de transpiration recouvrait sa peau et la rendait encore plus rayonnante qu'auparavant.

Il écarta les lèvres, voulant dire quelque chose, lui dire ses sentiments, mais aucun mot ne franchit ses lèvres. Pour la première fois depuis longtemps, il se sentait... heureux.

38

— **H**amish ?

Ce n'était pas la voix de Tessa qui dériva jusqu'à lui. Hamish remua et ouvrit les yeux. Il avait dû s'assoupir avec Tessa blottie dans la courbe de son corps. Pendant un instant, il se sentit groggy, puis il entendit le grésillement de l'interphone à côté de son lit et tendit la main pour appuyer sur le bouton du haut-parleur.

— Aiden ?

— Oui. Enya vient d'appeler. Elle a pris des nouvelles de Poppy.

Tessa se redressa soudain.

— Elle l'a trouvée en train de dormir paisiblement. Aucun signe de démons.

Tessa lâcha un soupir de soulagement.

— Dieu merci !

— Merci, Aiden, ajouta Hamish.

— Pas de problème. Elle reste sur le terrain et rejoint Pearce et Manus pour voir si elle peut t'aider.

— Ça me paraît bien. Merci.

Il lâcha le bouton du haut-parleur et ramena Tessa contre sa poitrine.

Elle tourna son visage vers lui.

— Je suis si heureuse qu'elle aille bien.

Hamish écarta une mèche de cheveux de son front et y déposa un baiser.

— Tu vois, Zoltan ne l'a pas eue après tout.

— Zoltan... J'ai déjà entendu ce nom.

— Bien sûr que tu l'as fait. J'ai parlé de lui tout à l'heure dans la salle médicale. Tu ne te souviens pas ?

Elle secoua la tête.

— J'ai entendu son nom avant ça.

— Tu veux dire que, lorsqu'il t'a attaqué, il t'a révélé son identité ?

Même pour Zoltan, cela semblait peu orthodoxe, même s'il savait que le nouveau chef des démons manœuvrait habilement. Chacun de ses mouvements visait un objectif.

— Non, il ne l'a pas fait. Il a parlé de Zoltan.

Hamish fixa Tessa du regard.

— Il l'a mentionné... comment ?

— Le démon a dit que Zoltan était un faible pour m'avoir laissé vivre.

— As-tu bien entendu ? Tu as eu peur.

— J'en suis sûre, Hamish. S'il te plaît, crois-moi. Il a dit qu'il était censé être le Grand quelque chose ou autre.

— Le Grand Leader ? proposa Hamish.

Elle hocha la tête avec insistance.

— Oui, le Grand Leader. Qu'est-ce que cela signifie ?

— C'est le titre du chef des démons. Mais Zoltan est le nouveau chef, précisa Hamish.

— Le démon qui m'a attaqué a dit que c'était lui qui devait être le chef. Pas Zoltan. Et qu'en me tuant, il prouverait qu'il était plus fort que Zoltan... non, se corrigea-t-elle, pas plus fort. Supérieur à Zoltan.

Hamish laissa les mots s'enfoncer dans la tête.

— Si c'est vrai, alors les démons se livrent une guerre de territoire entre eux. Et tu te retrouves au milieu de tout ça.

— C'est mauvais, n'est-ce pas ?

— Humm... Je ne suis pas encore sûr de ce que cela signifie à long terme. Mais, pour l'instant, nous devons redoubler de vigilance. Si Zoltan ne voulait vraiment que détruire ton avenir politique, mais que son rival veut s'emparer des rênes en te tuant, alors nous devons nous battre sur deux fronts.

— On n'a pas déjà fait ça ?

Il acquiesça lentement.

— Sans le savoir, oui.

— Alors nous sommes mieux préparés maintenant que nous savons, n'est-ce pas ?

Tessa émit une hypothèse.

Il sourit et déposa un baiser sur ses lèvres.

— Oui, grâce à toi, mon amour.

Il fit basculer ses jambes hors du lit.

— Viens, allons parler à Aiden. Tu as faim ?

Elle inclina la tête sur le côté avant de répondre :

— En fait, je suis affamée.

Quelques minutes plus tard, ils étaient tous deux habillés et marchaient main dans la main dans les couloirs. À la porte de la cuisine, Hamish s'arrêta et regarda Tessa.

— Si tu te sens mal à l'idée que mes collègues sachent ce qui se passe entre nous, je m'abstiendrai de leur en parler.

Mais l'histoire était déjà connue de tous grâce à ses actions et ses paroles devant ses amis lorsque Tessa s'était battue pour sa vie. Mais il n'avait pas honte des larmes qu'il avait versées, alors que sa vie était en jeu.

Tessa sourit en coin.

— Je pense qu'ils savent.

Elle se hissa sur la pointe des pieds.

— Et ça ne me met pas mal à l'aise.

Il l'embrassa, avant d'ouvrir la porte de la cuisine. L'odeur des crêpes lui parvint, et il réalisa seulement maintenant à quel point il avait faim.

— Leila, j'espère que tu en fais assez pour nous tous, dit Hamish en entrant avec Tessa à ses côtés.

Mais ce n'était pas Leila qui se tenait devant la cuisinière en train de retourner des crêpes. Leila était assise sur l'îlot de cuisine, Aiden à côté d'elle.

— Pourquoi ce putain de sorcier se trouve-t-il hors de sa cellule ? martela Hamish.

Le sorcier tourna autour de lui, une spatule en plastique à la main.

— Je prépare mes fameuses crêpes à la noix de coco et à la banane. Tu en veux ?

Il sourit.

— Et encore une fois, je m'appelle Wesley. J'aimerais que les gens s'en souviennent. Ce n'est pas si difficile. J'ai déjà mémorisé tous vos noms.

Hamish lança un regard à l'homme insolent.

— Hamish, laisse ce type tranquille, dit Aiden calmement, en enfournant de la nourriture dans sa bouche.

— Assieds-toi, ajouta Leila, et mange un peu. C'est un très bon cuisinier.

— Et ça lui donne le droit de diriger cet endroit ?

Aiden se leva d'un bond de son tabouret de bar.

— Ne parle pas à ma femme comme ça !

— Bon sang, Aiden, grogna Hamish. C'est contraire à toutes les règles de la maison ! Tu ne peux pas laisser un prisonnier en liberté.

Son ami appuya ses mains sur ses hanches.

— Comme si tu n'avais pas enfreint de règles ces derniers temps."

Son regard se porta sur Tessa.

Ah, merde ! Il avait enfreint tout un tas de règles, mais au moins celles qu'il avait enfreintes ne mettraient pas l'enceinte en danger. Il désigna Wesley, toujours en train de croiser le regard d'Aiden.

— Nous ne savons pas si nous pouvons lui faire confiance. Il a réussi à franchir notre portail. Qui sait ce qu'il prépare ?

— Pour l'instant, j'ai prévu de préparer une autre fournée de crêpes, interrompit Wesley. Qui en veut ?

Comme en réponse, l'estomac de Hamish se mit à grogner. Traître !

— Ah, dit Wesley d'un air triomphant.

Il fit sauter deux crêpes sur une assiette et la fit glisser sur l'îlot.

— Le sirop se trouve sur le comptoir.

Puis il regarda Tessa.

— Et ta copine ?

— J'aimerais en avoir une ou deux, répondit Tessa.

— Deux crêpes, ça arrive tout de suite, dit Wesley en se retournant vers la cuisinière.

— Assieds-toi, Hamish, dit Aiden en sautant à nouveau sur son tabouret de bar.

Sachant qu'il avait perdu cette manche, Hamish aida Tessa à s'installer sur le tabouret de bar à côté de Leila, puis prit le siège à côté d'elle.

— Tu l'as regardé pendant tout le temps où il préparait le repas ? demanda-t-il à Aiden.

— Oui, pourquoi ?

— Je m'assure juste qu'il ne nous empoisonne pas.

Wesley poussa un soupir indigné.

— On peut le manger sans danger, affirma Leila en levant les yeux au ciel. Et c'est délicieux, d'ailleurs. Merci, Wesley.

Wesley jeta un regard par-dessus son épaule.

— J'apprécie.

Hamish attrapa l'assiette et la poussa devant Tessa.

— Tiens, Tessa, prends la mienne, je peux attendre. Tu dois être affamée.

Elle lui sourit avec reconnaissance, puis prit sa première bouchée, mâchant avec satisfaction.

— Humm. Elles sont excellentes.

Après une autre bouchée, elle dit nonchalamment :

— Je ne savais pas que vous gardiez des sorciers comme prisonniers. En fait, je ne savais pas que les sorciers existaient.

Aiden gloussa en jetant un coup d'œil en biais à Hamish.

— Je te laisse expliquer ça.

Hamish soupira.

— Normalement, nous ne le faisons pas. Les sorciers sont nos alliés. Mais quand l'un d'entre eux s'introduit ici, nous prenons le problème à bras-le-corps.

Au dernier mot, Wesley jeta un coup d'œil par-dessus son épaule.

— Je n'appellerais pas ça entrer par effraction. Ce n'est pas comme s'il y avait une sonnette ou quelque chose à laquelle je pouvais sonner. J'ai tout expliqué à Aiden.

Hamish déplaça son regard vers son ami.

— Tu veux me mettre au courant ?

Aiden acquiesça.

— Je crois qu'il dit la vérité. Il dit qu'il a suivi un Gardien de la Nuit quelque part dans les bois de Sonoma, en Californie, et qu'il a trouvé l'un des portails. Apparemment, la personne qu'il a suivie lui a demandé de détruire des drogues qu'un groupe de vampires produisait. Quoi qu'il en soit, j'ai envoyé une requête à la boucle composée pour savoir lequel de nos frères, s'il y en a, court dans les environs de Sonoma. Si un Gardien de la Nuit peut corroborer son histoire, je l'accepterai. J'attends la réponse.

— C'est tout ce que tu as ?

— Non. Il y en a beaucoup plus. Apparemment, Wesley, ici présent, fréquente tout un tas de vampires.

— Tu te fous de ma gueule.

— Je ne peux pas dire que je le sois. Et devine ce que font ces vampires pour vivre ?

— Sucer les gens à sec ? grogna Hamish.

— Ils dirigent une société de gardes du corps. Ils protègent les humains et d'autres innocents. Contre le surnaturel. Un peu comme nous, hein ?

Hamish jeta un regard à Wesley, qui était maintenant en train de mettre d'autres crêpes dans une assiette.

— Tu te fous de moi !

— Je n'ai pas encore vérifié, car nous manquons un peu de personnel en ce moment, mais dès que je peux libérer quelqu'un, j'enverrai un gardien à San Francisco pour enquêter.

Wesley posa une assiette devant Hamish, puis une seconde en face de lui, et sauta sur un tabouret de bar.

— Tu devrais me laisser appeler les Scanguards et ils te parleront.

— Scanguards ? demanda Hamish.

— C'est la société pour laquelle il prétend travailler, précisa Aiden. Puis il regarda Wesley.

— Et nous en avons déjà discuté. Pas d'appels téléphoniques pour toi tant que nous ne t'avons pas minutieusement examiné et que nous n'avons pas confirmé que ni toi ni Scanguards ne constituent une menace pour nous.

Wesley plongea dans sa pile de crêpes et en enfourna une fourchette pleine dans sa bouche. L'estomac de Hamish gronda à nouveau, et il attrapa sa fourchette et fit de même. Pendant un moment, le silence régna, et tout ce que l'on pouvait entendre dans la cuisine était le cliquetis des couverts.

Hamish commença à se détendre un peu. Il devait admettre que Wesley ne présentait aucun danger pour le moment. Ses pouvoirs de sorcier resteraient inactifs pendant son séjour, et, comme il n'avait aucun moyen de sortir, il se trouvait à leur merci. Après tout, sans sorcellerie, un sorcier était simplement aussi fort qu'un humain. Et Wesley le savait.

Hamish fit un signe à Aiden.

— Des nouvelles des gars ?

— Pearce a appelé tout à l'heure. Ils ont un nom. Tiffany Jacoby.

À côté de lui, Tessa releva la tête.

— Ma sœur jumelle...

Avec un éclat d'espoir dans ses yeux couleur lavande, elle regarda Aiden.

— L'ont-ils trouvée ?

— Pas encore. J'ai cherché son nom dans les bases de données. Le service des immatriculations avait une adresse pour elle. Pearce et Manus sont en train de la vérifier en ce moment même. Mais un dossier d'arrestation trouvé dans la base de données du département de la police indiquait une adresse différente. J'ai envoyé Enya pour vérifier.

— Dossier d'arrestation ?

La main de Tessa trembla, et Hamish la serra pour la calmer.

— Pour possession de drogue. On dirait qu'elle a eu des démêlés répétés avec la justice.

— Oh mon Dieu, nous devons l'aider.

Le ton suppliant dans la voix de Tessa fit mal au cœur à Hamish.

— Nous le ferons. Dès que nous l'aurons trouvée.

Elle leva son regard vers lui.

— Je suis tellement inquiète pour elle. Elle est dehors, toute seule. On ignore ce que les démons lui ont fait.

Cela lui rappela quelque chose. Hamish reporta son regard sur Aiden.

— À propos des démons. Ce n'est pas Zoltan qui a attaqué Tessa et l'a droguée.

Aiden fronça les sourcils.

— Quoi ? Mais...

— Tessa s'est souvenue des paroles du démon. Et d'après ce que nous avons reconstitué, il semblerait que Zoltan ait une guerre de territoire sur les bras. Apparemment, le Grand Leader n'avait pas l'intention de tuer Tessa ; même si je pense qu'il est probablement responsable d'avoir mis cette photo dans les journaux pour détruire la carrière politique de Tessa.

Aiden acquiesça.

— Pearce me disait que le courriel provenait d'un Zoel Monnadt, et que c'est l'anagramme de Démon Zoltan.

— C'est vrai. Mais un démon différent a perpétré les attaques contre la vie de Tessa. Quelqu'un qui veut destituer Zoltan de son trône.

Il était sûr de lui maintenant. C'était logique.

— Je me demande si nous pourrions utiliser cette information pour semer le trouble dans le monde des démons, songea Aiden. Les faire se battre entre eux nous éviterait d'avoir à nous battre pendant un certain temps.

— C'est possible, dit Hamish. Discutons-en avec les autres quand ils...

La sonnerie du téléphone portable d'Aiden l'interrompit. Il la ramassa sur le comptoir et répondit.

— Salut, Logan.

Hamish pointa du doigt le téléphone.

— Mets-le sur haut-parleur.

Aiden s'exécuta.

— Tu es sur le haut-parleur. Je suis avec Hamish. Des nouvelles ?

— Je suis sur les talons de Gunn. Ce type est tellement étourdi en ce moment qu'il a du mal à se contenir. Il est pratiquement en train de célébrer sa victoire.

— Salaud ! siffla Hamish.

— Oh, je sais, acquiesça Logan. Mais il a semblé un peu surpris que Tessa n'ait pas encore fait sa déclaration. Il attend qu'elle se retire officiellement de la course à la mairie. Il a passé des coups de fil toute la matinée pour essayer de savoir où elle se trouve. S'il est vraiment le type qui aide Zoltan, alors il ne saurait pas que Zoltan a essayé de tuer Tessa ?

— Il est peut-être en train de se créer un alibi, suggéra Aiden. Et d'ailleurs, nous venons de comprendre que le démon qui a essayé de tuer Tessa n'était pas Zoltan, mais un rival. Zoltan a probablement monté l'histoire de la drogue pour saper sa campagne, mais son rival est allé plus loin. Gunn travaille donc probablement pour ce rival, qui essaie de tuer Tessa depuis le début.

— Que veux-tu que je fasse alors ? demanda Logan.

— Reste sur Gunn, ordonna Hamish. Une fois que les autres seront de retour, j'enverrai Manus te relever. Si quelqu'un peut nous mener aux démons qui se cachent derrière tout ça, c'est bien Gunn. Tôt ou tard, il sera en contact avec eux.

— Pas s'ils pensent qu'ils ont réussi et que leur travail est terminé, répondit Logan. Pour ce qu'ils en savent, Tessa est morte.

Hamish tourna la tête vers Tessa, captant son regard plein d'appréhension.

— Alors nous devrons nous assurer que les bonnes personnes savent qu'elle est en vie.

39

———

Hamish lui lança un regard encourageant, mais Tessa redoutait de passer l'appel.

— Est-ce que j'ai vraiment besoin de lui parler ? Je ne peux pas simplement laisser un message à son assistante ?

— Gunn a besoin d'entendre ta voix, dit Hamish. Il a besoin de savoir que tu es en vie. Cela l'incitera à contacter les démons, et nous collerons alors sur eux comme le miel sur les abeilles.

Ils étaient encore rassemblés autour de l'îlot de cuisine. Le sorcier, qui avait en fait l'air d'un type plutôt facile à vivre, était en train d'empiler la vaisselle dans le lave-vaisselle, tandis que tous les autres regardaient Tessa.

— D'accord.

Elle prit une grande inspiration et composa le numéro de la ligne directe de Gunn.

— Ouais ?

La voix serrée de Gunn beugla à travers la ligne.

— Robert, c'est Tessa.

Visiblement abasourdi, Gunn expira en soufflant.

— Tessa.

Puis il sembla se reprendre.

— Alors, tu appelles pour abandonner, n'est-ce pas ?

— Abandonner ? Tu peux toujours rêver.

Il gloussa.

— Allez, Tessa, tu sais que tu n'as plus aucune chance maintenant. La presse te crucifie, et tes électeurs bien-pensants te désertent par milliers.

— Ils reviendront une fois qu'ils auront entendu la vérité.

— La vérité ? Tessa, réveille-toi ! Tu t'es fait prendre, ricana-t-il. Qui aurait pu penser que sous tes airs de sainte nitouche, tu cachais un côté sombre ? Même moi, je n'aurais pas pu imaginer ça. Bon sang, Tessa, de la drogue ? Et toi ? Tu nous as tous trompés. Mais merci quand même. L'élection est à moi maintenant. Et même ta petite directrice de campagne véreuse ne pourra pas arranger ça comme elle a arrangé tout le reste.

— Je sais ce que tu fais ! Tu ne peux pas le cacher plus longtemps.

Une brusque inspiration retentit à l'autre bout de la ligne.

— Fais attention, Tessa. Tu mords plus que tu ne peux mâcher.

— Espèce de petite merde ! Jura-t-elle, mais le téléphone claqua sur le combiné.

Le téléphone avait raccroché.

— Argh ! Cet abruti ! Il jubile !

Elle sentit la main de Hamish sur son bras.

– Laisse tomber, lass, il va subir les conséquences très bientôt. Je te le promets.

Elle renifla.

— Merci.

Il déposa un baiser sur son front.

— Tu as bien travaillé. Tu devrais parler à Poppy maintenant et lui demander de rédiger une déclaration. Nous ne pouvons pas nous permettre que d'autres de tes électeurs t'abandonnent.

Elle le savait.

— Que dois-je lui dire ?

— Demande-lui de rédiger des excuses assurant tes électeurs que tu sortiras avec une explication complète dès que tu auras éclairci certaines choses, suggéra-t-il.

— Des excuses ?

Elle secoua la tête.

Hamish lui mit la main sur les épaules.

— Je sais que ça fait mal, mais tant que nous n'avons pas trouvé Tiffany, c'est la meilleure option. Demande-lui de le rédiger de façon aussi vague que possible, pour que tu n'avoues rien en réalité, d'accord ?

Elle soupira.

— Est-ce que tu en es sûr ?

— Fais-moi confiance.

Elle le fit.

— D'accord. Je vais...

L'ouverture de la porte l'arrêta. Manus entra, suivi d'Enya et de Pearce.

— Salut les gars, les salua Manus, avant que ses yeux ne tombassent sur le sorcier. Qu'est-ce que...

— Nous sommes déjà passés par là, déclara Aiden. Le sorcier ne constitue pas une menace.

— Pourquoi ça sent les crêpes ici ? demanda Enya.

— Je vais t'en préparer, proposa immédiatement Wesley. Quelqu'un d'autre ?

Pearce haussa les épaules.

— Bien sûr.

Manus acquiesça.

— Si tu en fais de toute façon.

Impatiente, Tessa l'interrompit :

— As-tu trouvé Tiffany ? Où se trouve-t-elle ? Est-elle en sécurité ?

Un sourire de regret passa sur le visage de Manus.

— Désolé, elle ne se trouvait à aucune des deux adresses que nous avons vérifiées. Nous n'avons pas encore trouvé de dossier d'emploi.

Il échangea un regard avec Pearce.

— Pearce va rechercher son dossier de sécurité sociale pour voir où elle a travaillé en dernier. Nous pourrons peut-être trouver une piste de cette façon.

Pearce acquiesça.

— Nous allons aussi sonder le voisinage. L'adresse que Enya a vérifiée correspondrait à la dernière. Nous commencerons par là. Peut-être que quelqu'un a vu quelque chose.

Tessa sentit un sanglot se frayer un chemin dans sa gorge. Elle serra les yeux et pressa ses lèvres l'une contre l'autre, en essayant de ne pas pleurer.

— Il l'a tuée, n'est-ce pas ? Zoltan l'a tuée.

Hamish la tira dans ses bras.

— Si Zoltan n'a pas essayé de te tuer, il n'a aucun motif pour tuer ta sœur.

Il passa une main sur ses cheveux.

— Nous n'abandonnerons pas.

— Tu veux de l'aide ? proposa soudain Wesley.

Toutes les têtes se tournèrent dans sa direction.

— Je veux dire, tu sais que les sorciers peuvent scruter pour trouver des personnes, n'est-ce pas ?

— Scruter ?

Encore un mot qu'elle ne comprenait pas.

— Oui, c'est comme un GPS.

Tessa leva les yeux vers Hamish.

— Sais-tu de quoi il parle ?

À sa grande surprise, Hamish hocha la tête.

— Les sorciers possèdent le pouvoir de retrouver les gens, à condition d'avoir quelque chose pour les guider. Tu sais, comme un limier avec une odeur.

— J'ai besoin d'un peu plus qu'une odeur modifia Wesley. Je t'ai entendu dire tout à l'heure que c'était ta jumelle que tu cherchais ?

Tessa hocha la tête.

— Vraie jumelle ?

— Oui, pourquoi ?

— Les vrais jumeaux partagent le même ADN. Tout ce dont j'ai besoin, c'est de quelques gouttes de ton sang, et je pourrai rechercher ta sœur.

L'espoir fleurit dans le cœur de Tessa. Était-ce vraiment possible ?

— Tu n'oublies pas quelque chose ? demanda soudain Aiden, attirant le regard de Wesley sur lui. Tant que tu restes ici, tu ne détiens aucun pouvoir.

— Ah, j'y venais, grimaça-t-il. Cela voudrait bien sûr dire que tu devrais me laisser sortir de ces quatre murs pour que je puisse accéder à mes pouvoirs.

— Ah, putain, siffla Hamish.

Tessa s'agrippa à son biceps.

— S'il te plaît, Hamish, si c'est ça qui peut nous permettre de la retrouver, procédons ainsi.

— Tessa, une fois qu'il sera sorti, il pourra utiliser la sorcellerie contre nous.

Elle secoua la tête.

— Mais si nous attendons, il sera peut-être trop tard. Et si elle a blessée quelque part ? Et si elle était en train de mourir ? Je ne pourrais jamais me pardonner de ne pas avoir tout essayé pour l'aider. S'il te plaît, Hamish.

Elle sentit les larmes lui monter aux yeux, et cette fois, elle ne put les retenir.

– Si tu m'aimes, fais-le pour moi, s'il te plaît.

Elle sentit la poitrine de Hamish se soulever. Il lâcha un lourd soupir, puis regarda au-delà d'elle.

— Un seul faux mouvement, sorcier, et tu sentiras ma dague dans ton cœur.

— J'ai compris, Gardien de la Nuit, et le nom reste Wesley. Peut-être devrais-tu l'utiliser.

Un net sourire en coin accompagna la réponse de Wesley.

— Les crêpes devront attendre.

Personne ne s'en plaignit.

40

— Ça a intérêt à marcher, grommela Hamish sous sa respiration.

Enya, Aiden, Wesley et lui se tenaient dans un entrepôt abandonné. Manus s'était vu confier la tâche de rejoindre Logan dans sa surveillance de Gunn, tandis que Pearce restait en arrière au bastion avec Leila et Tessa.

Tessa avait protesté, mais c'était en fait Wesley qui avait réussi à la convaincre de rester au bastion.

— Si tu es avec nous, le cristal te désignera toi, pas ta sœur. Et je ne pourrai pas la localiser.

— Il a raison, Tessa, avait confirmé Hamish. Tu devras rester dans le bastion, où on t'occultera.

Il garda les yeux rivés sur Wesley pendant que le sorcier préparait tout.

— La carte ?

Aiden le lui tendit et Wesley l'étala sur le sol poussiéreux, en s'agenouillant à côté. Il jeta un coup d'œil en l'air.

— Baltimore, hein ?

Puis il enroula la gaze avec laquelle il avait absorbé quelques gouttes du sang de Tessa autour d'un cristal qu'il avait récupéré dans son sac à dos un peu plus tôt.

Hamish ne l'avait pas laissé prendre autre chose dans son sac à malices, au cas où le sorcier aurait l'intention de leur jouer un mauvais tour.

— Ça ne devrait pas prendre longtemps. Si elle vit et qu'elle se trouve quelque part sur cette carte, le cristal indiquera son emplacement.

Suspendu par une ficelle, il tint le cristal au-dessus du milieu de la carte et ferma les yeux. Une seconde plus tard, un doux bourdonnement résonna dans l'espace vide.

Hamish échangea un regard avec ses deux collègues. Ils se tenaient prêts, tout comme lui. Si Wesley prononçait un sort qui leur était destiné, ils pourraient y faire face ; d'une manière ou d'une autre, cependant, il commençait à croire que le sorcier ne leur voulait aucun mal. Les sorciers avaient toujours aidé les Gardiens de la Nuit. Leur objectif coïncidait avec celui de sa propre race : détruire les démons. Mais, tout comme les humains, les sorciers pouvaient céder aux charmes des démons, et le fait que Wesley eût réussi à utiliser l'un de leurs portails ne constituait rien d'autre qu'un léger motif d'inquiétude.

Les yeux toujours fermés, Wesley continuait à fredonner ; le cristal au bout de la ficelle se mit à bouger, comme s'il obéissait à une force invisible. Soudain, le cristal tomba sur un point de la carte.

Hamish se pencha sur la question.

— Te sens-tu sûr de toi ?

Wesley ouvrit les yeux et hocha la tête.

— Pourquoi ?

— Parce que le cristal pointe vers l'eau.

Wesley regarda la carte.

— À côté d'une jetée, précisa-t-il. Ce qui veut dire qu'elle se trouve probablement à bord d'un bateau.

— J'espère que tu as raison.

— Eh bien, allons-y et vérifions la situation, proposa Wesley.

Hamish lança un regard à Aiden.

— Qu'en penses-tu ?

— Nous devons nous préparer au cas où ce serait un piège.

Wesley se leva d'un bond, les mains sur les hanches, la frustration roulant sur lui.

— Que dois-je faire de plus pour vous prouver que je ne vous veux aucun mal ?

— Je parlais d'un piège tendu par les démons, clarifia Aiden. S'ils ont utilisé Tiffany pour mettre en scène la photo de la drogue, ils peuvent toujours la surveiller au cas où ils auraient à nouveau besoin d'elle. Nous ne voulons pas tomber dans leurs bras.

— Oh, oui, c'est vrai, c'est logique, dit Wesley.

Hamish acquiesça.

— D'accord, retournons au bastion. Tirons toutes les vidéos de surveillance de la zone et appelons Sean et Jay pour qu'ils nous rejoignent.

Enya demanda :

— Et Manus et Logan ?

— Ils doivent rester sur Gunn. Nous ne pouvons pas nous permettre de le rater, lorsqu'il contacte les démons, dit-il.

Grâce à un portail situé à proximité, ils revinrent au bastion dix minutes plus tard. Tessa attendait déjà avec impatience dans le centre de commandement où Pearce accédait aux caméras de surveillance de la zone.

— Tu as un emplacement ? demanda Tessa avec excitation.

Hamish lui serra la main.

— Oui, nous devons juste nous assurer que nous ne tomberons pas dans une embuscade lorsque nous entrerons là-dedans pour la faire sortir.

— Oh mon Dieu, j'espère qu'elle va bien. J'ai toujours rêvé d'avoir une sœur. Je ne veux pas la perdre avant d'avoir la chance de la rencontrer.

Il la regarda dans les yeux.

— Je ferai tout pour que cela n'arrive pas.

Le téléphone portable de Tessa résonna dans le centre de commandement. Elle le sortit de sa poche et regarda l'écran.

— C'est Poppy.

— Tu ne lui as pas encore parlé ?

— Elle n'a pas répondu à son téléphone quand j'ai appelé. J'ai donc laissé un message.

— Réponds, et mets-la sur haut-parleur.

Il se tourna vers Pearce, lui faisant signe de garder le silence.

Tessa appuya sur le bouton de réponse.

— Poppy, j'essayais de te joindre.

— Tessa.

Un son semblable à un soupir passa par le téléphone.

— Désolée, mais je me douchais quand tu as appelé. Tu vas bien ?

Tessa lui jeta un rapide coup d'œil. Hamish acquiesça.

— Oui, je vais bien, répondit-elle. Mais je voulais te parler de la publication d'une déclaration.

— Oh, d'accord. C'est très bien. Je me réjouis que tu t'y intéresses enfin. Je vais passer à ton appartement maintenant et nous allons rédiger quelque chose...

— Je ne suis pas chez moi. Faisons-le par téléphone...

— Alors, où es-tu ?

— Je suis à l'appartement de Hamish.

— Donne-moi l'adresse et je te rejoindrai là-bas.

Hamish secoua instantanément la tête, mais Tessa avait clairement anticipé sa réaction et disait déjà :

— Ce ne sera pas nécessaire. Écris simplement quelque chose comme quoi je suis désolée de ce qui a été révélé et que ce n'est pas ce que l'on croit. Et que je ferai une déclaration complète pour répondre à toutes les questions soulevées dans les vingt-quatre prochaines heures. Peux-tu faire cela, s'il te plaît ?

Il y eut un moment d'hésitation de la part de Poppy.

— Oui, mais qu'est-ce qu'on va faire ensuite ? Que leur diras-tu dans vingt-quatre heures ?

— J'y travaille. Fais-moi simplement confiance. S'il te plaît. En souvenir du bon vieux temps.

Poppy soupira.

— Très bien. Mais je pense vraiment qu'on devrait se rencontrer et parler de tout ça. C'est grave. As-tu vu les derniers reportages ? Ils avancent toutes sortes de théories qui te dépeignent sous un jour très défavorable.

— Je n'y peux rien. Mais c'est tout ce dont je dispose pour l'instant. S'il te plaît, publie la déclaration et nous partirons de là.

— D'accord, si tu le dis. Je vais m'en occuper.

— Merci, Poppy.

Tessa déconnecta l'appel.

— Ouf !

— Bon travail pour la retenir. Cela te permettra de gagner un peu de temps, dit Hamish.

Puis il se tourna vers Pearce.

— Quelque chose ?

Pearce pointa du doigt le moniteur qui se trouvait devant lui.

— C'est un port de plaisance. On compte peu de caméras dans cette zone. Il y en a une à l'entrée, mais pas grand-chose d'autre. Tout a l'air plutôt normal ; quelques personnes qui travaillent sur leurs bateaux. Il n'y a pas grand-chose à voir. L'endroit indiqué par le cristal de Wesley correspondrait à l'un des trois derniers bateaux sur ce quai ici. Le quai F. Je suggérerais de vérifier les trois derniers emplacements.

— D'accord. Des nouvelles de Sean et Jay ?

Pearce passa sur le deuxième moniteur et tapa quelque chose sur son clavier. Un tableau de messages s'afficha.

— Ils viennent de s'enregistrer. Ils te retrouveront à la marina.

— Bien. Tu restes ici, tu surveilles les femmes et Wesley. Préviens-moi immédiatement si Logan ou Manus appellent pour donner des nouvelles de Gunn.

— Je viens avec toi, déclara Tessa à côté de lui.

— Non, c'est plus sûr pour toi de rester dans le bastion. Si nous rencontrons des démons…

— Tiffany aura peur. Qu'est-ce qui te fait penser qu'elle te fera confiance ? Pour elle, tu ne seras pas différent des démons. Je dois être là. Quand elle me verra, elle me fera confiance.

— Bon sang, Tessa, tu vas te mettre en danger.

Elle secoua la tête.

— Tu vas entrer invisible, n'est-ce pas ? Alors, tu me rends invisible. Même si des démons sont présents, ils ne me verront pas. Et je te promets que cette fois-ci, je ne ferai pas de bruit. Ils ne m'auront pas.

Hamish expulsa une respiration exaspérée. Il savait que le raisonnement de Tessa était juste. Cela ne voulait pas dire qu'il l'aimait. Mais il ne voyait aucun argument valable qui la pousserait à rester au bastion, d'autant plus qu'il serait plus facile de convaincre Tiffany de venir avec eux si sa sœur jumelle se trouvait là.

— Très bien. Mais tu fais exactement ce que je dis. Un seul acte de désobéissance, et je ramène ton joli cul dans le bastion. Est-ce qu'on se comprend ?

Ses yeux s'illuminaient.

— Tu ne sauras même pas que je suis là.

— Bien sûr !

Il se souvenait lui avoir dit la même chose lorsqu'elle s'était plainte qu'il l'accompagne partout où elle allait. Et il avait aimé cela tout aussi peu qu'elle.

41

C'était en début d'après-midi qu'ils atteignirent le port de plaisance. La nervosité s'était glissée dans les cellules de Tessa pendant le trajet. Et si quelque chose tournait mal ? Et si les démons retenaient Tiffany en otage, et attendaient en fait que les Gardiens de la Nuit fassent une tentative de sauvetage ?

— Peux-tu confirmer qu'ils ne pourront pas nous sentir ?

Elle cherchait les yeux de Hamish. Ils étaient toujours assis dans la camionnette sombre qu'Aiden avait conduite avec Enya sur le siège passager.

— Une fois que nous devenons invisibles, ils n'ont aucun moyen de nous détecter, sauf si nous émettons un son.

— Ou s'ils possèdent des chiens, ajouta Enya en jetant un coup d'œil par-dessus son épaule.

— Des chiens ? déglutit Tessa déglutit. Pourquoi des chiens ?

— Parce qu'ils vont nous sentir.

Hamish posa sa main sur la sienne.

— Ne t'inquiète pas, Tessa. Pearce surveille par l'intermédiaire de la caméra située à l'entrée. S'il voit des chiens à proximité de la zone, il nous alertera.

Elle acquiesça, se sentant rassurée.

— Et les humains, ils ne nous verront pas non plus, n'est-ce pas ?

— C'est vrai. Mais tu pourras toujours nous voir.

— Je suis humaine. Comment puis-je te voir, si nous sommes invisibles ?

— Différents niveaux d'occultation existent. Nous pouvons choisir qui nous voit et qui ne nous voit pas.

— D'accord.

Hamish lança un regard vers les sièges avant.

— Prêt ?

Ses deux collègues acquiescèrent. Puis il toucha son oreillette.

— Sean, Jay, êtes-vous prêts ?

Tessa ne put pas entendre la réponse, seulement celle de Hamish quelques instants plus tard.

— Bien, restez là. Si vous voyez quoi que ce soit de suspect, prévenez-nous et déplacez-vous.

Une fois à l'extérieur de la camionnette, Tessa regarda autour d'elle. Le port de plaisance était de taille moyenne. Cinq pontons, ou quais, avec peut-être trois cents bateaux attachés s'étiraient. Elle vit plusieurs personnes assises sur leur bateau, profitant du soleil de l'après-midi. D'autres travaillaient : ils nettoyaient le pont ou faisaient des réparations. Plusieurs bateaux s'apprêtaient à quitter leur emplacement, tandis que deux ou trois autres arrivaient du large. Elle était déjà allée dans plusieurs marinas, invitée par des amis, et avait reconnu que ces activités lui semblaient banales. Tout semblait normal. Elle espérait simplement ne pas se tromper.

Hamish fit des signes de la main, indiquant à tout le monde de le suivre. Confiante dans le fait qu'ils portaient tous des masques et restaient invisibles, elle le suivit en silence. Ils portaient tous les quatre des chaussures de tennis, afin de ne pas faire de bruit sur les planches. Tessa en avait emprunté une paire à Leila avant de quitter l'enceinte.

Lorsqu'ils arrivèrent au bout du quai, Hamish s'arrêta et leva la main, indiquant qu'elle devait rester où elle était. Il échangea un regard avec Enya et acquiesça, puis désigna Aiden et ensuite Tessa. Lorsque Aiden acquiesça, Hamish et Enya montèrent sur le pont d'un petit voilier répondant au nom de Jenny's Folly.

Tessa les regarda jeter un coup d'œil dans les hublots, puis inspecter la serrure. Un lourd cadenas était accroché à la porte de la cabine. Mais ce n'était pas un obstacle pour Hamish. Il avança, et Tessa vit le haut de son corps disparaître en traversant le bois. Quelques secondes plus tard, son torse et sa tête replongèrent. Il regarda par-dessus son épaule et secoua la tête.

Aucun signe de Tiffany.

Enya et lui se dirigeaient vers le bateau suivant, tandis que Tessa et Aiden suivaient. Encore une fois, Tessa restait sur le quai, observant nerveusement Hamish faire la même chose que sur le premier bateau. Bon sang, Wesley s'était-il trompé ? Ou bien les avait-il trompés après tout ?

Lorsque Hamish se retourna à nouveau et que lui et Enya descendirent du bateau, Tessa sentit un peu de son espoir s'évanouir. Et si Tiffany était venue, mais qu'elle était partie maintenant ? Après tout, Wesley l'avait cherchée il y avait plus d'une heure. Elle aurait pu partir entre-temps, ou les démons auraient pu l'emmener ailleurs.

Silencieusement, elle pria. Laissez-moi retrouver ma sœur.

Instinctivement, elle suivit Hamish et Enya jusqu'aux marches en plastique qui se dressaient sur la cale pour permettre aux gens d'entrer dans le bateau. Elle sentit la main d'Aiden sur son bras, qui la retenait. Elle regarda par-dessus son épaule et hocha la tête. Elle comprenait qu'elle ne pouvait pas les suivre. Cela ne rendait pas l'attente plus facile. Elle jeta un coup d'œil devant Hamish à l'entrée de la cabane, et remarqua immédiatement une chose. Un cadenas manquait, mais lorsque Hamish essaya d'ouvrir la porte, celle-ci ne bougea pas.

Verrouillé de l'intérieur !

Les battements de son cœur s'accélérèrent. C'était peut-être ça. À nouveau, Hamish plongea son torse à travers la porte, mais cette fois, il disparut complètement à l'intérieur. Enya le suivit quelques instants plus tard. Quelque chose grinça, et Tessa remarqua que le bateau se balançait un peu d'un côté à l'autre, peut-être à cause de Hamish et Enya qui se promenaient à l'intérieur. Plusieurs minutes semblèrent s'écouler.

Puis, un autre bruit : des charnières qui grinçaient. Tessa tourna la tête dans la direction du bruit. Une trappe s'ouvrit sur la partie du pont qui donnait sur l'eau. Une main se tendit. Celle d'Enya ? Tessa se déplaçait déjà le long de la cale pour mieux voir, quand quelqu'un haleta soudain et que la main disparut à l'intérieur du bateau.

Tessa jeta un regard par-dessus son épaule. Aiden avait déjà couru sur le pont et passait par l'écoutille de la porte, comme ses collègues avant lui. Le bateau tangua à nouveau d'un côté à l'autre, et des bruits étouffés se firent entendre.

Oh mon Dieu, non. Qu'est-ce qui se passait ?

La porte s'ouvrit enfin et Aiden lui fit signe d'approcher. Elle monta pratiquement en courant les marches en plastique et se retrouva sur le pont. Aiden l'aida à entrer dans la cabine. Elle faillit trébucher lorsqu'elle descendit dans l'obscurité. Des petits rideaux couvraient les hublots. Mais ses yeux s'adaptèrent et elle vit enfin ce qui se passait.

Enya maintenait une femme qui se débattait au sol sur le banc qu'elle avait tiré pour en faire un lit. Tessa fit quelques pas pour s'approcher.

— Tiffany ? murmura-t-elle en échangeant un regard avec Hamish, qui acquiesça.

Tessa posa une main sur l'épaule d'Enya.

— Laisse-la tranquille, Enya. Elle a peur.

Après avoir hésité une seconde, Enya relâcha la femme, qui s'engouffra aussitôt dans le coin du lit, les jambes ramenées sur sa poitrine, les bras enroulés autour d'elles. Des yeux effrayés les regardaient. Mais Tessa n'avait aucun doute sur l'identité de la femme : c'était sa sœur jumelle. Et elle était terrifiée, elle tremblait, elle gémissait.

— Des symptômes de sevrage, murmura Hamish.

— Est-ce qu'elle peut nous voir ? demanda Tessa en chuchotant.

Hamish acquiesça.

— Reculez, vous tous. Je vais m'occuper d'elle, déclara Tessa.

À son grand soulagement, les trois Gardiens de la Nuit honorèrent sa demande et reculèrent vers l'échelle en bois qui menait à l'entrée.

Le regard effrayé de Tiffany se dirigea vers Tessa. Tessa se rapprocha et glissa son genou sur le lit, rampant vers sa sœur.

— N'aie pas peur, Tiffany. Je suis là pour t'aider.

Sa jumelle laissa échapper un sanglot et se rongea les ongles, son regard parcourant nerveusement la cabine, puis revint sur Tessa. Ses yeux semblèrent se concentrer, et il apparut que ce n'était que maintenant que Tiffany la voyait vraiment. Un souffle s'échappa de la gorge de sa sœur.

— Non, non..., gémit-elle. Non, je ne suis pas folle. Plus maintenant, sanglota-t-elle. Oh mon Dieu, je ne me droguerai plus jamais... non, non, s'il te plaît...

Tessa se rapprocha en rampant.

— Tiffany, je m'appelle Tessa. Je suis ta sœur. Ta sœur jumelle. Je suis là pour t'aider.

— Ma sœur. Murmura-t-elle comme si elle ne comprenait pas.

— Oui, ta sœur jumelle. Tu vois, nous nous ressemblons toutes les deux. Je vais m'occuper de toi maintenant. Tu es en sécurité.

Tiffany avait les yeux rivés sur le visage de Tessa. Elle secoua la tête, mais elle tendit ensuite la main.

— Ma jumelle... ma sœur ?

Tessa attrapa la main de Tiffany et la porta à sa propre joue.

— Oui, je suis ta sœur et tu n'auras plus jamais à avoir peur.

Un sanglot se déchira dans la poitrine de Tiffany, et elle jeta soudain ses bras autour de Tessa.

— J'ai tellement peur. Aide-moi. Je veux arrêter. S'il te plaît. Je veux vivre.

Tessa étouffa ses propres larmes et caressa sa main sur les cheveux de Tiffany.

— Je suis là pour toi. Tout va bien se passer. Personne ne te fera plus de mal.

Lorsqu'elle sentit Tiffany s'affaisser contre elle, elle regarda par-dessus son épaule et croisa le regard de Hamish.

— Nous devons l'emmener à l'hôpital.

Hamish secoua la tête.

— Elle sera mieux dans un centre de désintoxication. Ils la rendront clean, si c'est son désir.

Tessa hocha la tête en signe d'assentiment.

— Je connais quelqu'un qui peut nous aider dans ce domaine.

UNE HEURE PLUS TARD, la camionnette s'arrêtait devant une clinique. Hamish conduisait. Enya et Aiden retournaient au bastion, et Sean et Jay à leurs missions respectives, après s'être assurés qu'aucun démon ne se trouvait dans les environs.

— Nous sommes arrivés, murmura Tessa à Tiffany, qui s'accrocha à elle sur la banquette arrière, encore secouée par le manque.

Et très probablement aussi de la peur.

Tiffany n'avait pas dit grand-chose. Tout ce que Tessa avait pu tirer d'elle, c'était qu'elle s'était introduite dans le bateau pour trouver refuge après s'être réveillée dans une ruelle, sans savoir comment elle était arrivée là.

Hamish désignait maintenant une personne qui attendait sur le trottoir devant l'immeuble.

— Voilà Gabriella.

Il regarda par-dessus son épaule.

— Tu en es certaine ?

Tessa acquiesça.

— Elle a proposé son aide. Son centre n'est pas encore ouvert à cause de l'incident, mais elle siège au conseil d'administration de celui-ci. Nous avons besoin d'elle. Obtenir une place dans un bon centre de désintoxication dans cette ville est pratiquement impossible. Les listes d'attente sont trop longues. Nous ne pouvons pas attendre. Tiffany a besoin d'aide maintenant.

Hamish acquiesça d'un signe de tête.

— D'accord, si tu lui fais confiance.

Tessa sourit.

— Tu as dit toi-même que tes collègues ne croient pas qu'elle soit impliquée dans l'incident du centre.

Il soupira, puis éteignit le moteur.

— Je vais t'aider avec Tiffany.

Il sortit de la voiture et fit signe à Gabriella, qui s'approcha instantanément.

Hamish fit glisser la porte latérale de la camionnette et tendit la main à l'intérieur. Tiffany se recula instantanément.

— C'est bon, Tiffany, nous sommes en sécurité maintenant.

Il se déplaça sur le côté pour qu'elle pût voir Gabriella.

— Cette gentille dame va nous aider à t'installer dans une chambre douillette et lumineuse. Et ta sœur restera avec toi jusqu'à ce que tu te sentes assez reposée pour dormir un peu, d'accord ?

Gabriella sourit doucement.

— Allez, chérie, c'est bientôt l'heure du dîner. J'ai entendu dire qu'ils servaient un merveilleux rôti ce soir. Et une tarte aux cerises pour le dessert.

Sa voix ressemblait à celle d'une fée marraine.

Tessa lui adressa un sourire reconnaissant.

— Ça a l'air délicieux, tu ne trouves pas, Tiffany ? Je commence à avoir faim. On entre ?

Tiffany lui jeta un regard hésitant. Puis elle acquiesça lentement. Avec l'aide de Gabriella et de Hamish, ils la firent sortir de la voiture et entrer dans le bâtiment.

Gabriella les guidait dans un long couloir. Elle passa à côté de Tessa et se pencha sur elle.

— Je n'ai jamais cru les reportages. Je savais qu'il devait y avoir une explication. Je suis si heureuse que tu m'aies appelée.

Tessa sourit.

— Je te remercie tellement d'avoir pu organiser notre accueil dans cet endroit dans un délai aussi court.

Elle fit un geste dédaigneux de la main.

— Tu as tellement aidé le centre. C'est le moins que je puisse faire en retour.

Tessa serra le bras de Gabriella.

— Je ne sais pas comment te remercier.

Elle secoua la tête.

— Je suis tellement surprise. Je veux dire, je n'avais pas réalisé que tu avais une sœur, et encore moins une vraie jumelle.

— Personne ne savait.

Enfin, personne sauf ses parents, l'agence d'adoption et apparemment les démons.

— Je viens juste de le découvrir moi-même. Mais maintenant que je sais, je veux m'assurer qu'elle reçoit tous les soins dont elle a besoin.

— Ta sœur sera prise en charge par les meilleurs professionnels ici, je te le promets. Dans quelques mois, elle sera une jeune femme bien adaptée, tout comme toi.

Ils atteignirent un poste d'infirmière très fréquenté, où ils s'arrêtèrent. Gabriella s'approcha du comptoir.

— Oh, Mme VanSant, nous avons reçu votre appel. J'ai tout mis en place. Le médecin sera avec vous dans environ cinq minutes pour examiner la patiente, dit l'infirmière derrière le bureau avec un sourire.

— Examiner ?

Tiffany fit écho et s'accrocha à Tessa.

Gabriella se tourna vers elle avec un sourire.

— Juste pour qu'on puisse s'assurer que tu vas bien. Tu sembles peut-être un peu déshydratée et fiévreuse. Ce ne sera pas long. Ensuite, tu pourras te reposer et manger quelque chose.

— C'est bon, Tiffany, je vais rester avec toi, déclara Tessa.

L'infirmière derrière le comptoir lui indiqua un coin salon.

— Veuillez vous asseoir. Je vous appellerai sous peu.

Puis elle tendit une planchette à pince.

— Et j'aurai besoin que la personne responsable du patient remplisse quelques formulaires.

Tessa prit le presse-papiers.

— Je vais m'occuper de ça.

Alors qu'ils étaient tous assis, elle sentit soudain la main de Hamish sur son bras. Elle croisa son regard et il lui indiqua une télévision accrochée au mur. Le son était coupé, mais le sous-titrage était activé.

Poppy se tenait devant les marches de l'hôtel de ville, vêtue d'un tailleur-pantalon chic et portant des lunettes de soleil à larges bords, tandis qu'elle lisait une déclaration sur un bout de papier. Tessa suivit en lisant les légendes.

« ... que ces allégations seront traitées en temps voulu. Mme Wallace vous demande de faire preuve de patience pendant qu'elle dissipe ces malentendus. Nous publierons une déclaration qui répondra à toutes vos questions dans les vingt-quatre prochaines heures. Je vous remercie. »

Poppy tourna les talons, ignorant les micros qu'on lui tendait pour lui demander plus de détails, et replongea dans le bâtiment.

Tessa soupira et échangea un regard avec Hamish.

— Tout va s'arranger maintenant, déclara-t-il.

— Je ne sais pas comment te remercier pour ce que tu as fait.

Il y avait une lueur dans ses yeux.

— Je le sais, murmura-t-il en se penchant pour qu'elle seule pût l'entendre.

Elle sentit son visage rougir.

Hamish sourit.

— Mais d'abord, occupons-nous de ta sœur.

42

———

Il était presque minuit lorsque Hamish revint au bastion, Tessa à ses côtés. Il passa son bras autour de sa taille alors qu'ils se diri-geaient vers ses quartiers, réalisant à quel point elle devait être épuisée après avoir passé les dernières heures à la clinique de désin-toxication.

— Tu as montré beaucoup de patience envers ta sœur, la félicita-t-il.

Son sourire trahissait sa fatigue, mais restait sincère.

— Elle a besoin d'une famille. Je vais parler à mes parents pour leur demander si elle peut vivre avec eux après sa cure de désintoxica-tion. Seulement jusqu'à ce qu'elle soit remise sur pied. Peut-être que je pourrai lui trouver un travail, lui faire suivre une formation, je ne sais pas. Quelque chose. Je veux qu'elle ait une chance de vivre une bonne vie.

— Une chose à la fois, lass. Elle devra suivre une cure de désintoxi-cation pendant quelques mois. D'après ce que le médecin a pu tirer d'elle, elle se drogue depuis longtemps. Ce n'est pas une dépendance facile à vaincre. Nous devons faire preuve de patience.

Mais Tessa était fière de se tenir aux côtés de sa sœur et de la soutenir.

— Tu t'es bien débrouillée aujourd'hui. Quand Tiffany te regarde, je peux voir de l'espoir dans ses yeux. On va s'en sortir.

— Nous ?

Il ouvrit la porte de ses quartiers et ils entrent.

— Oui, nous. Je t'accompagnerai dans cette démarche.

— Même si tu n'as aucune obligation de le faire ?

Il laissa la porte se refermer et passa sa main sous son menton, le faisant basculer vers le haut. Il la regarda profondément dans ses yeux couleur lavande, ceux qu'il avait appris à aimer et qu'il apprendrait à aimer encore plus.

— Tu n'as pas non plus l'obligation de t'occuper de ta sœur, et pourtant tu n'as pas hésité une seule seconde quand tu as compris qu'elle avait besoin de toi. Je te tire mon chapeau.

— Elle est ma chair et mon sang. Enfin, j'ai l'impression d'avoir récupéré quelque chose qui me manquait. Elle fait partie de moi, même si je ne me souviens pas d'elle. J'aurai besoin d'apprendre à la connaître à nouveau.

Hamish passa sa main dans ses cheveux.

— Je sais que ce n'est peut-être pas le bon moment pour te parler de ça, mais tu devras rendre son histoire publique. Et bientôt. Demain. Sinon, tu remettras l'élection à Gunn.

Tessa soupira.

— Sa vulnérabilité est tellement grande. Je ne veux pas la faire défiler devant la presse. Elle a besoin d'un peu d'intimité maintenant. Pour qu'elle puisse guérir. Qui sait quels souvenirs elle garde à propos des démons qui l'ont attaquée ?

— Probablement pas grand-chose, ce qui constitue une bonne nouvelle. Elle n'aura jamais besoin de découvrir l'existence des démons.

Il prit une inspiration.

— Et j'aimerais pouvoir vous donner à toutes les deux le temps dont vous avez besoin, mais la vérité doit éclater tant qu'elle peut encore faire la différence. L'élection aura lieu dans trois jours. Nous devons agir avant qu'il ne soit trop tard.

— J'aimerais pouvoir m'asseoir avec ma sœur jusqu'à la fin de l'élection et rester auprès d'elle, plutôt que de devoir faire une déclaration à la presse.

— Humm.

Il réfléchit à ses paroles.

— Peut-être que tu pourras t'en tirer sans déclaration.

Elle le regarda, confuse. `

— Mais je croyais que tu venais de dire que la vérité devait éclater avant qu'il ne soit trop tard.

— J'ai fait ça. Mais j'ai une idée.

— Quelle idée ?

— Tu te souviens de Meredith Durant ?

— La journaliste qui a publié la photo en premier ?

Il acquiesça.

— Nous lui enverrons un message anonyme lui disant que si elle veut vraiment obtenir le scoop sur Tessa Wallace, elle devra se rendre à la clinique de désintoxication de Bolton Hill demain à onze heures. Elle s'attendra à t'y trouver en tant que patiente. Au lieu de cela, tu rendras visite à ta sœur. Je m'assurerai que le personnel regarde ailleurs pour qu'elle puisse se faufiler. Nous nous assurerons que ta sœur jumelle et toi restiez dans un endroit où Meredith Durant pourra prendre des photos sans se faire remarquer. Elle ne pourra pas s'empêcher de publier une histoire aussi énorme. Pense à la progression de sa carrière en étant la journaliste qui a découvert la vérité sur la conseillère Wallace. Ta sœur n'aura pas à subir de questions. Et tu n'auras pas à t'exprimer. Tu seras la femme qui ne faisait que protéger sa sœur jumelle.

— Tu es sûr que ça va marcher ?

— Fais-moi confiance. J'ai rencontré suffisamment de journalistes pour connaître leurs attentes : une exclusivité. Elle sautera sur l'occasion. Demain en début de soirée, Mlle Durant aura publié l'histoire dans leur édition en ligne, et le lendemain matin, on la trouvera dans tous les kiosques à journaux. Cela donnera aux électeurs suffisamment de temps avant l'ouverture des bureaux de vote dans trois jours pour qu'ils réalisent que tu es toujours le meilleur choix pour le poste de maire.

— Et que dois-je faire en attendant ?

— Tu t'occupes de ta sœur. Reste à l'écart des regards du public. Enya et moi t'accompagnerons chaque fois que tu quitteras le bastion pour rendre visite à ta sœur. Et le jour de l'élection, il sera trop tard pour que Gunn ou les démons puissent faire quoi que ce soit d'autre.

Et une fois qu'ils auraient réalisé qu'ils avaient perdu, les démons concentreraient leur attention sur une cible plus facile. Le danger ne serait jamais vraiment écarté, mais Hamish accompagnerait toujours Tessa. Zoltan allait devoir s'en rendre compte et diriger son énergie vers des objectifs plus réalisables.

Finalement, Tessa hocha la tête.

— D'accord, nous le ferons à ta façon. Demain.

Il l'embrassa, sachant que c'était la meilleure solution.

———

Tout s'était déroulé exactement comme il l'avait prévu.

Ils étaient revenus au bastion après une longue visite à Tiffany, qui souffrait encore des symptômes de sevrage. Elle se plaignait de fortes crampes et de nausées, et avait même vomi pendant que Tessa la réconfortait. Hamish avait observé de loin comment la fièvre et les frissons secouaient le corps souple de Tiffany, comment les spasmes musculaires rendaient ses mouvements imprévisibles. Mais il vit aussi la compassion de Tessa en action. Elle agissait comme il le fallait. Si elle traitait ses électeurs de la même façon que sa sœur, cette ville se retrouverait entre de bonnes mains une fois qu'elle serait mairesse.

Et à en croire les apparences, plus rien ne se mettait en travers de son chemin.

Avec Tessa à ses côtés, Hamish entra dans la cuisine du bastion où Leila était en train de cuisiner aidée par Wesley. Le reste de la bande, moins Logan, se prélassait devant la télévision.

Hamish s'approcha du sorcier et lui tendit la main.

— Je n'ai pas encore eu l'occasion de te remercier pour ton aide.

Wesley sourit et lui serra la main.

— C'est un plaisir. Je me réjouis que vous ayez trouvé la sœur de Tessa. J'espère qu'elle s'en sortira bien.

— Elle est entre de bonnes mains, confirma Hamish. Je suis désolé de m'être méfié de toi au début.

Wesley haussa les épaules.

— De l'eau qui a coulé sous les ponts. J'espère que cela signifie que nous pouvons parler d'une alliance entre Scanguards et les Gardiens de la Nuit.

— J'enverrai un message à notre instance dirigeante dès que les choses se seront un peu calmées, promit Hamish.

La moindre des choses que Wesley méritait, c'était une audience avec le Conseil de Neuf. Il l'avait mérité.

Lorsque Manus s'approcha d'eux, Hamish demanda :

— Hé, quelque chose sur Gunn ?

Manus grimaça.

— Quand la nouvelle de la jumelle de Tessa est tombée il y a environ une heure, il était pâle comme un linge ! Cet homme affiche un caractère bien trempé, je te le dis. Il a crié au meurtre. J'ai dû m'écarter pour éviter que le vase, qu'il a lancé contre le mur, ne me heurte. J'ai bien apprécié quand Logan m'a relevé.

Il attrapa la bouteille de whisky sur le comptoir et s'en servit un verre.

— As-tu eu l'impression qu'il va tenter autre chose avant les élections ? demanda Hamish en jetant un coup d'œil au-delà de lui. Il vit

Tessa, appuyée contre le mur, fixant son téléphone portable qui sonnait comme si elle contemplait l'opportunité d'y répondre ou non.

— Il faudra bien qu'il le fasse, sinon il est fini. Je veux dire qu'il est encore tôt – les chaînes de télévision ne font que reprendre l'histoire, mais elle circule déjà sur Internet. Attends un peu que tous les électeurs de Baltimore en prennent connaissance... s'esclaffa Manus. Cette journaliste a pratiquement transformé Tessa en sainte. Je veux dire, je ne dis pas qu'elle ne l'est pas, mais je ne pense pas avoir lu un article aussi positif depuis la mort du maire.

Hamish acquiesça. Il avait bien évalué Meredith Durant. Elle ne l'avait pas déçu.

Son regard revint sur Tessa. Instantanément, il était en alerte. Elle était en train de parler sur son téléphone portable, apparemment très agitée. Sans hésiter, il se dirigea vers elle.

— Non, je m'abstiens de faire une déclaration.

Hamish fit la moue :

— Qui ?

Tessa posa une main sur le micro du téléphone.

— Poppy, chuchota-t-elle.

— Laisse-moi m'en occuper.

Tessa leva les épaules, mais semblait heureuse de lui tendre le téléphone.

— Hé Poppy, c'est Hamish.

— Hamish ? Peux-tu faire entendre raison à Tessa ? Je suis sa directrice de campagne. Je n'aurais pas dû apprendre ça par Internet !

Poppy était clairement agacée.

— Et maintenant, elle ne veut pas sortir et commenter l'article de presse.

Hamish soupira.

— Je suis désolé, Poppy. Je comprends ta frustration. Mais Tessa a demandé à ce qu'on respecte son intimité et celle de sa sœur. C'est une période difficile pour elles deux.

— Une période difficile ? Tu te moques de moi ? L'élection a lieu dans deux jours ! Si elle ne vient pas parler aux électeurs, elle finira par perdre les élections.

— Je partage l'opinion de Tessa à ce sujet.

Il croisa le regard de Tessa, qui lui adressa un sourire reconnaissant.

— Elle fera profil bas jusqu'à l'élection. Nous avons fait tout ce que nous pouvions. Maintenant, c'est entre les mains des électeurs.

— Fais en sorte qu'elle me rencontre au moins. Il faut qu'on parle de tout ça. Il faut qu'on fasse des projets, insista Poppy, sa voix devenant de plus en plus aiguë chaque seconde.

— On se retrouve le soir des élections à l'hôtel de ville. Bonne nuit, Poppy.

Il déconnecta l'appel et fit taire le téléphone.

Tessa soupira.

— Merci d'avoir fait ça. C'est vraiment difficile de dire non à Poppy. Elle est toujours si insistante. Mais je n'ai tout simplement pas envie d'affronter la presse en ce moment. Je suis épuisée et j'ai besoin de mon énergie pour Tiffany.

Hamish l'attira dans ses bras.

— Je suis là pour toi.

Il l'embrassa, jusqu'à ce qu'il entendît les braillements de ses collègues.

— Prenez une chambre ! exigea Aiden.

Hamish relâcha les lèvres de Tessa et sourit en remarquant ses joues rougies.

— Normalement, je n'aime pas recevoir d'ordres d'Aiden, mais je suis d'humeur obéissante aujourd'hui…

43

———————

C'était le moment.

L'hôtel de ville bourdonnait comme une ruche. Plus de policiers que d'habitude assuraient la sécurité sur place pour faire face au nombre accru de visiteurs venus écouter les deux candidats s'exprimer le soir de l'élection. En plus de la sécurité habituelle qui exigeait que chaque visiteur passe par un détecteur de métaux, le personnel de l'hôtel de ville dirigeait les gens vers les zones où ils pouvaient obtenir des rafraîchissements et s'asseoir.

Seules les personnes invitées étaient autorisées à se rendre sur les lieux ce soir. Mais d'après Tessa, cela ne signifiait pas seulement les invités officiels sélectionnés par le maire par intérim et la conseillère municipale. Chaque employé de la ville avait reçu deux tickets à distribuer à ses amis et à sa famille.

Mais ce n'était pas un événement que Tessa pouvait zapper. Ce soir, elle devait être présente. Les sondages préliminaires à la sortie des bureaux de vote montraient qu'elle s'en sortait bien, et si tout continuait ainsi, c'était elle qui allait monter sur le podium à la fin de la soirée, pour prononcer un discours de remerciement. Hamish sentit son cœur se remplir de fierté. Il savait que cette ville lui convenait parfaitement. Mais il savait aussi que cela signifiait qu'un avenir ensemble, si Tessa le souhaitait, serait compliqué.

Dans son esprit, Hamish passa en revue les dispositions de sécurité qu'il avait prises pour Tessa afin de s'assurer que personne ne l'agresserait dans la mêlée de ce soir. Sean montait la garde à l'entrée principale, Jay à l'entrée latérale utilisée par le personnel et le service de restauration. Tous deux se dissimulaient, armés et équipés d'appareils de communication afin de pouvoir alerter le reste de l'équipe s'ils voyaient un démon entrer. Aiden parcourait les couloirs, visible, à la recherche de tout élément suspect. Manus, Enya et Logan suivaient Gunn, invisibles. Seul Pearce était resté à l'arrière du bastion avec Leila et Wesley.

Alors que Wesley avait proposé son aide, Hamish et ses collègues avaient voté contre. Ils avaient déjà enfreint suffisamment de règles en ne l'enfermant pas et en ne prévenant pas encore le Conseil des Neuf de sa présence. Hamish prévoyait de s'occuper de ce problème après les élections, quand tout se serait calmé.

Hamish se tourna vers Tessa, qui arborait un sourire radieux ce soir. Elle portait une élégante robe rouge à décolleté plongeant. Ils étaient seuls dans son bureau au troisième étage de l'hôtel de ville, où ils attendaient que son équipe fît le point et confirmât que tout le monde occupait sa position.

— Prête à te mêler à la foule ?

Elle inspira profondément, sa poitrine se soulevant par la même occasion, attirant son regard sur ses seins.

— Tu aurais peut-être dû porter quelque chose d'un peu moins révélateur, songea-t-il, détestant l'idée que tous les hommes présents ce soir la reluqueront.

Tessa gloussa doucement et posa sa main sur la poitrine de Hamish, faisant courir ses doigts sur le revers de sa veste.

— Je porte ça pour toi.

Il roula des yeux.

— Pour moi, tu ne devrais porter qu'un soutien-gorge moulant et une petite culotte.

Ses paupières papillonnèrent d'une façon des plus aguichantes.

— Je porte ça en dessous.

Il l'attira à lui, de sorte que ses seins étaient écrasés contre sa poitrine et que ses hanches étaient alignées avec les siennes.

— Tu sais comment m'exciter.

— J'apprends vite, murmura-t-elle et effleura ses lèvres sur les siennes. Je pensais que tu aimais ça.

— J'adore ça.

— Alors montre-moi plus tard à quel point, suggéra-t-elle en se libérant de son étreinte.

Elle se dirigea vers la porte et il la suivit des yeux.

— Tu viens ?

— Presque, dit-il et il ajusta sa queue montante, désireux qu'elle descendît.

Ce n'était ni le moment ni l'endroit.

— Allons-y avant que j'oublie toutes mes manières.

Avec Hamish à ses côtés, Tessa atteignit la galerie qui donnait sur la grande rotonde au milieu de l'hôtel de ville. En dessous d'eux, des chaises et un podium attendaient les discours qui seraient prononcés plus tard dans la soirée : un discours de concession et un discours d'acceptation. Gunn et elle prendraient la parole, mais on ignorait qui prononcerait quel discours. Les bulletins de vote avaient été clos une heure plus tôt, mais tous les districts n'avaient pas encore communiqué leurs résultats.

— Je suis nerveuse, admit-elle.

Hamish glissa son bras autour de sa taille.

— Je comprends. Mais tout se présente bien. Les sondages de sortie des urnes te sont favorables. Et Gunn serait stupide de tenter quoi que ce soit ce soir avec autant de témoins. Mais, s'il se montre assez fou pour agir, nos gars l'élimineront avant qu'il ne puisse te faire du mal.

Elle sourit, reconnaissante de tous les efforts déployés par Hamish et ses collègues. Mais elle pensait aussi à l'avenir.

— Et si je gagne vraiment ? Et après ?

— Alors tu ramèneras l'ordre et la justice à Baltimore.

— Et les démons ? Vont-ils abandonner ?

La voix de Hamish n'exprimait aucune hésitation lorsqu'il répondit :

— Jamais vraiment. Ils seront toujours à l'affût d'une occasion, mais même eux savent quand ils courent après une cause perdue. Zoltan comprendra très vite que je ne te laisserai pas sans protection, même après les élections.

— Mais comment cela va-t-il fonctionner ?

Il l'attira plus près de lui et approcha ses lèvres de son oreille.

— Je comptais t'en parler plus tard, après les élections. Mais puisque tu en parles...

Elle tourna son visage pour le regarder.

— Tu veux dire que j'aurai toujours besoin d'un garde du corps-faux-petit-ami ?

— J'espérais pouvoir être plus que cela.

Ses yeux marron chocolat semblaient pétiller.

— Et si j'ai quelque chose à dire à ce sujet, il n'y aura pas de faux en vue

Son cœur fit un saut périlleux excité.

— Est-ce que tu...

Elle déglutit difficilement.

— Tu veux dire...

— Je –

— Tessa !

La voix grinçante de Gunn l'interrompit et la fit tourner sur elle-même.

Vêtu d'un costume gris foncé, Gunn arborait une impressionnante silhouette. Il était seul, bien qu'elle sût qu'Enya, Manus et Logan devaient se trouver à proximité. Mais ils s'étaient occultés pour que même Tessa ne pût pas les voir.

— Bonsoir, Robert, dit-elle le plus calmement possible, bien que sa présence la déstabilise.

Gunn fit un bref signe de tête en direction de Hamish, puis reporta son regard sur elle, son visage exprimant de l'indifférence. À quel point était-il un bon acteur ?

— Intéressante petite mascarade que tu as montée cette semaine, commença-t-il.

— Ce n'était pas une mascarade.

— N'est-ce pas ? C'est un peu bizarre que Durant et son torchon partial écrivent d'abord que tu es une droguée, puis se rétractent complètement trois jours plus tard en sortant une histoire larmoyante sur la bonne sœur que tu es, qui s'occupe d'une sœur droguée que tu viens de sortir d'un chapeau. Bien joué !

Mais les deux derniers mots semblaient plus une malédiction qu'un compliment.

— Je n'aime pas ton insinuation selon laquelle tu crois que c'est une mise en scène. Nous savons tous les deux qui mit en place cette fausse histoire selon laquelle j'aurais consommé de la drogue pour booster sa propre campagne, rétorqua-t-elle.

Gunn rétrécit les yeux.

— Tu m'accuses d'être impliqué dans ça ?

Elle fit un pas vers lui, courroucée par ses mensonges.

— Qui d'autre avait un intérêt personnel à me voir tomber ?

— Même si j'aimerais m'attribuer le mérite de cette brillante initiative, j'aime à penser que ma supériorité intellectuelle me permet d'éviter de te donner l'occasion de te transformer en Mère Thérésa, souffla-t-il. Je suis convaincu que ta directrice de campagne, Miss Smartypants, a tout préparé pour toi. J'aurais peut-être dû l'engager à la place.

— Comme si Poppy aurait travaillé pour quelqu'un comme toi.

Elle sentit la main de Hamish sur son bras, et réalisa seulement maintenant que sa voix s'était élevée.

— Oui, M. McGregor, vous devriez la retenir, sinon elle pourrait se blesser. Et ce n'est pas notre objectif, n'est-ce pas ? Ce serait dommage de décevoir tous ses électeurs.

Gunn tourna les talons et s'engagea dans le couloir, disparaissant au détour d'une porte.

Tessa se força à lâcher un juron.

— Ce vil, ce mauvais...

— Tessa, arrête ça. Il était juste en train de t'énerver. Il sait qu'il est perdu.

Il lui prit la main, l'entraînant vers les escaliers.

Alors qu'ils descendaient dans la rotonde, elle lui jeta un coup d'œil.

— Tu crois ce qu'il a dit ? Qu'il ne l'ait pas fait ?

— C'est un menteur très convaincant et il est désespéré. Il est capable de tout.

Elle hocha la tête pour elle-même.

— C'est aussi le sentiment que j'ai eu.

En arrivant au premier étage où la foule se mêlait, Tessa laissait ses yeux vagabonder. Son assistante Collette se dirigeait droit sur elle en souriant.

— Te voilà, la salua Collette.

— Salut, Collette, répondit Tessa. Tu es magnifique ce soir.

Sa robe jaune lui allait à ravir.

— Merci, toi aussi. Et merci encore de m'avoir donné tes billets supplémentaires. J'ai amené mon fils et mes parents.

Elle pointa du doigt la foule.

— Ils sont tellement excités de savoir que je pourrais bientôt travailler pour le nouveau maire.

— Les résultats ne sont pas encore tombés, la mit en garde Tessa.

Collette sourit.

— Mais ça se présente très bien. Nous croisons tous les doigts.

— Merci ! C'est très gentil. Au fait, as-tu vu Poppy ?

Collette tourna la tête sur le côté.

— Je viens de lui dire bonjour. Elle est allée aux toilettes il y a une seconde.

Elle désigna le couloir à côté de l'escalier avec un panneau indiquant toilettes pour dames au-dessus de la porte ouverte.

— Là-dedans.

— Merci !

— Je vous verrai tous les deux plus tard, dit Collette et s'éloigna.

— Ça te dérange si je vais voir Poppy ? Elle doit encore m'en vouloir pour ne pas avoir répondu à ses appels téléphoniques.

Hamish hésita. Puis il appuya son doigt sur le micro de son oreille.

— Où se trouve Gunn maintenant ?

Il hocha la tête après une courte pause.

— D'accord, tu peux aller dans les toilettes des dames, mais seulement là. Je serai là à surveiller l'entrée.

— Je serai bientôt de retour.

Tessa se retourna et se dirigea vers la porte ouverte et le couloir. Au bout de celui-ci, elle effectua un virage à droite menant à plusieurs portes : les toilettes des dames, une salle de concierge et quelques placards mécaniques. Elle poussa la porte des toilettes des dames et entra.

44

———————

Debout à quelques mètres seulement de l'entrée du couloir qui menait aux toilettes pour dames, Hamish jeta un coup d'œil autour de lui. De plus en plus de visiteurs affluaient. Il aperçut Sean qui se tenait près de l'entrée et qui passait en revue, d'un œil critique, toutes les personnes qui franchissaient les détecteurs de métaux. En levant les yeux, Hamish regarda vers la galerie. Plusieurs personnes s'y promenaient, certaines avec des boissons à la main. Il remarqua Gunn en train de serrer la main de quelqu'un. Tant mieux, il se trouvait loin de Tessa.

— Excusez-moi, jeune homme, dit soudain une femme.

Hamish tourna la tête pour regarder la dame, qui semblait avoir la soixantaine.

— Oui, madame ? Je peux vous aider ?

Elle pointa du doigt le ticket qu'elle tenait dans sa main.

— Vous avez l'air de bien connaître les lieux. Ma fille m'a donné ce billet et m'a dit qu'elle me retrouverait à l'entrée pour me montrer où je pourrais m'asseoir, mais je ne la vois pas.

Hamish jeta un coup d'œil sur le billet.

— Il n'y a que des places générales. Vous savez, premier arrivé, premier servi.

— Oh, Poppy n'en a pas parlé.

Elle poussa un long soupir de souffrance.

— Poppy Connor ?

La femme s'approcha d'un pas.

— Oui. C'est la directrice de campagne de la conseillère municipale Tessa Wallace. J'espère qu'elle va gagner. Enfin, ce Gunn, je ne l'aime pas.

Elle mit sa main sur sa bouche.

— Oh là, vous n'avez pas voté pour lui, n'est-ce pas ?

Hamish secoua la tête et sourit.

— Je suis d'accord avec vous sur ce point. Alors, vous êtes la mère de Poppy.

Elle hocha la tête avec fierté.

— Vous la connaissez ? Elle est si brillante. Mais je l'ai à peine vue depuis qu'elle travaille sur la campagne de Tessa. Elle est toujours si occupée.

Hamish sourit, en jetant un coup d'œil vers le couloir.

— Oui, j'en suis sûr.

Puis il fit signe vers la zone où on avait installé des rangées de chaises devant une estrade.

— Vous devriez prendre une bonne place pendant que vous le pouvez encore, Mme Connor.

— Vous avez raison, je ferais mieux d'y aller.

— Et j'espère que vous vous sentirez mieux après votre chute, ajouta-t-il automatiquement.

Elle s'était déjà détournée et tournait maintenant la tête vers lui.

— Ma chute ?

Il acquiesça.

— Oui, il y a quelques jours. Vous étiez à l'hôpital.

Le front de Mme Connor se fronça.

— Je suis revenue d'Aruba il y a deux jours. Et je peux vous assurer que je ne suis tombée nulle part. Je ne suis pas si vieille.

Il y avait un ton tranchant dans sa voix. Avec un soupir, elle se retourna et se dirigea vers les chaises.

Rien dans sa démarche ne laissait supposer qu'elle avait récemment fait une chute et qu'elle avait dû passer du temps à l'hôpital. Alors pourquoi Poppy avait-elle laissé Tessa seule dans son appartement pour aller s'occuper d'elle à l'hôpital ?

Poppy avait menti.

— Ah merde ! jura-t-il.

Il tourna sur lui-même et se mit à courir, le doigt sur son micro.

— Ce n'est pas Gunn, c'est Poppy.

———

TESSA SORTIT de la cabine et se dirigea vers l'évier, s'apprêtant à ouvrir l'eau. Elle remarqua alors que des morceaux de verre d'une flûte de champagne cassée gisaient autour de l'évier. Agacée par la négligence des gens, elle se dirigea vers le deuxième évier et commença à se laver les mains.

— Je sais que tu m'en veux toujours, Poppy, dit-elle. Mais j'avais besoin de quelques jours pour moi.

La porte de la cabine s'ouvrit et Poppy sortit. Tessa leva les yeux et vit le reflet de son amie dans le miroir.

— C'est quoi ces lunettes de soleil ? demanda-t-elle.

Poppy soupira.

— Une conjonctivite, tu te rends compte ? Superbe timing !

— Désolé, ça craint vraiment.

Son amie haussa les épaules.

— Je ne peux rien y faire pour l'instant.

Elle se dirigea vers le deuxième évier et tendit le robinet, tout en continuant :

— Je suis sûre que ça va passer.

— Non, il y a du verre, dit Tessa en tournant la tête, mais il était trop tard.

Poppy avait déjà mis la main dans l'évier.

— Aïe !

— Bon sang, laisse-moi t'aider, dit rapidement Tessa et elle tendit la main vers le distributeur de serviettes quand quelque chose attira son attention.

Elle jeta un coup d'œil à l'évier blanc. Des traînées vertes se mêlaient à l'eau et s'écoulaient dans l'égout – des gouttes de sang vert qui coulaient de la main de Poppy.

Tessa poussa un cri. Les yeux de Poppy se tournèrent vers elle. Pendant une fraction de seconde, elles restèrent toutes les deux figées.

— Plus besoin de le cacher maintenant, dit Poppy, sa voix soudain aussi froide que la glace.

Un instant plus tard, Poppy la chargea et la plaqua contre le mur de tuiles.

— Non ! s'écria Tessa, la peur glaçant le sang dans ses veines. Oh mon Dieu, Poppy, tu es un démon !

La coinçant avec une force surhumaine qui rendait toute fuite impossible, Poppy approcha son visage à quelques centimètres de celui de Tessa.

— Eh bien, surprise, surprise.

Tessa haleta, l'étau de Poppy lui coupant la respiration. Elle devait faire appel à ce qu'il restait d'humanité en elle.

— S'il te plaît, Poppy, je suis ton amie.

— Amie ? se moqua Poppy. L'amie qui a toujours obtenu tout ce qu'elle désirait ! Tandis que moi, je n'étais que le parasite. La moins jolie. La moins désirable.

— Ce n'est pas vrai, Poppy !

— Ce n'est pas vrai ?

Poppy siffla et arracha ses lunettes de soleil de son visage, les jetant de côté. Des yeux verts de démon la fixaient.

— Dis-moi, je suis plus jolie maintenant, hein ? Tu crois que je vais trouver le bon gars maintenant ?

Poppy la poussa plus fort contre le mur.

La douleur irradia le long de la cage thoracique de Tessa.

— Poppy, tu n'es pas obligée de faire ça.

— Mais c'est le cas ! Tu ne comprends pas ? Ils m'ont fait chanter pour que je le fasse. Ces démons, ils m'ont vu. Ils ont vu ce que j'ai fait. Et ils s'en sont servis pour me faire obéir à leurs ordres.

Elle rejeta la tête en arrière et grogna vers le plafond.

— Qu'est-ce que tu as fait ? S'il te plaît, laisse-moi t'aider !

— Tu ne peux pas m'aider ! Tu ne comprends pas ?

Elle avait l'air angoissée maintenant.

— C'est moi qui ai frappé Yardley. J'étais au volant alors que je n'aurais pas dû conduire cette nuit-là. Je ne voyais pas clair, et il a juste traversé la rue.

Elle secoua furieusement la tête.

— C'est de sa faute ! Yardley est sorti de nulle part. Il a juste foncé sur ma voiture.

— C'était un accident. Tu aurais pu appeler le 9-1-1.

— Bon sang, Tessa, tu ne comprends pas ? J'étais ivre cette nuit-là. Bien au-delà de la limite autorisée. Et ils l'ont vu. Les démons. Je n'ai pas réalisé au début ce qu'ils étaient. J'ai accepté pour qu'ils se taisent. J'aurais perdu tout ce que j'avais construit pour moi.

Tessa secoua la tête, des larmes débordant dans ses yeux.

— Alors, tu les as aidés.

— Ils m'ont dit d'écrire ces notes. Pour que tu te retires de la course et que tu laisses Gunn gagner. Ils veulent que ce soit lui qui dirige cette ville, pas toi.

Tessa déglutit lorsque Poppy confirma les soupçons de Hamish et ses collègues. Seulement, ce n'était pas Gunn qui avait aidé les démons, mais Poppy.

— Tu as fait tomber le conduit...

— Je n'avais pas le choix.

— Tu as toujours le choix.

Poppy lui lança un regard noir.

— Tu aurais dû tenir compte des avertissements que j'ai envoyés et te retirer de la course. Mais non, tu devais continuer ; tu devais jouer les dures. Alors, j'ai dû agir.

Peut-être pourrait-elle faire patienter Poppy suffisamment longtemps pour que Hamish vînt la chercher.

— Alors pourquoi m'as-tu trouvé un garde du corps ?

— Parce que je devais m'assurer que personne ne me soupçonnait, et surtout pas toi. J'avais besoin d'un alibi.

— Pourquoi aller chez Faldo entre tous ?

Cela n'avait aucun sens. Ou bien Poppy ne savait-elle pas que Faldo travaillait pour les Gardiens de la Nuit ?

— Vu le passé criminel de Faldo, je me suis dit que si quelque chose tournait mal, je pourrais toujours le blâmer.

— Mais Hamish m'a sauvé.

— Oui, c'était malchanceux. Et j'avais tout planifié méticuleusement. J'ai même porté ce terrible chemisier avec les paillettes argentées pour m'assurer que personne ne remarque comment j'ai fait tomber le conduit.

Cela confirma ce que Manus avait soupçonné.

— Comment as-tu pu faire ça ? Pourquoi n'es-tu pas venu me voir ? J'aurais pu t'aider.

— Tu m'as aidée ?

Poppy secoua la tête et laissa échapper un rire amer.

— Il était déjà trop tard. J'étais dans leurs griffes, et ils m'ont attirée plus profondément. Je devais faire ce qu'ils voulaient. C'était toi ou moi.

Mais une lueur brillait dans ses yeux, et Tessa savait qu'elle n'avait rien fait contre sa volonté.

— Au début, peut-être, osa dire Tessa.

Elle se souvint du message qu'Hamish lui avait livré un jour, que lorsque les humains se rendaient aux démons et acceptaient leur sort, ils se transformaient eux-mêmes en démons.

— Tu es un démon maintenant. Tu ne l'as pas combattu.

— J'ai renoncé à me battre. Je veux dire, pourquoi pas ? Toutes ces fois où j'ai dû rester dans ton ombre et prendre les miettes que tu m'as laissées, les petits amis largués, les boulots de seconde zone... Je n'ai jamais été ton égale.

Un sourire diabolique se dessina sur son visage.

— Mais maintenant, je suis meilleure que toi. Plus forte.

Pour le prouver, Poppy l'attrapa et la projeta contre l'une des cabines. La porte céda, et Tessa trébucha à l'intérieur, se cognant les genoux sur les toilettes en essayant d'amortir sa chute. Elle se débattit pour se relever et se retourner, et, juste au moment où elle y parvenait, Poppy bloqua la porte, un pistolet à la main.

— Il est temps que je te dise au revoir, Tessa, dit Poppy.

— Non ! cria Tessa en fonçant vers elle.

Mais aucun contact ne se produisit. Poppy fut projetée en arrière. Un coup de feu partit. Une pluie de stucs s'abattit sur eux.

<hr>

HAMISH CLAQUA POPPY contre l'évier, surpris par sa force physique. Lorsqu'il vit son visage, plus précisément ses yeux, il sut pourquoi. Elle s'était déjà rendue aux démons. Elle était elle-même un démon maintenant. Au-delà de la rédemption.

— Putain ! jura-t-il.

Poppy lui lança un regard noir, se poussant loin de l'évier, une main saignante verte, l'autre tenant l'arme, la pointant vers lui. Elle semblait ignorer que les balles ne pouvaient pas le tuer. Apparemment, son maître démon n'avait pas encore eu l'occasion de l'initier et de l'équiper des bonnes armes.

Néanmoins, il devait la désarmer pour qu'elle ne pût pas blesser Tessa, qui se démenait maintenant pour sortir du box.

— Baisse-toi, Tessa ! ordonna-t-il.

Poppy déplaça son regard et avec lui, son arme, la pointant maintenant dans la direction de Tessa.

— Mauvais choix, siffla Hamish et sauta devant la buse du pistolet.

Le coup partit. Il sentit la balle frôler son bras. Mauvaise arme et mauvais tireur, c'était son soir de chance. Il lui sauta dessus, la plaqua au sol et lui arracha l'arme des mains. Elle frappa son poing contre lui, mais elle pesait cinquante kilos de moins que lui et n'avait aucune expérience du combat.

— Qui t'a envoyé ? Zoltan ? martela-t-il.

Elle bascula la tête en avant pour s'en servir comme d'une boule de bowling, mais il réagit plus rapidement et recula, changeant de position pour pouvoir mettre la main dans sa botte. Avec son poids déplacé d'un côté, elle put lui donner un coup de pied, mais il avait déjà réussi à sortir sa dague du fourreau de sa botte.

Elle s'élança pour attraper l'arme, mais il bondit et la ramena au sol une fois de plus, cette fois-ci face contre terre. Il lui tira la tête en arrière par les cheveux, ce qui lui fit pousser un grand cri, et pointa le poignard sur sa gorge.

— Quel démon t'a envoyé ? Nomme-le !

Elle donna un coup de pied sous lui, mais même Poppy devait savoir qu'elle était vaincue.

— Comment s'appelle-t-il ?

— Je ne sais pas, grogna-t-elle finalement.

— Alors tu ne m'es d'aucune utilité.

Il se relâcha sur ses cheveux et se pencha en arrière. Lorsqu'elle releva la tête, il fit la seule chose possible avec un démon : il lui trancha la gorge.

Du sang vert de démon se répandit sur le sol en linoléum tandis que Poppy s'affaissa sur le sol.

Au bruit qui se fit entendre derrière lui, Hamish se retourna.

Tessa se tenait à la porte de l'un des cabines de toilettes, la main plaquée sur sa bouche, les yeux débordant de larmes.

Il se leva d'un bond.

— Tu es blessée ?

Sans mot dire, elle secoua la tête, son regard fixé sur le corps sans vie de Poppy.

— J'ai dû la tuer, expliqua-t-il. Elle s'était déjà rendue à eux. On ne peut pas revenir en arrière.

Tessa acquiesça, mais des larmes commençaient à couler sur son visage. Il l'attira dans ses bras, la serrant contre lui pour empêcher son corps de trembler.

— Elle a dit que les démons la faisaient chanter, étouffa Tessa entre deux sanglots.

Elle releva la tête.

— Elle était la conductrice du délit de fuite qui a tué Yardley. Elle était ivre.

— Oh mon Dieu. C'est comme ça qu'ils l'ont eue.

Tessa acquiesça.

— Qu'allons-nous faire maintenant ?

Hamish entendit des pas derrière la porte.

— Chut.

Il se rendit invisible, ainsi que Tessa.

La porte était poussée et Enya fonça à l'intérieur.

— Hamish ?

Il les rendit visibles.

— Heureusement que tu es là. Il faut qu'on se débarrasse du corps.

— Les secours arrivent, entendit-il Logan dire depuis la porte alors que Manus et lui fonçaient à l'intérieur.

Enya pointa du doigt la porte.

— Nous n'arriverons jamais à la faire passer devant tous ces gens dehors. Elle nage dans le sang des démons. On ne peut pas l'occulter.

— Enya a raison, convint Logan. Nous devons nous assurer que personne n'entre ici.

Il se tourna vers Manus.

— Il doit y avoir un panneau que nous pouvons accrocher devant la porte et qui indique Nettoyage en cours. Trouve-le !

Manus partit à l'extérieur.

— Comment as-tu compris que c'était Poppy ? demanda Enya.

— Je suis tombé sur sa mère, raconta Hamish. J'ai découvert qu'elle n'était jamais allée à l'hôpital comme l'avait dit Poppy.

Il baissa les yeux vers Tessa, toujours dans ses bras.

— Elle n'avait aucune raison de te laisser seule dans ton appartement, à moins de s'assurer que le démon t'atteigne. Elle l'a probablement laissé entrer par la porte de sortie de secours en partant.

— Elle n'était pas un démon à l'époque. Ses yeux, ils étaient encore...

— Un humain a besoin d'un certain temps pour basculer complètement du côté obscur. Mais ce dernier acte, donner au démon l'accès à toi pour qu'il puisse te tuer est probablement ce qui l'a fait basculer.

Il se souvenait de quelque chose maintenant.

— Quand elle a fait la déclaration en ton nom, tu te souviens ? Nous l'avons vue à la clinique. Elle portait des lunettes de soleil. Elle s'était probablement déjà transformée à ce moment-là.

— Je pensais que c'était mon amie.

La voix de Tessa était empreinte de larmes.

— Nous nous connaissons depuis l'université.

Manus rentra dans les toilettes des dames sans ouvrir la porte.

— Regardez ce que j'ai trouvé dans le placard du concierge.

Il leva sa main qui tenait une bâche en plastique grise.

— Si nous l'enveloppons là-dedans et que nous nous assurons que tout le sang du démon est dissimulé, nous pourrons occulter le corps et nous-mêmes et la transporter hors d'ici.

— Une idée brillante, déclara Hamish.

— Il y a aussi du matériel de nettoyage dans le placard du concierge, dit Manus en jetant un coup d'œil à Enya.

Elle souffla.

— Eh bien, c'est vraiment génial ! Tu te débarrasses du corps, et moi je joue à la femme de ménage.

— Je vais t'aider, déclara Hamish. Après tout, c'est moi qui ai mis le bazar.

45

_F_élicitations pour ton accession au poste de maire, salua Leila lorsque celle-ci, suivie de Hamish, entra dans la cuisine de l'enceinte.

Tous les autres étaient déjà rassemblés. Après s'être débarrassés du corps de Poppy, Enya, Manus et Logan sont retournés au bastion. Quant à Sean, Jay et Aiden, ils sont restés jusqu'à la fin des résultats des votes de la course à la mairie. Après le discours d'acceptation de Tessa, elle était partie avec Hamish à ses côtés, s'arrêtant à son appartement pour prendre d'autres vêtements.

Elle avait raconté à Hamish tous les propos de Poppy dans ses derniers instants. La trahison l'avait bouleversée, mais Tessa se sentait triste de la perte de son amie. Comment avait-elle pu ne pas voir ce qui se passait à l'intérieur de Poppy ? Comment avait-elle pu manquer les signes ?

— Tu vas bien ? murmura Hamish à côté d'elle.

Elle leva les yeux vers lui.

— Ça ira.

— Tessa a réussi, s'exclama Aiden en passant un bras autour de sa femme. Nous devrions fêter ça.

Tessa allait décliner, se sentant encore trop agitée par le fait d'avoir échappé à la mort, lorsqu'une voix féminine provenant de la porte l'interrompit.

— Célébrer quoi ? Le fait que ce bastion ignore constamment nos règles ? Ou peut-être que vos protocoles de sécurité manquent de rigueur, au point où un sorcier a pu franchir vos défenses ? Ou peut-être le fait que vous vous fichez complètement qu'aucune protégée humaine ne soit autorisée ici ? Éclairez-moi !

La femme qui se tenait à la porte portait un pantalon en cuir noir, un T-shirt noir et une veste en cuir noir. Ses grandes bottes lui arrivaient aux genoux et brillaient comme si quelqu'un les avait polies pendant des heures. À sa hanche se trouvait une dague ancienne. Ses longs cheveux roux tombaient sur ses épaules en vagues douces.

Instinctivement, Tessa tendit la main vers celle de Hamish.

— Et toi, qui es-tu ? demanda Hamish.

— Virginia Robson, nouveau membre du Conseil des Neuf.

Quelques jurons marmonnés retentirent derrière Tessa.

— Oh merde, entendit-elle Manus s'étouffer.

— Que nous vaut ta visite ? demanda Hamish avec diplomatie.

Elle plissa les yeux en le regardant.

— Tu es sûrement Hamish. J'aurais attendu mieux de toi que d'amener une protégée humaine dans le bastion.

Sa mâchoire se resserra.

— Sans parler de laisser un sorcier se déchaîner ici.

Son regard se porta sur le canapé où Wesley se tenait comme figé.

— Mais tout est sur le point de changer. Je suis là pour faire le ménage.

Tessa sentit un frisson lui parcourir l'échine et le bras de Hamish vinrent entourer sa taille, l'attirant à lui.

— À commencer par l'humaine, poursuivit Virginia. Elle n'a pas le droit de se trouver ici. Tu as compromis la sécurité de ce bastion en l'ayant amenée ici. Nous allons devoir abandonner cet endroit et reloger tout le monde.

Elle se rapprocha de Hamish.

— Tu répondras au Conseil des Neuf.

— Il n'a rien fait de mal !

Les mots étaient sortis avant que Tessa ne réalisât qu'elle avait assez de courage pour s'opposer à cette femme intimidante.

— Qu'est-ce que tu as dit ? siffla Virginia.

— J'ai le même droit de me trouver ici que Leila, la femme d'Aiden.

Virginia inclina la tête sur le côté, la persiflant avec méfiance.

— Es-tu en train de me dire que tu es la compagne de Hamish ?

Tessa déglutit. Pour éviter des ennuis à Hamish, elle dirait tout ce qu'il faut.

— Oui.

Virginia rétrécit son regard sur Hamish.

— Et pourquoi le conseil n'en a-t-il pas été informé ?

Tessa remarqua que Hamish lui jeta un regard de travers. Il semblait hésiter un instant.

— Ça vient juste d'arriver. J'étais sur le point d'informer le Conseil, mais nous avons dû faire face à une attaque de démons à la place. Je te présente mes excuses pour mon retard.

Virginia pressa ses lèvres l'une contre l'autre, visiblement agacée que son accusation ne tînt pas la route.

— Très bien. Je suppose que les félicitations sont de rigueur.

Mais sa voix n'avait pas l'air très félicitant.

— Merci, répliqua Hamish, la voix tout aussi glaciale. Si tu n'y vois pas d'inconvénient alors, ma partenaire et moi aimerions nous retirer. La nuit a été longue.

— Pas si vite ! cria Virginia craqua et pointa du doigt Wesley. Il y a encore le problème du sorcier.

Je m'appelle Wesley, se présenta Wesley, un sourire charmeur sur les lèvres alors qu'il s'approchait.

— Reste où tu es !

Lorsque la main de Virginia se porta sur son poignard, Wes s'arrêta de marcher. Pour l'instant. Les femmes fortes ne le dérangeaient pas. Si cette magnifique rousse voulait lui donner des ordres et lui dire quoi faire, il n'y serait pas du tout opposé. Pour ce qu'il en était, elle pouvait le déshabiller, l'attacher et le chevaucher jusqu'à l'oubli. Et il ne protesterait pas. Non, il l'encouragerait, la pousserait à bout.

— Tout ce que tu veux, dit-il en parcourant ses yeux sur elle. N'importe quoi, vraiment.

Quel corps ! De longues jambes qui eurent l'air fortes et toniques. Une taille fine, des hanches évasées, des seins fermes. Des courbes parfaites partout. Et puis ces cheveux. D'un rouge flamboyant. C'était exactement son truc. Il avait toujours associé les cheveux roux à la passion et à la luxure, et il trouvait instinctivement les femmes à la chevelure semblable aux braises fumantes d'un feu attirantes.

Il déplaça son regard vers son visage. Ses yeux noisette mouchetés de vert le fixaient, ses lèvres pulpeuses étaient serrées l'une contre l'autre en signe de mépris évident.

— Tu seras interrogé. En attendant, tu seras enfermé.

Hamish se racla la gorge.

— Wesley nous a aidés dans notre mission. Sans lui, nous n'aurions peut-être jamais pu déjouer le plan des démons visant à détruire l'avenir politique de Tessa. Il n'est un danger pour aucun d'entre nous.

Virginia lança un regard dédaigneux à Hamish.

— Cela reste à voir. Quiconque ouvre une brèche dans nos défenses représente un danger. Et tes camarades du bastion et toi auriez dû prévenir le Conseil des Neuf immédiatement lorsque la brèche s'est produite. Nous avons dû l'apprendre par un gardien d'un autre bastion.

Elle se tourna vers les autres Gardiens de la Nuit présents dans la pièce.

— Cela n'est pas passé inaperçu. Avec les précédentes infractions de votre équipe hétéroclite, vous avez épuisé la patience du Conseil.

— Oh, murmura Wesley pour lui-même.

À cause de lui, les Gardiens de la Nuit se retrouvaient dans une mauvaise situation. Il soupira.

— Écoute, Virginia, je...

— Pour toi, c'est Mme Robson ! s'emporta-t-elle.

— Mme Robson alors.

Il haussa les épaules.

— Écoutez, ce n'est vraiment pas de leur faute. Ne les punissez pas pour mon geste.

En un clin d'œil, le visage de Virginia se trouvait à quelques centimètres du sien.

— Toi, sorcier, écoute-moi. C'est moi qui donne les ordres. Si tu penses pouvoir me rouler dans la farine comme tu l'as clairement fait avec ces imbéciles, tu te trompes. Je suis ton pire cauchemar.

Un cauchemar ? Plutôt un rêve humide. Mais il valait peut-être mieux ne pas revenir avec ce genre de réponse tout de suite.

Au lieu de cela, il sourit. Virginia ne serait pas une conquête facile, c'était certain. Elle représentait un défi, mais cela ne le dérangeait pas. Elle en valait la peine. Cela valait la peine de fournir des efforts supplémentaires pour la mettre dans son lit.

Et il ne se souciait pas du temps nécessaire pour qu'elle soit sous lui, haletant dans l'extase, car une chose était certaine : il la désirait !

46

———————

Hamish ferma la porte de ses quartiers derrière Tessa et s'y adossa, observant la façon dont elle posait son sac à main sur la table basse du coin salon.

— Ouf, cette femme est un sacré numéro, dit-elle en se tournant vers lui.

Il fit un geste du pouce par-dessus son épaule.

— Qu'est-ce qui vient de se passer là-bas ?

Elle haussa les sourcils.

— Eh bien, tu l'as vu. Elle t'accusait à gauche, à droite et au centre.

Le fait qu'elle le protège était très attachant.

— Alors, tu t'es dit que tu allais me demander en mariage, hmm ?

Le menton de Tessa s'abaissa.

— Te demander ?

— Oui. Tu ne peux pas me laisser faire, n'est-ce pas ? Non, tu devais prendre les rênes, madame le maire, n'est-ce pas ? C'est ainsi que ça va se passer entre nous ? Tu me donnes des ordres jusqu'à ce que tu obtiennes ce que tu veux ?

— Mais je ne voulais pas qu'elle te punisse. Je veux dire...

Elle s'arrêta, car Hamish n'arrivait plus à garder son sérieux. Un sourire en coin se dessina sur ses lèvres.

— Tu, tu…

—Tu le penses vraiment ? Que tu veuilles être ma femme ? interrompit-il avant qu'elle ne pût lui lancer une insulte.

Ses joues rougirent et sa poitrine se souleva, le rendant trop conscient de son sex-appeal dans cette robe rouge.

— Je… je, euh… tout à l'heure à la mairie, tu disais quelque chose…

Il ne l'avait jamais vue aussi nerveuse.

— Nous avons été interrompus.

Elle hocha lentement la tête, sa gorge fonctionnant comme si elle essayait d'avaler une masse.

— C'est une question facile, Tessa. Est-ce que je ne mérite pas une réponse ? Tu le pensais vraiment ?

— Oui.

Le mot se faisait si discret qu'il l'entendit à peine.

— Cela veut-il dire que tu m'aimes ? Que tu m'aimes vraiment ?

— Oui.

— Alors dis-le-moi.

Elle souleva ses paupières et le regarda droit dans les yeux.

— Je t'aime. Je ne sais pas comment c'est arrivé.

— Le comment n'a pas d'importance, lass. Mais la quantité importe.

Il s'approcha de quelques pas, mais il ne tendit pas la main vers elle. Pas encore.

— Je dois te dire quelque chose. Quand un Gardien de la Nuit se lie à un humain, ce n'est pas sans risque.

— Risque ? répéta-t-elle.

— Seul un lien d'amour vrai et pur perdurera. Si l'amour se révèle faux et impur, le lien nous tuera. Tous les deux. Pas immédiatement, mais d'ici quelques mois. Nous devrions nous regarder dépérir l'un l'autre, en regrettant chaque jour notre décision. C'est pourquoi aucun Gardien de la Nuit ne s'engage dans un lien à la légère.

— C'est ce que tu essayais de me dire tout à l'heure ?

— Ça, et plus encore. Je t'aime, Tessa. Et je veux un lien. Je veux que tu fasses partie de ma vie. Mais, si tu doutes que ton amour soit réel ou si c'est un simple engouement passager, alors refuse-moi.

— C'est une proposition ?

— Je suppose que c'est le cas.

Même s'il la dit avec désinvolture, tout son corps était enroulé dans la tension.

Elle s'approcha de lui et posa une main sur sa poitrine où son cœur battait avec excitation. Elle se hissa sur la pointe des pieds, approchant ses lèvres des siennes.

— Alors c'est oui.

Son pouls s'accéléra.

— Tu n'as pas peur de ce qui pourrait arriver ?

— Quand tu es près de moi, je n'ai jamais peur.

Elle gloussa.

— Maintenant, as-tu l'intention de m'embrasser bientôt ? Ou dois-je te séduire ?

Il se racla la gorge, tandis que plus bas, sa queue durcissait.

— Tu as bien mentionné tout à l'heure que tu portais quelque chose pour moi...

— En fait, j'ai menti.

Elle passa la main derrière son dos et abaissa la fermeture éclair. Lorsqu'elle brossa la robe sur ses épaules, puis le long de ses hanches pour la laisser s'accumuler autour de ses pieds, il découvrit l'étendue de son mensonge. Tessa ne portait pas un seul vêtement sous sa robe rouge.

— Putain ! marmonna-t-il sous sa respiration, sa queue faisant maintenant une tente dans son pantalon.

— Et si tu enlevais ce costume ? murmura-t-elle et se retourna.

Il la regarda se diriger vers le lit, tandis qu'il commença à se désha-biller. Ses chaussures passèrent en premier, puis sa veste, sa chemise et sa cravate. Le temps qu'il abaissa la fermeture éclair de son pantalon,

Tessa était déjà allongée sur le lit, un genou levé, un bras tendu au-dessus de la tête. Elle ressemblait à une pin-up. De la séduction à l'état pur.

Impatient, il se débarrassa de son pantalon, de son boxer et de ses chaussettes et se dirigea vers le lit, sa queue impatiente ouvrant la voie. Il contempla Tessa, s'abreuvant de sa beauté du regard. Elle était parfaite à tous points de vue. Parfaite pour lui.

Il s'abaissa sur le lit et l'attira dans ses bras. Doucement, il effleura ses doigts sur ses lèvres, puis sur son menton.

— Faire l'amour ce soir sera différent des fois précédentes.

— Comment ?

— Tu te souviens quand tu avais ma virta en toi ? Ce soir, je la verserai en toi pendant que nous ferons l'amour. Et tu me le rendras en plaçant ta main sur mon cœur. Cela créera un cercle qui nous liera l'un à l'autre pour toujours.

— Est-ce que je brillerai à nouveau d'un éclat doré ?

Il sourit.

— Oui. Alors ne prévois pas de dormir ce soir, car je n'ai pas l'intention de te laisser de répit une fois que ta peau aura scintillé sous l'effet de ma virta. Je suis très insatiable de cette façon.

Elle fit courir ses doigts le long de son menton jusqu'à son cou.

— Tu ne trouves pas que cette alerte arrive un peu tard ?

— Ce n'est pas une alerte, c'est une promesse, répondit-il et captura ses lèvres, déversant tout l'amour qu'il avait pour elle dans le baiser.

Le baiser de Hamish était plus passionné que les nuits précédentes où ils avaient fait l'amour. Elle sentit sa puissance, sa force presque immédiatement. Et elle ressentit aussi quelque chose d'autre.

Autour d'eux, la pièce semblait disparaître dans un nuage de brouillard et d'air. Il tourbillonnait autour d'eux, comme s'ils se trouvaient au cœur d'une tempête. Elle se sentait en apesanteur, comme si elle flottait dans l'espace, mais en même temps, elle se sentait cocoonée dans un lit de coton.

Elle sentit les mains de Hamish sur elle, la caressant, sa bouche sur la sienne, sa langue l'explorant. Des cuisses puissantes écartèrent ses jambes, faisant de la place à l'homme qui possédait son cœur. Alors qu'il s'installait entre les cuisses de Tessa, elle l'attira plus près, une main sur sa nuque, l'autre autour de sa taille. Elle avait besoin de lui, besoin de sentir ce qu'il pouvait lui apporter : son amour et sa force.

Elle n'avait jamais éprouvé autant de certitude à propos de quelque chose dans sa vie que celle-là, concernant l'amour qui crépitait maintenant entre eux comme de l'électricité. De petites étincelles enflammaient l'air autour d'eux, comme des éclairs illuminaient le ciel nocturne. Elle savait instinctivement que c'était leur passion, leur désir l'un pour l'autre qui alimentait la tempête autour d'eux.

Puis elle sentit la queue de Hamish à l'apex de ses cuisses, le gland boursouflé s'enfonçant vers l'avant, écartant ses lèvres inférieures. Elle gémit à voix haute devant cette sensation intense. Lorsqu'il s'enfonça profondément en elle, tout l'air s'échappa de ses poumons et elle bloqua ses talons sous ses fesses pour s'accrocher à lui.

Hamish relâcha ses lèvres et la regarda dans les yeux, le souffle court.

— Je t'aime, Tessa. Plus que ma vie.

Elle sentit les larmes lui monter aux yeux et son cœur se remplir de joie et de la certitude qu'ils avaient un avenir ensemble.

— Mon amour, murmura-t-elle.

Alors qu'il commençait à pomper en elle, son tempo s'accélérant chaque seconde, elle le sentait déjà : sa virta. Elle commençait au point où ils étaient unis et commençait à rayonner vers l'extérieur, jusqu'à ce que toutes ses cellules fussent saturées. Elle sentit son corps entier devenir plus conscient de tout ce qui l'entourait, comme si ses sens étaient plus aiguisés à présent. Et elle sentit une énergie se charger dans son corps qui l'emplissait d'une puissance qu'elle n'avait jamais connue auparavant.

— C'est le moment, l'entendit-elle dire tout à coup.

Un instant plus tard, il les avait fait rouler, et Tessa se retrouvait au-dessus de lui, à califourchon sur lui, sa queue toujours profondément enfoncée en elle.

— Chevauche-moi. Lie-toi à moi, exigea-t-il et prit sa main, la plaçant sur son cœur.

Ses hanches commencèrent à bouger, se balançant de haut en bas sur sa queue, lorsqu'elle sentit un picotement remonter de son ventre et descendre le long de son bras.

Hamish la regarda, ses yeux pleins de désir et de l'amour qu'elle pouvait maintenant ressentir physiquement.

— Oui, Tessa, oui.

Les picotements atteignaient ses doigts et de minuscules étincelles en jaillissaient maintenant. Lorsqu'elles se connectèrent à la peau d'Hamish, des spasmes parcoururent son corps et son dos se cambra pour se détacher du matelas.

— Oh mon Dieu, cria-t-il, juste au moment où elle sentit sa queue exploser en elle et la remplir de sa semence, déclenchant son propre orgasme.

Leurs gémissements se mêlaient à l'air et au brouillard qui les entouraient, tandis que les étincelles des éclairs peignaient un tableau plus beau que n'importe quel feu d'artifice. La passion et le désir se mêlaient à l'amour et à l'adoration, tandis que leurs cœurs battaient à l'unisson.

— Pour toujours, murmura Hamish et l'attira à lui pour l'embrasser.

— Pour l'éternité, mon amour.

Et l'éternité ne pouvait pas commencer assez tôt.

47

Zoltan faisait les cent pas dans son bureau privé, une grotte située entre ses quartiers privés et la grande salle où ses démons se rassemblaient pour recevoir ses ordres. Le bureau était réservé aux discussions qui n'étaient pas destinées à être publiques.

Beaucoup de choses le tracassaient.

Tessa Wallace avait remporté les élections, détruisant ainsi son plan qui consistait à faire régner Gunn sur la ville et à la plonger encore plus dans le chaos avec ses politiques de division. Mais pour l'instant, c'était une affaire qu'il devait mettre en veilleuse. Des choses plus urgentes réclamaient son attention.

Quelqu'un en voulait à son trône. Après que Vintoq l'eut alerté sur les rumeurs qui circulaient, Zoltan était monté à la surface et avait attendu Tessa et son amant Gardien de la Nuit à l'hôtel de ville.

Il s'était déguisé comme à son habitude pour qu'aucun de ses propres démons ne le reconnût, et avait enfilé ses lentilles de contact spéciales pour qu'aucun Gardien de la Nuit ne fût attiré par lui. Il vit deux gardiens, en fait les deux qu'il avait combattus une fois dans une ferme de Sonoma. Mais il était certain qu'ils n'étaient pas seuls, leurs camarades se trouvaient très probablement à proximité sous leurs formes invisibles. Sachant qu'il serait en infériorité numérique, il s'était contenté d'observer. Si l'un de ses démons était là pour tuer Tessa Wallace, qui était en tête des sondages, Zoltan le trouverait. Et alors, il aurait son traître.

Au cours de son itinérance, il avait repéré la directrice de campagne de Tessa portant des lunettes de soleil à l'intérieur. Cela avait déclenché une alarme dans sa tête. Mais avant qu'il n'eût pu enquêter plus avant, elle avait disparu dans les toilettes pour dames et Tessa l'avait suivie, son garde du corps Gardien de la Nuit bloquant l'accès à la zone.

Il avait attendu patiemment, sirotant du champagne tout en regardant le gardien se précipiter dans les toilettes quelques minutes plus tard. Lorsqu'il était ressorti avec Tessa à ses côtés une bonne vingtaine de minutes plus tard, elle avait l'air secouée. Alors qu'ils l'avaient dépassé, Zoltan avait baissé les yeux, détournant le regard par habitude, et avait repéré une goutte de couleur verte sur les chaussures du Gardien de la Nuit. Du sang de démon.

Il n'avait pas besoin d'être un génie pour faire le rapprochement. La directrice de campagne était une démone qu'il n'avait jamais rencontrée. Une jeune fille encore redevable au démon qu'elle avait servi en tant qu'humaine. Le démon qui voulait son trône.

Un coup frappé à la porte interrompit ses rêveries.

— Entrez.

La porte s'ouvrit et Yannick, l'un des démons chargés de protéger les cercles qui permettaient de lancer un vortex, entra.

— Tu as demandé à me voir, ô Grand Leader.

— J'ai besoin que tu fasses quelque chose pour moi.

Il baissa la tête.

— À partir de maintenant, je veux être informé des mouvements de tout le monde. Chaque fois qu'un de mes sujets monte à la surface, je dois le savoir. Tiens un journal. Présente-le-moi tous les jours.

Yannick lui lança un regard interrogateur.

— Mais, ô Grand Leader, comment...

— Trouve un moyen ! ordonna-t-il. Ou préfères-tu perdre la tête ?

Le démon se précipita en arrière.

— Il sera fait comme tu le souhaites, ô Grand Leader, s'empressa-t-il de répondre.

— Et pas un mot à qui que ce soit à ce sujet ! Maintenant, pars !

Yannick se précipita hors du bureau. Lorsque la porte se referma dans un bruit sourd, Zoltan exhala un juron.

— Qui que tu sois, je vais te trouver. Et tu regretteras de m'avoir croisé.

Mais en attendant, il y avait beaucoup de travail à faire. Après tout, les Gardiens de la Nuit n'étaient jamais inactifs. Il était temps d'ajuster son plan de jeu pour avoir une longueur d'avance sur eux lors de la prochaine bataille.

Ordre de Lecture des séries Vampires Scanguards et Gardiens de la Nuit.

Les Vampires Scanguards

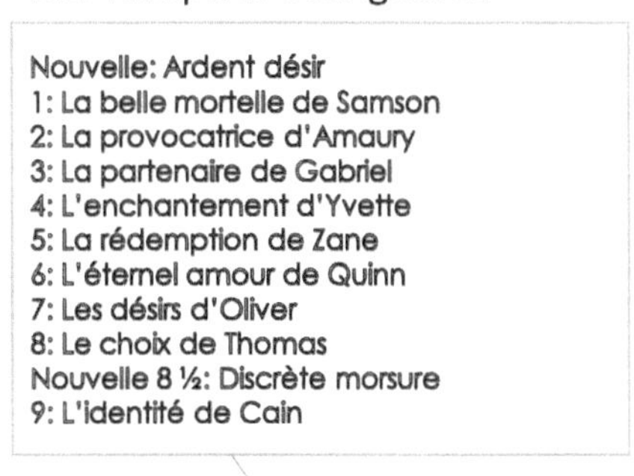

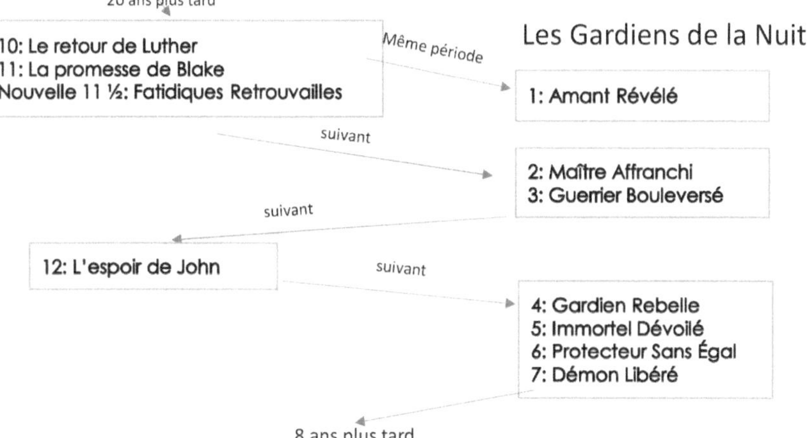

Hybrides Scanguards

Les Scanguards hybrides seront également numérotés dans la série des
Scanguards vampires (SV 13 = SH 1) afin de préserver la continuité.

SH 1 (SV 13): La tempête de Ryder
SH 2 (SV 14): La conquête de Damian
SH 3 (SV 15): Le défi de Grayson
SH 4 (SV 16): L'amour interdit d'Isabelle
SH 5 (SV 17): La passion de Cooper
SH 6 (SV 18): Le courage de Vanessa

À PROPOS DE L'AUTEUR

De nationalité allemande, Tina Folsom vit depuis plus de 30 ans dans des pays anglophones. Elle a d'ailleurs épousé un Américain et s'est établie en Californie en 2001.

Elle a toujours été attirée par les vampires. Depuis 2008, elle a publié 50 livres en anglais et plusieurs dizaines dans d'autres langues (français, allemand et espagnol). De plus, elle fait actuellement traduire l'ensemble de ses livres en français.

Tina apprécie recevoir des commentaires de ses lecteurs. Pour cela, vous pouvez lui écrire à l'adresse électronique suivante:

tina@tinawritesromance.com

https://tinawritesromance.com

facebook.com/TinaFolsomFans

instagram.com/authortinafolsom